現代女性文学論

笙野頼子❖川上未映子❖小川洋子❖角田光代❖金原ひとみ❖江國香織
松浦理英子❖群ようこ❖中島京子❖若竹千佐子❖谷崎由衣❖須賀敦子❖柳美里
高山羽根子❖高木佳子❖永井愛❖今村夏子❖森崎和江❖多和田葉子
女性短歌❖女性詩

新・フェミニズム批評の会

翰林書房

現代女性文学論◎**目次**

はしがき……5

I 越境・攪乱するジェンダー／セクシュアリティ

笙野頼子『母の発達』――〈母殺し〉という居場所さがし……矢澤美佐紀 13
記憶・物語・産むこと――川上未映子『夏物語』のケアとクィア……藤木直実 26
小川洋子『妊娠カレンダー』――妹の〈目的のない悪意〉……溝部優実子 39
角田光代『八日目の蟬』――新たな「母性」の向かうところ……西 荘保 52
金原ひとみ『マザーズ』――新自由主義下の母たち……永井里佳 66
コラム「ポストフェミニズム」……小林富久子 80
コラム ＬＧＢＴからＳＯＧＩ《ソジ》へ……渡辺みえこ 82

Ⅱ 変容する家族とケアの倫理

江國香織『きらきらひかる』『ケイトウの赤、やなぎの緑』――近代結婚制度を超えて「ケアの絆」へ……岩淵宏子 87
松浦理英子『最愛の子ども』――反転していく「家族ごっこ」の行方……近藤華子 99
群ようこ『パンとスープとネコ日和』――新しいシングル像……羅 麗傑 112
中島京子『長いお別れ』論――在宅介護に焦点を当てて……石田まり子 125
若竹千佐子『おらおらでひとりいぐも』――「これがらの人」の行く道……菊原昌子 138
コラム コロナ禍と女性……松田秀子 152
コラム ネオリベラリズムとプレカリアート……秋池陽子 154

Ⅲ 紡がれる記憶／記憶の継承

谷崎由依『遠の眠りの』――〈行きつ戻りつ〉する者の物語……上戸理恵 159
須賀敦子「ふるえる手」論――ナタリアの帽子……山﨑眞紀子 173
柳美里『JR上野駅公園口』――トラウマの語りから「世界文学」へ……真野孝子 187
高山羽根子『首里の馬』――〈「拡張」する人類〉の指針としての物語……山田昭子 199

コラム　3・11とディストピア小説――多和田葉子『献灯使』……北田幸恵　212
コラム　少女マンガと現代女性文学……小林美恵子　214

Ⅳ　短歌・演劇表現から探る現代

高木佳子の短歌世界――沈黙の構図に抗するために……遠藤郁子　219
美智子皇后の短歌――「平和祈念」「慰霊」の短歌を中心に……内野光子　232
永井愛「見よ、飛行機の高く飛べるを」論――〈新しい女〉たちの絆と岐路……有元伸子　246
研究ノート　今村夏子『こちらあみ子』――応答の記憶から生成する「あたらしい娘」……但馬みほ　260
研究ノート　森崎和江『買春王国の女たち　娼婦と産婦による近代史』――国家による性の管理……中村　純　270
コラム　一九九〇年代以降の女性短歌の動向――フェミニズムの視点から……阿木津英　280
コラム　現代女性詩の動向――多様化と抑圧の二面性の中で……佐川亜紀　282

はしがき

本書は、『明治女性文学論』『大正女性文学論』『昭和前期女性文学論』『昭和後期女性文学論』に続く、「女性文学論」シリーズの第五弾である。一九九〇（平成二）年から現在までの、主に平成の時代（元号を是認するものではないが便宜的に使用する）を中心とした幅広い「女性文学」を射程におさめている。

現在、日本の「女性文学」は、まさに「ひとり一派」と評されるような豊かな多様性を呈し（斎藤美奈子『日本の同時代小説』）、異種性が目立つユニークな表現によって、様々なジャンルを越境しながら伸展している。女性作家たちは、ジェンダーやセクシュアリティにまつわる不平等を暴くことで周縁に追いやられた存在を可視化し、声を奪われた人たちの記憶に寄り添い続けてきたと言えるだろう。

家族や性、生殖、母性、労働や貧困の問題、さらには女性に集中するケア労働や老いの内実を真摯に問うてきたのである。それは、居場所のあり方や現代の生きづらさと正面から向き合う営為でもあっただろう。また、近年の「♯MeToo」に代表されるようにSNSによって世界的に広まったフェミニズム運動の新しいかたちは、「女性文学」の世界にも従来とは異なる視点をもたらしている。

八〇年代後半から九〇年代初めにかけて、世界も日本も激しく変動した。ベルリンの壁の崩壊に象徴される米ソ冷戦構造の終焉と同時期に起こったバブル経済の破綻は、「大きな物語」の喪失と終わりなき繁栄の虚構性を露呈させることとなった。この八〇年代末の転換期において発表された吉本ばななの「キッチン」は、血縁や性差を超えてエンパシーによってつながる柔軟な家族の可能性を示していた。そこでは前世代のフェミニズムが否定した台所がとらえ直され、もはや「母」は女性でもないのだった。

その後は、「失われた三〇年」と呼ばれる日本経済の長期的停滞の中で、社会はグローバリズムと新自由主義の波にのみ込まれていく。貧困や格差は深刻化し、非正規雇用が常態化する。こうした経済構造の変化に焦点を当てて考えると、「ロスジェネ世代」の雨宮処凛、津村記久子、小山田浩子らが、ルポルタージュの手法やユーモアとアイロニー、あるいは虚／実のあわいに問題の輪郭を浮かび上がらせる独自の幻想性によって「職場」を描き、自己責任論がはびこる不寛容な社会の息苦しさを可視化したのだった。

中でも二〇一六（平成二八）年に発表された村田沙耶香の「コンビニ人間」は、マニュアルによって社会の歯車になりきることでこそ安定した居場所を得るという、逆転の発想を描いて文学界に衝撃を与えた。近年の「無」（二〇二二）では、心の拠り所を生来持ち得ぬ女性の虚無の深淵が言語化されている。また、八木詠美の「空芯手帳」（二〇二〇）では、「職場」で搾取される女性の労働の現実を「産む性」にからめながら一種のマジックリアリズムによって描き出している。

経済的不安に加え、平成から令和にかけては多くの重大な惨事が生じた。一九九五（平成七）年に阪神・淡路大震災と地下鉄サリン事件、二〇一一（平成二三）年には東日本大震災と〈3・11フクシマ〉（福島第一原発の事故）、そして二〇二〇（令和二）年以降は新型コロナウイルス感染拡大によるパンデミックなどが社会を震撼させたのである。それらは人々の心身に深い傷痕を残し、日常そのものを変質させたが、現在我々は新たな戦争の時代に投げ込まれると共に、自然環境の破壊に伴う深刻な気候変動に直面している。しかし、「女性文学」はそうした暗さの中でこそ困難なテーマに接続して、いっそうの広がりを見せてきたと言えるだろう。

文学賞をヒントに、その流れの一端を辿ってみると、まずは一九九六（平成八）年の芥川賞を川上弘美、直木賞を乃南アサと初めて両賞を女性が独占。川上の登場の仕方は、インターネットと文学場が直接関係していく時代の幕開けを告げるものでもあった。二〇〇四（平成一六）年には、一九歳の綿谷りさと二〇歳の金原ひとみが芥川賞を受賞する。二人とも、社会への違和感を痛みを伴う身体性によって鮮やかに剔抉したのだった。さらに、二〇一九（令和元）年の第一六一回直木賞候補は、六作品全てが女性のものという快挙をなす。

多和田葉子、桐野夏生、柳美里、山本文緒、林真理子、村田喜代子、稲葉真弓、赤坂真理、笙野頼子、小川洋子、江國香織、藤野千夜、角田光代、中島京子、三浦しをん、本谷有希子、辻村美月、川上未映子、西加奈子、今村夏子、松田青子、高瀬隼子など実に多くの個性的な作家が活躍しており、錯綜する難問を包摂的に扱いつつ、ジェンダー規範を攪乱させる意欲的な作品を次々と生み出してきたのである。

例えば、小川洋子は「妊娠カレンダー」（一九九一）で生殖の欺瞞をあぶり出し、柳美里の「家族シネマ」（一九九九）は、既に壊れている家族に再生の物語を演じさせながら女性の渇望を描いた。江國香織の「きらきらひかる」（一九九二）は、男性同士の恋愛を描いて生殖不在のセクシュアリティに対する差別を可視化し、強制的異性愛体制を批判した。家族の可能性を探り続ける角田光代は、「八日目の蟬」（二〇〇七）や「坂の途中の家」（二〇一六）で母性神話を解体した先の物語を示唆したのだった。一方、桐野夏生は、クライムサスペンスやハードボイルドの技法を用いた「ＯＵＴ」（一九九七）や「日没」（二〇二〇）で、女性の貧困や右傾化する社会の実態を剔抉している。〈3・11フクシマ〉直後には、多和田葉子、川上弘美、桐野夏生らが原発事故をもとに「献灯使」（多和田、二〇一四）などの先鋭的なディストピア小説を発表。放射能の恐怖と経済優先で生命を軽視する近代国家を告発した。あるいは、九〇年代末から二〇〇〇年代にかけてエンターテインメントとしての「Ｊホラー」を牽引した岩井志麻子や坂東眞砂子らは、日常内部に潜む不条理や恐怖によって、内向する時代の閉塞感を暗示したのである。

さらにwithコロナの時代にあっては、川上未映子が、「春のこわいもの」（二〇二二）や「黄色い家」（二〇二三）において新自由主義下で「自由」を選択したかに見える女性の孤独を痛烈に描出。また、市川沙央は「ハンチバック」（二〇二三）で「生きるために壊れていく」身体を描いて、障がいを等閑視してきた文学場の暴力性を糾明したのであった。戯曲の分野では、石原燃が「蘇る魚たち」（二〇二一初演）で、従来軽視されてきた男性の性被害の実相に切り込んでいる。

これまで言及した作家の多くが、マンガやアニメ文化から深い影響を受けており、活動初期には少女マンガやレディースコミックの原作、ジュニア小説、ライトノベル、ロマンス小説などを手がけている。彼女たちは、メインカルチャー／サブカルチャーの境界が消失していく様態を体現していたと言えるだろう。小林エリカの「光の子ども」（二〇一三〜二〇一九）などは、マンガや小説、歴史的資料、写真などを融合させたコラージュによって新しいジャンルを生み出している。

今日、日本の「女性文学」は、その独自性によって海外でも高い評価を得ており、言語の壁を軽々と乗り越えて創作する作家も珍しくなくなった。その先駆けである多和田葉子は、異文化接触を幻想的かつ理知的に語りグローバルに活動しているが、「地球にちりばめられて」（二〇一八）などで国家や民族を越境した地球規模のスケールで人間存在に迫る物語を紡いでいる。一方、日本語を母語としない李琴峰は、その豊かな言語感覚による「生を祝う」（二〇二一）において、生殖／生命に関する根源的な問いを、生まれる前の子どもの視点から突きつけてみせた。自然環境がさらに悪化し格差が固定化する中、世界はなおいっそう保守化の道を辿りつつある。現実がディストピア小説を超えてしまったとも言われる状況において、それぞれに特異な着想や作風を持つ女性作家たちは、戦争などの新たな苦難に対峙しながら疎外された人々の喪われた言葉を掘り起こそうとしているのである。

さて、本書は以下の四章で構成されている。

第一章「越境・攪乱するジェンダー／セクシュアリティ」では、強制的異性愛制度を基盤とした家父長制のもと歴史的に構築され自明視されてきた「母性」や、女性身体を閉じ込めた妊娠・出産の暴力性、生殖能力や母性を言祝ぐ言説の欺瞞性などを問い直している。とりわけ破綻した母子関係とその修復、また自己責任に基づく家庭経営を課された新自由主義的価値観を内面化した現代の母親たちなどの問題を剔抉し、新たな「母性」「母」の再生について探っている。

第二章「変容する家族とケアの倫理」では、セクシュアリティやジェンダー意識の多様化によって変容する家族の問題を探っている。従来の近代結婚制度における結婚・性・生殖の三位一体の虚妄性を暴き、それを崩す今日の単身家族、同性婚、偽装家族、疑似家族など多様化した家族像に焦点を当てた作品を取りあげ、単身世帯の増加や超高齢化する社会のなかで、認知症高齢者への対応や在宅介護など今日の家族が直面する問題や求められるケアの倫理などについて論じている。

第三章「紡がれる記憶／記憶の継承」では、社会的に抑圧されて来た女性が、その身体に刻み込まれてきたトラウマとしての記憶を、物語として表現することで奪われた言葉を取り戻し、自己自身や民族としてのアイデンティティの回復を図っていくことを探った作品を扱っている。それこそ家父長的言語による「大きな物語」に隠蔽された女性の記憶によって歴史の事実を映し出すものであること、そしてそれを継承し未来へと受け渡していくという課題に向き合っている。

第四章「短歌・演劇表現から探る現代」では、言葉を奪われた人々、とりわけ女性たちの痛みに寄り添いその声を掬い上げた「震災後文学」の一つの在り様としての短歌表現や、従来正面から論じられることのなかった皇后（現上皇后）の歌、また過去に材をとりながらきわめて今日的な問題と切り結び発信してきた演劇表現を取りあげた。ここでは、これらの女性表現が現実世界にどのように接続し、どのような意味や機能を担うものであるかを探っている。

なお、第四章の末尾に研究ノート二本を収録し、各章の最後には関連コラムを配置した。

これまで述べたように近年の女性作家たちの活躍は目覚ましいが、本論集に収録できた作家はその一部である。また三枝和子や河野多恵子、富岡多恵子など戦後日本のフェミニズを牽引し近年相次いで物故するまで活躍してきた女性作家についても収録することができなかったことは残念である。こうした作家たちについては、本論集「続編」の刊行も視野に入れながら、今後さらなる研究を重ねその成果をまとめていきたい。

最後になりましたが、『明治女性文学論』以来続くシリーズである本書の刊行に際し、つねに暖かく見守りご尽力を賜りました翰林書房の今井静江氏に心より御礼申し上げます。

二〇二四年一一月

新・フェミニズム批評の会編『現代女性文学論』編集委員

岩淵宏子　岡野幸江
小林裕子　小林富久子
永井里佳　中島佐和子
矢澤美佐紀　渡邉千恵子

I

越境・攪乱するジェンダー／セクシュアリティ

笙野頼子『母の発達』——〈母殺し〉という居場所さがし

矢澤美佐紀

はじめに

一九九六（平八）年三月に刊行された笙野頼子の『母の発達』（河出書房新社、一九九九年五月文庫化）は、「母の縮小」、表題作である「母の発達」、「母の大回転音頭」から成る連作短編集である。三つのテクストは、その繋がりにおいて連続と不連続の軋みを内包しながらも、それぞれの基底には〈母殺し〉という娘の居場所さがしの道程が潜んでいた。

発表当時「先端的な言語魔術を駆使した幻想的な物語を構成しつつ、その底に抒情性を失わない」[1]笙野の真骨頂として位置づけられると同時に、その評価軸の中心には「母性の解体」という反社会的とも言える批評性の高さが強く押し出されてきた。まさに、「純文学難解派」[2]という自虐と自負がないまぜになった自称が最も似合う作品の一つであると言えよう。本書における「母性の解体」の内実については、例えば早い時期に書評を手がけた安藤哲行が、「充満する言葉のエネルギー」に裏付けされた母性との「絶望的な闘い」だと結論づけ[3]、一方フェミニズム的視点から解析した斎藤美奈子は、「ヤツノとその母は、身体を張って、命と引きかえに、世のすべての母と娘を「おかあさん」の呪縛から解き放とう」としたと評価した。斎藤は本書の本質を、「おかあさん」による「ちゃぶ台返し」

だと表現している（従来、「ちゃぶ台返し」は父の特権だった）[4]。

脳内における母の縮小を起点として、言葉による新種の母の無尽の増殖を描く『母の発達』は、母も娘も共に死に至る壮絶な闘いの連続性を描く。時にホラー的要素を濃厚に含みながら、その折々の決着点は、ブラックユーモアという笑いの操作と氾濫する言葉遊びの妙によって多義的な場へと引き出され、不断に相対化される。そして、そこに生じる「絶望的」な疲労感と、「ちゃぶ台返し」の爽快感という一見真逆に見える二つの極は、反発するままに併存され、保留され続けるのだ。視点人物であるダキナミ・ヤツノ（「母の縮小」では「私」）にとっての「母性の解体」とは、横暴な母からの解放と自立といった娘の側の大義名分を意味し、さらには「非性的な「母」[5]」の出現によって生殖活動をも解体しようと試みる運動だったと言えるだろう。

しかし、ヤツノは母そのものをけっして否定しないのである。絶望／爽快といった相反する感覚の狭間で、母なるものとの和解を意識していたと推察されるヤツノの企みとは、一体何だったのか。また、それはたして、「母性の解体」という大きなテーマにすべて回収され得るものだったのだろうか。

本稿では、〈母殺し〉の形をとらざるをえなかったヤツノによる新しい母の創造の過程を、心理と身体の両面における母への反応の詳細と捉え、娘による居場所さがしの旅として読み解いてみたい。母にまつわる全ての言葉の解体による〈母殺し〉によってこそ、母は新しくなり、それに伴って娘の居場所は発現される。そうした居場所の間断なき更新の有りようを辿ることで、本書の刊行から三〇年近くたった現在も解決されていない、母と娘の居心地の良い関係性という永遠の難問に対する解明の糸口に向き合ってみたいと思う。

1 「母」をめぐる背景

笙野は、創作の基軸の一つに、自己を抑圧する母との葛藤を据えている。本書の収録作品が発表された一九九四

（平六）年から九六（平八）年を含む、ジェンダーに関する動向が著しく変動する時代における笙野の個人的背景と社会的状況について、三つの視点から確認しておきたいと思う。

まずは作品成立のアウトラインを探る第一の視点として、笙野の「年譜」[6]から推察できる、笙野と現実の母との関係性を簡単に追っておきたい。一九五六（昭三一）年に生まれた笙野は、母方の俳人である祖母に強い影響を受け、早い時期から文学に興味を持ったにもかかわらず、親によって医学部を目指すことを半ば強要されたという。途中、理学部志望に変更するも受験は失敗。予備校の寮で引きこもり的な二年間を過ごし、その後進学した法学部での学生生活も屈折していった。自伝的要素が濃厚に織り込まれた「母の縮小」が発表された一九九四（平六）年の二年後、連作の最後を飾る「母の大回転音頭」が書かれた年に笙野の母は癌を患って他界している。それまで以上に、笙野が母の領域により鋭角的に踏み込む直接的な動機となったのは、長年抑圧的にふるまってきた現実の母が、身体的にも心理的にも、まさに縮小する様を確かに見たという生身の感覚だったのではないだろうか。母の弱体化とその死という、一回性のごく個人的な記憶を文学の場で昇華させるべく、普遍的な母娘の物語創出へと軸足を移したのだと考えられる。

第二の視点として、作品成立前後に吹き荒れ始めたジェンダーフリー・バッシングについて述べておく必要があるだろう。釜野さおりは、一九八〇年代から九〇年代にかけての政策やメディアの動向について、「男女平等や男女の同質性に目を向ける視点がみられた」と述べ[7]、その証左として、男女雇用機会均等法や男女共同参画基本法の制定等に連動した男女混合名簿や、九〇年代前半の文部省公認の性教育、中高での家庭科男女共修制度の導入等をあげている。ところが、一見順調に見えた運動は様々な方面から歯止めがかけられることになった。「1990年代半ばには男女平等やフェミニズムを批判する書籍や、夫婦別姓や性教育批判の雑誌記事が増え」、二〇〇〇年代に入ると「バックラッシュは自治体や国レベル」にまで広がっていったとする。ジェンダーフリー教育が、日本的な家族形態や伝統を破壊し、更に性犯罪をも誘発するとして徐々に攻撃の対象とされていった時代にあって、笙野がこうした空気に息苦しさや反発を抱いたであろうことは想像に難くない。

しかし、ここで注意すべきは、笙野が従来のフェミニズムを真正面から肯定的に継承して社会批評を展開したのではないという点であろう。本作品では、フェミニズムにまつわる言説をも言葉遊びの対象として茶化し、フェミニズムの概念を相対化させようとする身振りにおいて男性社会が巧みに皮肉られている。根岸泰子は、笙野頼子の特質を安易に「フェミニズム批評もしくはフェミニズム的批評が現在かろうじて生息可能な領域内へと、囲い込んでしまう」ことを危惧しつつ、彼女の特性をより正確に理解するためには、社会の基層に巣食うミソジニーへの配慮が肝要だと述べている。(8)「父権制社会の価値観を自己のうちに規範化した女性もまたミソジニーを自己のうちに取り込むこと」になる。根岸は、笙野作品における「奇怪な幻想」は、「ミソジニーの瀰漫した世界の中で、それに抵抗するさなかに必然的に「私」の中に生まれてくる」ものであり、「自己の拠りどころ」や「疲れ果てた末の幻覚」、「自己防衛の戦法」として存在していると指摘する。本作品でも笙野は、ジェンダー概念を歪曲する男性主義的な社会に対して、図らずもミソジニーの影響下にある自己への懐疑と揶揄の思いを込めながら、そうした構造に屈折した独自の方法で対峙したのではないだろうか。

最後に第三の視点として、笙野作品における母娘の世代的事情について追記しておきたい。本書におけるヤツノの母については、篠崎美生子が、戦後に青春期を迎えて理想を抱くも挫折し、その代替行為として娘を支配する傾向が強い世代に該当する点に着目している。(9)母が「大志」に向かう自主性と、「伝統的な妻・母の役割」とのダブルバインドによって引き起こされる母娘間の共依存関係が存在することで、本来は社会や夫に向かうべき母の不満が、娘であるヤツノに集中し、ヤツノは母の代替的欲望を担うべく追いつめられていったという解釈である。本書が、母からの解放だけではなく、共依存構造の解消も企図していたならば、ヤツノが〈母殺し〉によって自らも一度は死ななければならなかった事情が、ごく自然なこととして了解されるのである。

『母の発達』は、生物学上の母の記憶の振り返りと再編を基軸とし、社会の母役割に関する時代的な共通体験への考察を文学として形象化しようとしたと言えそうである。本書が、作家にとっての個人的要因と社会的要因の両面から、内発的かつ外的に必然をもって立ち上げられていった道筋は、近代以降とかく内向きになりがちであった母との対決を、狂気にも似た果てしない言葉遊びの磁場で外部へと接続させ、娘の居場所さがしを実験的に描こうとした作者の目論見と深く結びついていたのである。

2　「母の縮小」——娘の反逆

連作短編の第一作目である「母の縮小」(初出『海燕』一九九四年四月)は、タイトル通り母が縮小していく物語である。母の抑圧に堪えきれなくなった思春期の終り頃に、「私」が脳内において、母の姿を小さく変形させる意識の操作から語り始められる。

①母が縮んで見えるという視界の異変にずっと苦しんでいた間の事を、なんとか文章で説明してみたいと思ったのだが、そもそも縮み始めてからの記憶は目茶苦茶だし、苦しまなくなったきっかけはごく単純な事で、しかもそれを機会に母と会わなくなってしまったのだから一方的な話になってしまうかもしれないのだった。母の縮小が始まったのはたしか私の思春期の終わり頃で、登校拒否のあげくに、進路を国立大の医学部から私立の薬学部に変えろと言われていたあたりだった。当時の私は軽い鬱状態にあって、受験も迫っているのに学校へは行かず、毎日正午まで起きなかった。(中略)②人間は自由に生きるべきだ、と母は絶えず私に言ってきかせたが、自由はエリートの夫を持って、家事を完璧にこなす女医にしかやって来ないのだった。といっても、母は別に女医ではなく仕事は職場のライバルだった男達の妨害に遭って辞めさせられてしまっていた。——母は、現実に絶望していた。私の性別も嫌だったのだと思う(傍線・引用者)。

①の傍線部分からわかるように、「私」は自身の奇妙な状態を成育歴から検証することで理知的にふるまおうと努めている。また、「母の縮小」という奇妙な現象は、自身の精神的錯綜に起因する「視界の異変」だと自覚しているようだ。[10] にもかかわらず、当初は単なるフォルムの変形にとどまっていたものが内的変容を伴い始め、次第に制御不能となってしまう。傍線②にあるような、母の世代的トラウマについては前節で述べた。斎藤環は、母の娘への支配が「身体的な同一化」という形態をとり、それは「表向きは献身的なまでの善意にもとづいてなされるため、支配に反抗する娘たちに罪悪感をもたらす」と論じている。[11] ここでも、母の表向きの論理を伝達する言葉とそれを裏切る身振りとによって、受け取る娘との間に乖離と抑圧が存在していることを確認しておきたい。母が口にする「自由」が、いかに娘を呪縛するかに注意すべきだろう。「私」は、時には性別が男に変換されるほど「自由」な母に固執していく。固執することでこそ、逆説的に母からの「自由」を身につけようとしているようにも看取できる。そして、「私」が語る現象が、幻想なのか現実なのかは最後まで不明のままである。つまり、型破りな私小説のふりをした幻想小説とも、幻想を使うことをわざわざ前置きした幻想小説のふりをした私小説ともとれるわけである。

母は、三重県熊野地方の土俗的な方言によって（作者が固有の日常の記憶に軸足を置くことの確認であろうか）、「――あ、ちいそうしたな、わたいのこと、ちいそうしたな」と嘆くが、一方で「――ちっ、おかあさんいうたらみんな自分の事やと思うとるわ。（略）――「ちゃうぞ、薬も、食べ物も、みんなおかあさんのうんこがひっついとんのじゃ」などと、野蛮で滑稽な言葉を口汚く吐き続けることで、母が自身の属性を客観的に捉える視野の広がりを獲得していく。こうした細部の格差や不一致といったふり幅の広さが、奇妙な躍動感を生んでいく仕掛けとなっている。遠藤郁子は、笙野作品に登場するワープロの内部について、「未分化な言葉がつまった、まさに言葉のカオスなのではないか」と指摘している。[12] そのカオスとは、単なる形状の縮小に見えた母が、次第にその変容形態に多義性を帯びていき、遂には手に負えなくなる状況そのものの表象でもあるだろう。

脳内の怪異はいつしか現実を侵食し、母は存在の「設定」をくるくると変えながら時には「謎のお母さん男」や奇天烈な虫となり、性別や生物的カテゴリーをも自在に越境してしまう。それが「私」の意思なのか、母のものなのかも判然としないまま、「私」は縮んだ母にひどく固執し、変態した母の可能性を引き出すために編み出した自覚的な嘘さえ、幻覚や妄想の波にのみ込まれていくのだった。「母の縮小」において、娘である「私」は、意識における母の無効化を「縮小」によって果たそうとした。それは、母からの逃走であり、巨大な壁である母の実体を、言葉のレベルへと移行し特定の意味に着地させまいとする試みであったと言えよう。

作品の終盤、「私」はワープロ機能による母の縮小に限界を感じると、母の「子供化」を思いつく。母と自己との入れ換え、もしくは均一化への挑戦だろうか。しかし、その企ては成功しない。「私」は、母をワープロのディスプレイ上に叩きつけると、「インベーダーのような、小さな記号」として点滅させ、「母という文字ですらなくなって」いる母を置いて家を出るのだった。それまで母という文字は、「異様で、無意味で、変な言葉」だったのだが、母を言葉によって縮小させ、更にそれを絶え間なき多義性の野蛮さにさらした後に、生身の母から母という文字の質感やジェンダー役割を剥ぎ取ることに成功した。しかし、それでもなおヤツノにとっての母という存在の核は記号化されて未だそこにある。(13) この作品では、まずは娘による捨て身の言葉遊びによって、愛憎の対象としての母という難問を取り扱うことの可能性が示されたのであろう。「母の縮小」は、娘の環境改善のために敢行された反逆の第一歩だったが、それは世間から見れば極めて非社会的で、観念的でありながら実践的効果が期待される娘の困難な居場所さがしの始まりであった。とりあえず母との距離を獲得した娘の居場所さがしの旅は、こうして続編へと続いていく。

3　「母の発達」――「小話」創出という母との協働

「母の縮小」の終わりに、「私」は「母の縮小を止めた頃から、気が付くともう六年以上母に会っていない。だが、時々は母の夢を見る事もある。その時の母はやはり昔のままの家に住んで、障子の桟の上に悲しげなとぼけた顔付きで座っている」のだと近況を説明している。愛憎とも母恋ともつかぬ娘の複雑な心境は、二作目の「母の発達」（初出『文藝』一九九五年秋季号）で、回想によって一応は回収されながら、更に新たな次元へと変容していかざるをえない。

「母の発達」の冒頭、「母の縮小」内の出来事はヤツノの「幻」として総括されている。「母の発達」では、時間軸の複層性の中で、ヤツノは五十代半ばまで母と同居していたらしい。社会的には完全なパラサイト・シングルである。ある時、ヤツノは「娘を繋いでおいてずっと殺し続ける母」を遂に灰皿で撲殺してしまったと告白する。しかし、身体は滅びたはずなのに何故か母は生きており、「リゾームと化した、新たなる母」として正体不明の生き物へと変貌してしまう。母は、時に生きた人間を餌にしながら無限に増殖し、「自由」に発達していくのだった。これは、母が娘の心的エネルギーを吸い取ることで自己肯定を確認しながら生き延びていることの暗喩だろう。ヤツノは、長年自分を苦しめた「正しい母」を絶滅させることに腐心し、母と共に「新しいおかあさん」を生むための「小話」の作成に精を出す。物語は、こうした作業を通じて、ヤツノが、「女ごときにお母さんが務まってたまるか」（テクスト内の「お母さん」の表記は統一されていない）と豪語する母に圧倒され、時には母に寄り添うなかでいったんは和解するも、最後は何もかもが吹き飛んでしまい、「狡く」て「小さく」て「邪悪」な母が「ラップトップのワープロになって、発光」する場面で終わっている。ここで着目されるのは、娘と母の共犯という視点だろう。

私は全てのおかあさんを表しつつ、実在の正しいおかあさんを絶滅させる方法を発見した。それはあらゆるおかあさんをひらがなの一字で表すというものであった。例えば、「い」のお母さん、「ろ」のお母さん、「は」のお母さん、「に」のお母さん。つまり、母の記号扱いである。そう、これこそが、至上のお母さん整理法、そして最も合理的な新・お母さんの系列化であった。

ヤツノは、殺しても死なないしぶとい「正しいおかあさん」を、「昔々あるところに五十音の母がおった。「あ」の母、「い」の母という具合やった。(中略)「あ」のおかあさん、はあくまのおかあさん、やった。あくま、て悪魔や。悪い事やる係のおかあさんや」といった具合に、「小話」による母の精緻な記号化と分類化に励み、母という存在自体を超克しようとするのだった。これは、「小話」の形式をかりた「母虫神話」の創造であり、「母革命」に他ならなかったと自著解説されているが[14]、それが母と娘の協働であった点が重要だと言えよう。

絶え間なく創作される「小話」からは、母にまつわる多様な寓意が引き出されていく。そして、ヤツノも母も寓意からの逸脱を演じ続けることになるのだ。これは、一般化と個別化が同時になされる運動の内実を示しており、「新しいおかあさん」は常に更新されるものとしてのみ評価されていることがわかる。例えば、「男のおかあさん」である「「お」のおかあさん」は、正式には「おとこいっぴきおかあさん」で、選挙に出るが落選してしまう。たとえ「男」になっても「殿方受け」が悪かったからである。「新しいおかあさん」によって、娘は社会との関係において新たな側面に近接するのだが、不幸にもそれらは社会的に受け入れられない何らかの不具合を抱えている。あるいはジェンダー的に相対化されるべきものなので、開拓された「新しいおかあさん」によって、即座に娘の居場所が獲得されるわけではないのだ。

「小話」は、日本の女のしがらみをめぐる素材だけでなく、神話や哲学等の女性ジェンダーをめぐる多彩な言説、例えば、メアリー・シェリーの『フランケンシュタイン』における「怪物」の解釈や「ギリシャ神話」におけるエディプス・コンプレックス、「ユング学派精神分析」におけるエレクトラ・コンプレックスの問題等を、ナンセンスギャグの連続によって揶揄しながら、従来の「権威」をことごとく無効化しようとする。2節で述べたように、そこでは、フェミニズムの成果さえ容赦なくあげつらいながら、語り手はある意味ペダンティックに幅広い知識を開陳している。教養豊かな脳内を下品で野卑な言葉によって披瀝する鼻もちならない女を、奇怪な幻想によって語っていくのである。

「新しいおかあさん」からは、「新しい娘」が派生する可能性が示されていると考えられる。母と娘は互いに反発し、娘は自己を生かすために〈母殺し〉を敢行したが、それでも互いの可能性を引き出そうと死に物狂いで協働しているのだ。ここで重要なのは、ヤツノは母を否定しているのではないという点である。不自由な母を悲しみ、嘆いているのだろう。母の嘆きの記憶を自らの内的体験に引き寄せては味わい、酷評しながらも共に苦しみ、それらを自分の言葉で表そうともがいている。表現することで、ヤツノはほんのひと時暫定的な居場所を獲得する。こうした母の体験に関する顧慮の感覚は、愛することと憎むことが同義の世界で苛烈に認知されていくのである。

母娘の一見無軌道な会話によって展開される物語のリアリティを支えるために、読者に叩きつけられた言葉に対しては、詳細だが個人的な注釈がふんだんに付され、時々挿入される日記にはヤツノの生々しい憤懣がユーモラスに語られる。特に、自著解説としての注は、語り手のふるまいを擁護する機能と、語り手が語る内容の相対化を同時に目論んでいるのだろう。このテクストでは、あたかも注こそが本文として読まれるべきもののように指し示されており、そこにも笙野の逆転の挑戦が見られるのである。「母の発達」は、自作に対する解説を語るメタ文学的なテクストであり、性差別だけでなく、あらゆる差別やタブーに挑み、様々な権威を相対化していくための斬新な方法を採用していたのだと考えられよう。

おわりに——「母の大回転音頭」における娘の野望

ジェンダー規範を目まぐるしく攪乱し続け、母を揶揄と非難のなかで更新し、時には寄り添うしぐさを見せながら語られてきた娘の居場所さがしの旅は、最後の「母の大回転音頭」（初出『文藝』一九九六年春季号）でひとまず閉じられることとなる。

「母の発達」のラストでは、それまで構築されてきた言葉の空間が破壊され、名づけられた新種の「お母さん」たちは突如飛散してしまった。一方、ヤツノは何故か宇宙一の「悪母《わるかあ》」を目指して修行し、三年間も「お母さん」たちを世界中探してまわるが見つからずに帰宅する。その後、五三歳のヤツノが「母の思い出」という作文を書いて「お母さん」たちの再結集に成功し、母から頼まれた音頭と衣装を用意すると、「お母さん」たちの奇妙な「大回転音頭」の踊りが始まるのだった。ヤツノは「総ての母を分化統合再生させる」ことに専念するのだが、その実相とは次のようなものであった。

母が三百六十度回転した。回転して戻って来て何の変化もないのに、ただ母全体がこの世にある事を感ずるだけで、身の毛のよだつような感動と法悦と恐怖がヤツノを襲った。そして自分の死期が来た事をヤツノは悟った。するべき事を終え、した事の結果を、容赦なくわが身に浴びて、ヤツノは震えていた。ついに、ヤツノは言った。――お母さん、私はもう、一生、母に生き母に死んだで、そやでもう孫がほしいとか言わんといてえな。なあ、お母さん。母は黙ってにっこりと笑い返した。ヤツノの目には母はクレオパトラか楊貴妃か、或いは、ヤツノがこれから極楽でデザインする、世界最高のヤカンのように見えた。

闘いの果てに死んで「極楽」へ行くらしいヤツノの終着点を、我々はいかに評価すべきなのか。引用文の傍線部分からは、ジェンダーの非対称性をあらかじめ内包した家庭からの脱出というある程度の達成が感じられ、母が娘を母になるべく育成するという行為が、社会全体の共犯関係のもとで遂行されていることの内実を明かしているように受け取れる。猪熊理恵は、「末期のヤツノに、母が権力を持つ世界最高の美女、あるいは自分が作ることを望む憧れの、最高の品のように見えた以上、少なくともヤツノは、母からの許しを得たと思えていることだけは読みとれる(15)」と指摘している。

たしかに、「ああ、あの子は私の血の繋がった子ではなかったかもしれん、それでも私はあの実の母を実の子同然に可愛がったんや、一旦殺して一から育てたお母さんなのや」と「本気」で吐露するヤツノからは、生殖という再生産活動への拒否と共に、母の体験に寄り添った上での母への気づきという、達観にも似た境地を得たことが感じ取れる。そして、母との死闘の末に獲得した居場所でヤツノが思うのは、子産みを拒否した娘のヤツノが、子産みをしないままに新たな母の座に就こうとする野望についてだったことがわかるのだ。

ヤツノは、母を扱える状態にまで縮小し自在に加工した後に、〈母殺し〉という名の新しい母の創造に邁進したことで、殺した母からの許しを得た。彼女は、「正しい」母を解体して新種の母を創造し続けたのだ。〈母殺し〉の連続と更新という娘の居場所探しの旅は、こうして一応の完結を見た。そのためにヤツノは自分の命をも差し出さねばならなかったのだが、しかし、彼女が死んだまま「この世」に戻ってこないとは考えたくない。[16]

母との壮絶な協働を経たヤツノが、新世界の母となって不敵な笑みを見せてくれるのではないかと期待せずにはいられないのである。

注

（1）『母の発達』についての『文學界』編集部による説明文（安藤哲行「母性との絶望的な闘い　笙野頼子著『母の発達』」、『文學界』一九九六・六）

（2）「続編」として刊行された『母の発達、永遠に　猫トイレット荒神』（河出書房新社、二〇一三・二）における笙野の自称。

（3）安藤哲行の書評「笙野頼子『母の発達』」（『文學界』一九九六・六）

（4）斎藤美奈子「解説　母よ、ちゃぶ台をひっくり返せ」（『母の発達』河出文庫、一九九九・五）

（5）笙野頼子と清水義典の対談「父なる母、母という子供」における清水の発言（『文藝』夏季号、一九九六・五）。

（6）山崎眞紀子編「年譜」（笙野頼子『初期幻想小説集　海獣・呼ぶ植物・夢の死体』講談社文芸文庫、二〇二〇・一一）参照。

（7）釜野さおり「1990年代以降の結婚・家族・ジェンダーに関する女性の意識の変遷——何が変わって何が変わらないのか」（『人口問題研究』国立社会保障・人口問題研究所編69（1）、二〇一三・三）。

（8）根岸泰子「笙野頼子論——フェミニズム批評のための鏡——」『岐阜大学教育学部研究報告　人文科学』第47巻第2号（一九九九・三）

（9）篠崎美生子「母性・生殖」（飯田祐子・小平麻衣子編『ジェンダー×小説ガイドブック』ひつじ書房、二〇二二・五）

（10）二〇一八（平三〇）年、母に強要されて医学部を9浪した娘が母を殺害し、遺体をバラバラにして遺棄するという猟奇的な事件が起きた。母の生身の身体を解体するという、笙野の文学テクストを反転させたような事象が実世界で生じた点は興味深い。齊藤彩『母という呪縛　娘という牢獄』（講談社、二〇二二・一二）に詳しい。

（11）斎藤環『母は娘の人生を支配する』（NHK出版、二〇〇八・五）

（12）遠藤郁子『レストレス・ドリーム—言葉のカオス、メタ・フィクションの格闘—』（『現代女性作家読本④笙野頼子』鼎書房、二〇〇六・二）

（13）この点に関して島村輝は、「消滅するまで縮小させ」たと指摘しているが（「『母の発達』——新時代の母娘小説——」注（12）の書籍所収）、筆者は「消滅」ではなく母の記号化として捉える。

（14）「母虫神話」と「母革命」は共に、注（2）書籍中の自著解説において使用された造語。

（15）猪熊理恵「笙野頼子『母の発達』論」（専修大学大学院『文研論集』29　一九九七・三）

（16）注（2）、（14）記載の書籍は、「続編」と銘打ってはいるが、時間的・内容的にかなりの断絶があると判断し、本稿では「母の大回転音頭」によって一応の完結を見たものとして考察した。

記憶・物語・産むこと——川上未映子『夏物語』のケアとクィア

藤木直実

はじめに

川上未映子『夏物語』（初出『文學界』二〇一九年三月号、四月号）は、パートナーなしの妊娠・出産を目指す夏子を語り手とする、千枚におよぶ長編小説である。「第一部　二〇〇八年夏」は第一三八回芥川賞受賞作『乳と卵』（初出『文學界』二〇〇七年十二月号）に大幅な加筆を施した内容であり、「第二部　二〇一六年夏〜二〇一九年夏」では『乳と卵』の登場人物たちのその後が描かれる。結末で夏子は出産を迎えるが、これは初出時においては近未来に相当し、すなわち「出産の未来形」を提示するつくりとなっている。

二〇二〇年四月、『夏物語』は『Breasts and Eggs』としてアメリカで出版され、川上は英語圏での単行本デビューを果たした。これにはアメリカの有力文芸エージェントの介在があったことが知られている。(1)オファーは二〇一五年、二〇一七年には村上春樹が『乳と卵』を絶賛した記事がWeb公開され、以後主要メディアも予告的報道を反復して、川上作品への期待は刊行前から演出され、高められた。刊行後は直ちに大きな反響をもって迎えられ、多言語による翻訳と、各国でのベストセラー化が続いた。(2)二〇二三年二月時点で、世界四〇カ国以上での翻訳刊行が進行中であるという。(3)

翻って川上は、「英語圏の読者にはまず、芥川賞受賞作の登場人物たちに会ってもらおうと考え」[4]、出世作『乳と卵』の「バージョンアップ」ないしは「リブート」として『夏物語』を書き上げた。[5] ＩＴ用語の「再起動」に出来する「リブート」とは、ゲーム、映画、アニメなどのシリーズ作品において、オリジナル作品の要素を含みつつ、現在の技術や解釈を用いた新しい作品として再構築することを意味する。いわゆる純文学には珍しいこの方法や、『夏物語』の英訳タイトル『Breasts and Eggs』――すなわち日本語で『乳と卵』――もまた、海外進出戦略の一環であったことが窺えよう。

以下、本稿の各節ではまず『乳と卵』を振り返り、身体の不随意性、反出生主義、言語の男性中心性のモチーフを確認する。その「リブート」である『夏物語』は、『乳と卵』のモチーフを引き継ぎつつ、第一部では「女性の貧困」と夏子のクィアな欲望をめぐるエピソードが加筆され、さらに第二部では、家父長制を支える異性愛中心主義と近代的な人間観への疑義を通じて、「ケアの倫理」[6]が問われていることを見る。

1　ままならない身体と暴力としての産むこと――『乳と卵』

『乳と卵』は、豊胸手術の日論見に囚われている巻子と、その娘で、初潮を迎えようとする年頃の緑子を、巻子の妹である夏子の語りによって描く。手術のカウンセリングのために大阪から上京した巻子と緑子が、三ノ輪の夏子のアパートで共に過ごした夏休みの三日間の物語である。

緑子と巻子の命名は「たけくらべ」の登場人物にちなみ、夏子は樋口一葉の本名から採ったと作家は語る。[7] 付言すれば、夏子の住む三ノ輪は吉原に近接し、かつて一葉が暮らして、その後「たけくらべ」の舞台となった地域である。さらに作中で、夏子は近く春日に転居の予定とされている。一葉はその最晩年を現在の地下鉄春日駅近くで過ごし、珠玉の作品群を一気に世に送った。つまり、『乳と卵』では夏子が小説家になることが暗示され、果たして

『夏物語』第二部の夏子はそれを実現している。翻って、巻子は三十九歳の場末のホステスでシングルマザー、緑子の父親とは十年ほど前に別れているため、現在十二歳の緑子は「父親の何らいっさいを知ら」ない。「みどりこ」とは「嬰児」の古称でもあるが、父親の一切を知らない子ども、およびその出生の意味をめぐる苦悩は、『夏物語』第二部の主要なモチーフでもある。『夏物語』の着想は『乳と卵』のうちに確かに胚胎していた。

さて、緑子はこの半年ほど母親に対して無言を貫き、筆談用のメモ帳と、心情吐露の文章を綴るノートを携帯している。この緑子の手記の十三の断章と、夏子の語りとが交互に配置されて進行する『乳と卵』は、大阪弁を基調とした口語的な文体で貫かれ、句点が少なく一文が長い特徴を備えて、一葉の文体との共通性がしばしば指摘されている。以下、緑子の手記の断章には、便宜的に一から十三までの番号を付して示す。

小説冒頭の断章一は、「卵子というのは卵細胞って呼ぶのがほんとうで、(中略)精子、という言葉にあわせて子、をつけてるだけ」と言語の男性中心性の指摘から始まり、学校や家が「しんどい」ことが綴られて、「いや、という漢字には厭と嫌があって厭、のほうが本当に厭な感じがあるので、厭を練習。厭。厭。」と結ばれる。これが「ゑゝ、厭や厭や、大人に成るは厭やな事」という「たけくらべ」の有名な一節を踏まえていることは明示的だ。美登利は、初潮を迎えて大人になれば、否応なしにその身体を売るために吉原に入らなければならない。自身の意思とは無関係に変わっていく身体、すなわち身体の不随意性が『乳と卵』を通底するテーマであることが示されていよう。

「厭な原因」については断章四で詳述され、その主旨は①身体の不随意性・牢獄性、②母性イデオロギー、③「産む」ことの暴力性の三点にまとめられる。いずれ初潮を迎える身体に「閉じ込められ」た緑子は、月経や生殖能力や母性を言祝ぐ言説に欺瞞を感じ、労働と生活苦にあえぐ巻子の姿を対置して、言説と実体との齟齬や違和に直面している。おそらくはその齟齬こそが緑子の無言の理由の一端である。身体は不随意だが、言葉は随意であるからだ。さらに緑子は、苦役としての人生を生きる人間をこれ以上増やさないために、「ぜったいに子どもなんか生まない」と宣明する。

緑子の無言の理由のもう一端は、巻子への反発であると考えられる。すなわち断章八には、豊胸手術について連日問い合わせの電話をする母親への嫌悪と心配がないまぜに綴られる。栂沢健は、巻子の豊胸の動機を肉体の立て直しを介した仕事＝生活の立て直しの日論見と捉え、この作品を新自由主義時代における美容産業の肥大化と女性の貧困のスパイラル化との相関に接続した[8]。翻って巻子は、出産と授乳によって「それまでのあたしが持ってたぶんまで全部」が乳房から出て行ってしまったと述べる。出産に伴う身体の不可逆な変化を嘆く巻子は、その不随意性を超克すべく豊胸を切望したのであった。

身体の不随意性・牢獄性をめぐって、作家は「服は脱げても体は脱げない」という発言を残している[9]。不随意な身体に疎外された主体にとって、豊胸は、整形医療の力を借りた回復行為ともなり得よう。しかし巻子の場合それは、自傷行為ともいうべき局面に傾いている。断章十一には、巻子が風邪でもないのに大量の咳止めシロップを飲んでいることへの緑子の不審が綴られる。すなわち薬物依存の徴候が示される。巻子の激痩せぶりは夏子を大いに驚かせているが、親子の家に生理用ナプキンがないという挿話（断章四）を併せ見れば、巻子が無月経もしくは「生理の貧困」状態にあることが想定されよう。さらに緑子は、豊胸手術経験者の自殺は未経験者の三倍であるとするアメリカの統計を引く。つまり、「離婚し一人で子を育てる、場末のホステスでもあるアラフォーの巻子が、生活苦を抱えつつ自死の危険のすぐ傍らにいることを、豊胸は示唆する[10]」。

それに先立つ断章十では、豊胸は「あたしにのませてなくなった母乳んとこに、ちゃうもんを切って入れてもっかいそれをふくらます」こと、すなわち「生むまえにもどす」ことであると述べられる。巻子の豊胸願望は、緑子の誕生や存在の否定として受け止められているのだ。「お母さんの人生は、あたしを生まなんだらよかったやんか」という緑子の感慨は、「みんなが生まれてこんかったら、なんも問題はない」「うれしいも悲しいも、何もかもがもとからない」と展開し、「卵子と精子、みんながもうそれを合わせることをやめたらええと思う」という結論に着地する。小さな哲学者が示した反出生主義の思想は、『夏物語』第二部においてさらに本格的に問われることになる。

2　『乳と卵』をリブートする――『夏物語』のケアとクィア

既述のように『乳と卵』は、ほぼ倍の分量に加筆されて『夏物語』の第一部に置かれた。加筆の多くは、「生まれたときから貧乏で、今もまだまだ貧乏人」であるという夏子の生い立ちと、巻子が働く大阪の繁華街をめぐる挿話の数々である。幼少時の姉妹は両親と港町の小さな部屋で暮らしていたが、無職の父は家族に暴力を振るい、借金を重ねた末に、夏子が七歳の時に失踪する。残された母子は夜逃げ同然で母方の祖母の住む団地に転がり込むが、夏子が十三歳のときに母が乳癌で、その二年後には祖母コミばあが肺腺癌で他界し、以後、夏子と九歳年上の巻子はふたりきりで生きてきたのだった。夏子には中高時代の記憶がほとんどないという。「働くのに忙しすぎた」からだ。

生前の母は、昼はパートを掛け持ちし、夜はスナックで働いた。高校生の巻子はそのスナックで皿洗いをし、さらに並行して働いた焼肉屋で、時給六百円の彼女は多いときで月に十二万円を稼いだ。巻子は「今も週五でスナックで働いている」。「シングルマザーで働き倒して病気になって死んでいったわたしたちの母親の人生と、ほとんどおなじ人生」だと夏子は述べるが、高校生の身で家計の多くを担い、ヤングケアラーからそのまま二十代で夏子の親代わりとなった巻子の人生は、母親よりもさらに過酷だと言うべきだろう。

巻子が働くスナックは大阪の「笑橋」――『乳と卵』では「京橋」――にある。母と姉妹がずっと働いてきた街だ。大阪をよく知る岸政彦によれば、京橋は、「梅田やミナミほど有名ではなく、鶴橋や釜ヶ崎ほどの「濃さ」もなく、大阪人の感覚でいえば十三に近い、でも十三よりははるかに大きな、貧しい、柄の悪い、過酷な街」であるという。それを象徴するのが、巻子の職場にアルバイトを志願してやってきたふたりの少女、ノゾミと杏をめぐる「凄惨な物語」であると岸は述べる(11)。

ふたりは、ネグレクト家庭から逃れて放浪しているらしき徴候を様々に示しながらも明るく働いていたが、突然無断欠勤する。実はふたりは男に売春させられていたのだった。本当の年齢は十四歳と十三歳だった。ノゾミは安ホテルで覚醒剤中毒の客から暴行を受けて顎の骨が砕けるほどの重傷を負い、杏の行方はわからない。九州で暮らすノゾミの母は十六歳でノゾミを産み、父親の違う小さな弟と妹がいるという。つまりノゾミは世代間連鎖した「関係性の貧困」を生きる当事者であり、そんな彼女たちへの暴力と搾取によって支えられている街が「笑橋」なのだ。文庫版で五頁にも及ぶこの挿話は、巻子からノゾミへの感情的同調と身体への慰撫で閉じられる。巻子もまた自身の身体以外に何らの資本も持たず、頼るべき人もなく、安価な報酬と引き換えに男性の慰安のためのケア労働を差し出し続けて半生を送ってきたことを示唆していよう。

以上、『夏物語』第一部でまず「リブート」されたのは、「女性の貧困」、言い換えればケアの搾取の問題系であった。海外の書評の多くはこの点に触れ、バブル崩壊のずっと以前から日本社会に伏在していた「貧困」が「初めて書かれた、という強い驚きと興奮」を以て本書を迎えたという[12]。さらに第一部での目立った加筆として挙げられるのが、夏子と巻子が訪れた銭湯の女湯での六頁以上に及ぶシークエンスである。居合わせた「おなべ」の客を目に留めた夏子は、小学校時代の同級生ヤマグを連想し、かつてヤマグとともに経験した非‐性愛的な恍惚を白昼夢のうちに心身に蘇らせる。「何度も味わったあれがやってくる（傍点原文）」という一節は、夏子の欲望が異性愛の語彙では表象され得ないクィアな性質のものであることを端的に示していよう。

後述するように、第二部の夏子は自身の子どもに「会いたい」という強い思いを抱いており、その願望は三十代後半に至って突如沸き起こったとされる。しかし、高校時代に借りた奨学金を返済し続け、さらに巻子親子への仕送りを続けてきた夏子であれば、奨学金の完済と緑子の成人が目前となるまでは自身の出産について考えることすらできなかったのだと捉えるべきだろう。かつて「大人」の条件とされた安定した収入を得られないままに年齢を重ねたことと夏子のクィアネスとの交差性は、「子どもが子どものままで子どもを持つこと」の可能性に置換されて、第二部においてさらに問われてゆく。

3　交錯する言葉と身体

以下では第二部を中心に論ずる。第一部から八年後の二〇一六年、三十八歳の夏子は小説家になっていた。二〇一一年にデビューし、曲折はあったが、二〇一四年に刊行した初めての短編連作集がテレビの情報番組で紹介されて、六万部を売り上げた。どうにか文筆のみで生計を立て得る「夢みたい」な「嘘みたい」な生活を送る現在の夏子は、しかし一年ほど前から自身の子どもに会いたいという思いに取り憑かれている。

発端は五年前に遡る。東日本大震災から二ヶ月後、夏子が小説家になったことを知った高校時代の同級生の成瀬くんから、十年ぶりに電話があった。これを機に成瀬くんのブログやSNSを閲覧するようになった夏子は、彼の面影を宿した子どもの成長ぶりを見るにつけ、「不安のような、どこかそわそわした気持ち」を抱くようになる。彼と夏子とは十七歳から二十三歳まで交際関係にあり、親密な時間を共に過ごしたが、夏子にはセックスにかかわる欲求がまったくなく、苦痛でしかなかったことが別れに繋がった。すなわち、『乳と卵』での主要モチーフであった身体の不随意性の問題が、夏子のセクシュアリティをめぐる困難として改めて問われている。

高校生の頃の成瀬くんは小説家を目指しており、ゆえに彼は夏子を現在の職業に導いた人間のひとりでもある。成瀬くんからの電話の内容は「震災後に書くこと」の倫理にかかわり、その過敏さや過剰さは、原発事故後＝放射能災後に親になった彼の倫理と結びついている。翻って、夏子が二〇一四年に刊行した短編連作集は、それを読んで夏子に会いに来た編集者の仙川さんによれば、「すべての登場人物が死者で、べつの世界でその死者たちがずっと死に続けて」いるという内容である。「死というものがいわゆる終わりとして描かれるのではなく、しかし再会や再生を意味するものでも」ない夏子の小説を、読者たちは震災後文学として受け止め、癒やしを得たという。つまり夏子は、期せずして成瀬くんに応答していたのだ。

その後の二年間を、夏子は「進みの悪い小説を書きつづけて」過ごしている。執筆の停滞と反比例するように自身の子どもに「会いたい」という思いは亢進し、セックスを介さない妊娠、すなわち精子提供による妊娠についての情報収集の範囲は広がってゆくが、夏子は多くを語らない。経済的にも不安定な身であればなおさら、簡単には答えの出ない問いであるからだ。対照的に雄弁なのが、女性登場人物たちである。夏子が書店でアルバイトをしていた頃の同僚で主婦の紺野さん、キャリアウーマンで独身の仙川さん、人気作家でシングルマザーの遊佐、非配偶者間精子提供（ＡＩＤ）によって生まれた当事者の善百合子。彼女たちは「それぞれの立場を代表するが故に、著しく原理的でもある」[13]。自身を「二代目『まんこつき労働力』」と嗤う紺野さんは家父長制下における母娘の葛藤の連鎖を生き、仙川さんは結果論的チャイルドフリー論者、遊佐は生殖の自己決定を高らかに宣言し、善百合子は産むことの本質的な暴力性を説く。交錯し対立する複声を夏子はひたすら聞き、その間を揺れ動く。

この第二部においては、夏子のフルネームが「夏目夏子」であることが初めて明かされている。両親の離婚によって母方の姓を名乗ることになったという設定だが、「夏子」が一葉に由来するのであれば、「夏目」姓が漱石から採られていることは自明だ。つまり、大阪弁の地域性や口語性と、中央の文脈や観念的領域との止揚を、女性のナラティブによって示すことが目指されている。前述の四人の女性による「女の雄叫び」は、その端的な表れであった[14]。さらに夏子の親族もみな女性ばかりであるがゆえに、本作には男性の存在が希薄であるかに見える。しかし、大阪時代の記憶にかかわる挿話群には、夏子に本をくれたスナックの客、流しの歌手で当たり屋の九ちゃん、そして夏子の父親が登場し、身体面での男性性において欠ける彼らが男性の特権から疎外された存在であることが点綴される。他方で、第二部で登場する男性たち、すなわち前述の成瀬くん、インターネットを介して個人での精子提供活動を行う恩田、ＡＩＤで生まれた当事者で内科医の逢沢潤は、いずれも「言葉」にかかわる存在として概括することができる。

精子提供によって子どもを持つことを、「神の領域」への冒涜であるとして巻子に真っ向から反対された夏子は、その反動から恩田に会う。自身の精子の優越性を言い募り、その散種に励む恩田は、「川上が描いたもっとも〝男らしい男〟の称号に値する」[15]。つまり恩田とは、ファロス＝ロゴス的存在としての男性の戯画である。翻って、夏子は当事者たちへのインタビューをまとめた本の中で、遺伝上の父に向けて呼びかける逢沢潤の言葉に出会って「胸がしめつけられ」、彼の言葉と名前を記憶に留め、やがて彼に会いにゆく。後にふたりは惹かれあうようになるが、逢沢の実存よりも先に彼の言葉に恋をしていたことを夏子は自覚している。

以上本節では、『夏物語』が『乳と卵』の示した言葉と身体とジェンダーをめぐる複層的な実験と問いを踏襲しつつ、それらを多数の登場人物と挿話によってより壮大な規模で展開していることを見た。『乳と卵』冒頭では「精子」と「卵子」の呼称を事例として言語の男性中心性が指摘され、その攪乱が女性の大阪弁での叙述によって企図されていたが、例示に際して選択された語彙には、言語を介した男性中心性が性と生殖の領域をも規定していることが示唆されていよう。次節では、『夏物語』における家父長制家族の脱構築の様相を辿る。

4　異性愛とは「べつのしかた」で

さて、夏子と逢沢との関係の発端が「言葉」であったことを踏まえ、仙川さんが夏子の小説すなわち「言葉」に惹かれて会いにきたことに改めて注目したい。深夜のバーで彼女が不意に夏子を抱擁し、夏子には聞き取れなかった短い「言葉」を発する場面も併せれば、彼女もまた表象され得ない欲望を抱えたクィアな存在であり、ゆえに子どもを持つことがなかった可能性が暗示されよう。翻って紅野謙介は、本作の命題は第一に「男性中心の異性愛社会の枠組みにおいて、男の性的欲望の対象となることを回避しながら妊娠することはできるのか」という問いにあり、さらに問われるのが「親になるという充足願望にからめとられる危うさ」であると述べる[16]。紺野さん、仙川さん、遊佐、および恩田の主張や形象は第一の問いにかかわると考えられ、第二の問いを先鋭化するのが善百合子の存在であると言えよう。

子どもの頃に戸籍上の父親から凄惨な性的虐待を受け続けていた善百合子は、自身の人生の喪に服するかのようにいつも黒い服を着ている。巻子は生命倫理の観点からＡＩＤに異を唱え、他方で遊佐は妊娠出産に必要なのは女の意思のみであると揚言してＡＩＤを全肯定したが、善百合子は、痛みそのものの人生を生きる子どもの立場から、出産は親のエゴに他ならないこと、産むことが暴力であるという本質においてＡＩＤも通常の出産も変わらないことを、夏子に突きつけるのだ。「自分の子どもがぜったいに苦しまずにすむ唯一の方法」は、その子を「生まれないでいさせてあげること」だけだと善百合子は表明する。かつての緑子の思索は、子どもが「作る」ものになった現在における倫理と技術の問題系を周回しつつ、よりラディカルな思想として回帰しているとみなされよう。

善百合子の戸籍上の父は、自身に生殖能力がないことを隠蔽するために妻にＡＩＤを受けさせて、百合子をもうけた。百合子への虐待すなわち性暴力を介した支配は、その生物学上の父への憎悪ないしは排除に起因していると考えられる。逢沢潤の戸籍上の父は旧家の一人息子で、体面を気にした祖母によって極秘裏にＡＩＤが選択され、夫婦間の妊娠が偽装された。つまり祖母は家父長制の代行者であった。紺野さんとその母は、二代にわたって夫やその家の支配下にある。以上を踏まえれば、百合子が父から受けた性暴力は、家父長制そのものの含みもつ暴力との連続性のもとで捉えるべきであることが示唆される。

周知のように、家父長制の屋台骨は強制的異性愛体制によって構成される。これを揺るがすのが、「セックスの季節」は長寿化した人生のうちの一時期に過ぎないという遊佐の言挙げであり、他方で夏子は、自身の性自認をめぐって、セックスとも女であることとも無縁な「子どものときの感じが、ただつづいている」と述べる。第一部での夏子が、ヤマグと経験した非－性愛的な恍惚を心身に蘇らせていること、そのときに聞こえてきた「《だいじなことに》」「《おとこもおんなもほかもおらん》」という啓示のような声もまた、強制的異性愛体制の彼方への導きの糸であった。翻って作家は、受精ではなく球根によって繁殖していく百合のイメージを善百合子の命名に託した(17)。百合は聖母マリアの処女懐胎のアイコンでもあり、善百合子は「子どものものみたいに小さな手」や「膝の骨」の持ち主であることによって、「子どものまま」の夏子と重ね合わせられる。マリアならぬ夏子は、異性愛とは「べつのしかた」で、すなわち生殖医療の力を借りて、「子どものまま」で子どもを作ろうとする。

ところで、『夏物語』には夏子が観覧車に乗る体験が三度繰り返され、一度目は緑子と、二度目は夢の中で父と、三度目は逢沢潤とともに、夏子は観覧車に乗る。この反復は、夏子と逢沢とが子どもを作る決意に至る伏線を構成している。観覧車のゴンドラの中で、逢沢は、かつて育ての父とよく観覧車に乗ったことを夏子に語る。つまり逢沢は、夏子を介して父に出会い直している。実存的な欠落感を埋めるべく遺伝上の父を必死に探してきた逢沢は、育ての父が生きているうちにすべてを知り、そのうえで「僕の父はあなたなんだ」と言いたかったのだという、自身の真の願いに気付くのだ。かくして家父長制を支える血縁の神話は転覆される。対する夏子は逢沢の肩にそっと手を触れ、その掌の奥に「小さな子どもの逢沢さん」を感じる。夏子と逢沢が初めて身体的に接触するこの場面は、夏子が見た夢の中で、父の肩に乗せられ、「初めて父にさわ」った瞬間と響き合う。すなわち夏子も逢沢を介して記憶の父に出会い直している。父親役割を放棄して失踪した父は、「小学生のような体躯をした小男だった」。父もまた、家父長制が準拠する男性性から疎外された「子ども」であったことを、夏子はこのとき真に了解したのではなかったか[18]。

おわりに

以上、本稿では、まず『乳と卵』における主要モチーフ三点、すなわち、身体の不随意性、反出生主義、言語の男性中心性を析出した。次いで、『夏物語』第一部ではケアの搾取と夏子のクィアネスの挿話が加筆され、第二部では『乳と卵』の主要モチーフが深化されるのに加えて、生殖の権利と倫理をめぐる審問、家父長制に内在する暴力の剔抉、およびその転覆の企てが展開されていることを見てきた。
日本社会が多方面で行き詰まりの様相を呈する現在、反出生主義は形而上学ではなく生活実感として若い世代に共有されている。本作が示した「子どもが子どものままで子どもを持つことは可能か」という問いは、近代社会が前提としてきた人間観と再生産の制度を抜本的に問いなおして新たな倫理を目指すものであると言え、したがって「ケアの倫理」にかかわる命題であると見なされる。様々な立場の人々の声やエピソード＝物語を交響させつつ、本作はその困難な課題を果敢に追究したのだと言えよう。

注

（1）ジョシュア・ハント「『Breasts and Eggs（夏物語）』でフェミニスト・アイコンとなった川上未映子。彼女にはさらなる野望がある。」（『群像』二〇二三・五）
（2）『Breasts and Eggs』のベストセラー化の背景については、前掲注（1）および辛島デイヴィッド『文芸ピープル「好き」を仕事にする人々』（講談社、二〇二一・三）に詳しい。
（3）「川上未映子氏『すべて真夜中の恋人たち』（講談社文庫）「全米批評家協会賞」最終候補作品ノミネートのお知らせ」（株式会社講談社、二〇二三・二・一、https://00m.in/LZIGJ）
（4）注（1）に同じ。
（5）「出産は「親の身勝手」か？　人工授精と倫理をめぐる話題作『夏物語』」（『週刊現代』二〇一九・九・一四、二一）
（6）キャロル・ギリガンが提唱した、家父長制および男性中心主義の構造を根本から問いなおす倫理を指す。川本隆史ほか訳『もうひとつの声で　心理学の理論とケアの倫理』（風行社、二〇二二・一〇）を参照。
（7）川上未映子・松浦理英子「性の呪縛を越えて」（『六つの星星　川上未映子対話集』文藝春秋、二〇一〇・三、所収）
（8）栩沢健「明治と平成が「厭」で重なる『乳と卵』」（『神奈川大学評論』二〇〇八・一一）

（9）「第一三八回芥川賞受賞者インタビュー　家には本が一冊もなかった」（『文藝春秋』二〇〇八・三）
（10）布施薫「川上未映子『乳と卵』〈脱げない体〉をめぐって」（『国文学　解釈と鑑賞』二〇一〇・四）
（11）岸政彦「川上未映子にゆうたりたい」（『文學界』二〇一九・八）
（12）「日本人作家の英訳本、海外も評価　川上未映子ら新世代」（『日本経済新聞』、二〇二〇・一〇・一三夕刊）
（13）桐野夏生「単性生殖ノススメ　『夏物語』を読んで」（『文學界』二〇一九・八）
（14）川上未映子・鴻巣友季子「生む／生まない、そして生まれることへの問い」（『文學界』二〇一九・八）
（15）野崎歓「川上未映子と「生む・有無」問題　『きみは赤ちゃん』賛」（『文學界』二〇一九・八）
（16）紅野謙介「忘れるより間違うことを選ぶ」（『文學界』二〇一九・八）
（17）川上未映子・穂村弘「べつの仕方で、」（『文藝別冊　川上未映子』河出書房、二〇一九・一一）
（18）青柳宏は、夏子と父、逢沢潤、善百合子との出会いを、レヴィナスを援用して詳細に分析している。「ケアの倫理をもとめて（その二）　川上未映子『夏物語』を、エマニュエル・レヴィナスの視界から読む」（『宇都宮大学共同教育学部研究紀要』七二、二〇二二・三）を参照。

〈付記〉テクストは川上未映子『乳と卵』（文春文庫、二〇一〇・九）、『夏物語』（文春文庫、二〇二一・八）に依拠した。

小川洋子『妊娠カレンダー』――妹の〈目的のない悪意〉

溝部優実子

姉の妊娠と出産を妹の視点で描いた「妊娠カレンダー」(『文學界』一九九〇・九)が、「母性幻想のないところで「妊娠」を描き、「女性作家の新しい展開を印象づけた[1]」のは疑い得ない。そして、その革新性によって、分裂した読みを誘発する問題作となったこともまた事実だろう。第一〇四回芥川賞受賞後まもなくのインタビュー[2]で、聞き手である小山鉄郎は、選考委員の日野啓三が記者会見で語った内容を明かしている。

「妊娠カレンダー」の主人公は発癌性の疑いのある防カビ剤を使用したグレープフルーツのジャムを姉にどんどん食べさせることで、最後には姉のおなかの中の赤ん坊まで破壊されていると考えるのですが、そのとき主人公はそれが自分の妄想であると自覚している、と読んだ選考委員。いや主人公は、赤ん坊が破壊されていると確信していると読んだ選考委員。というように選考会での意見が分かれたそうです。

これについて、小山は、前回の小川洋子の芥川賞候補作「冷めない紅茶」(『海燕』一九九〇・五)でも最終部の読みが分かれたことにふれ、それを「小川作品のある一つの特徴」として挙げた。それに対し、小川自身は「読んでいる途中で読者に、「ふっと「あれっ、今、自分はどの地点に立ってたんだっけ」というような、迷いを感じさせたり、何か歪みに迷い込んだような気分に陥らせたい」と語っている。選考会での分裂した読みは、まさに小川の目論見が適った証ととらえることができるのだろう。

さらに、防カビ剤ＰＷＨが塗布された（と想定される）グレープフルーツのジャムを、姉に供しつづける妹の心理は、当初から不可解なものとされ、「芥川賞選評」（『文藝春秋』一九九一・三）において、〈悪意〉と称された。黒井千次は「妹の悪意が倫理によって裁ける性質のものではないだけに、作品はどこか透明な仄暗さを孕んでいる。そこに魅力があるのだが、同時に曖昧さの残るのも事実である」と評し、吉行淳之介は「妹である「わたし」は、姉のつわりに振りまわされる。ここらから悪意の気配が出てくるが、それが姉にたいしてだけのものか、自分にも向けられているのか読み取りにくい」と述べている。同時代評として、その〈悪意〉にもっとも明確な見解を示したのは川村湊だろう。

作品世界の展開だけからいうと、姉に対する妹の〝いまわしい〟悪意には、ストーリー的にいえば、ほとんど根拠は見出せない。（中略）そこにあるのはすべて心理や生理に還元されそうでありながら、結局はどこにも、何にも還元することのできない曖昧な領域での〝悪意〟〝害意〟であり、時には〝殺意〟なのである。(3)

このように、妹の真意は「曖昧な領域」に囲い込まれ、だからこそ、これまでも繰り返し論じられてきた。当の小川は「テーマはしいていえば、目的のない悪意。お姉さんをどうにかしようという悪意じゃない。目的がない純粋な悪意……」(4)と述べたという。果たして「目的がない純粋な悪意」とはどのような意味なのだろうか。

本稿では、まず、「妊娠カレンダー」の特殊なスタイルに注目し、小川が言う「何か歪みに迷い込んだような気分に陥らせ」るテクストの力学に注視する。その上で、記述から読み取れる妹の特質を抽出し、グレープフルーツジャムの供与に潜む心理を浮上させてみたい。

1　表題と日記形式の戦略

「妊娠カレンダー」は日記形式を採用している。妊娠が確定された日（十二月二十九日）を起点とし、出産日（八月十一日）まで、月日と妊娠の週数をまず記載した上で、その日の出来事を記していくというスタイルだ。だからこそ、「姉の妊娠から出産までを記録した〈観察日記〉として描かれ[5]たもの」、「〈カレンダー〉、暦として読まれるべき[6]」ものともとらえられてきた。しかしながら、「日記」が他者に読まれることを前提としない記述であることを考えると、このテクストを形式に準じて「日記」とするには違和感があろう。会話にはすべて引用符が付されており、明らかに語り手が存在するからだ。「一月十三日（火）」の最終文「二人の間で、ほのかな赤ん坊の影が、夜の闇に包まれていた」（傍点引用者）がその端的な証左である。高見沢紀子が「そこに示された日付と週数は語り手によって施されたもの[7]」であることを指摘しているものの、この点についての踏み込んだ考察はなされていない。二二六日に及ぶ姉の妊娠期間の中で、表記されているのが、わずか二十一日のみであることも看過できまい。「妊娠カレンダー」は、黒井千次が指摘するように「観察日記形式の小説[8]」としてとらえるべきだろう。

さらに、日記形式の採用を表題「妊娠カレンダー」とリンクさせて考えると、その特徴が一層明らかになる。「カレンダー」とは、「一年間の月日、曜日、祝祭日などを、日を追って記載したもの[9]」であり、言わばオートマティックな日付の羅列に過ぎない。このような無味乾燥な表題を外枠にして日記形式を採用すれば、付随する記述部分は記録性の高いものとみなされるだろう。なぜなら、「日記」は私的ではあるが「事実を記録すること[10]」を暗黙の裡に了解させる記述だからである。〈記録性〉を装うこと、それが「妊娠カレンダー」というテクストの力学であったのではないだろうか。乾いた筆致と相俟って、表題と形式が記述を〈記録〉にシフトさせ、そこに通底する偏頗な主観性を忘れさせる。次章で検証するが、この記述は成長する胎児のイメージを徹底的に消去しているのである。

冒頭で述べた芥川賞選考委員の読みが分裂したのは、このような表題と日記形式、淡々とした筆致が牽引する、記述部分の〈記録性〉の擬態によるものだろう。ラストは「わたし」の〈主観世界〉が突出する場面であり、記述の〈記録性〉を暗黙の了解事項として読み進めてきた場合、このシーンは「妄想」と映る。突如、現実と乖離してしまったように思えるからだ。しかしながら、日記形式にカモフラージュされた記述は、当初から「わたし」の〈主観世界〉に添って取捨選択されていたと考えられるのであり、ラストは「わたし」の〈主観世界〉内の「確信」として示されていたととらえるのが妥当だろう。

以上のようなテクストの力学を踏まえた上で、語り手が姉の妊娠と妹の〈主観世界〉をどのように表出させているのかを確認していきたい。

2　排除された生命性

エキセントリックな姉の言説が前景化しているために見失いがちだが、医学的見地からみれば、姉の出産までの過程は順調といえる。二年間にわたり基礎体温表をつけていることから、望む妊娠であったことは明白であり、出産までの過程において、強いつわり症状や妊娠後期の体重増加があるものの、胎児や母体に関わる重大なトラブルはない。高見沢は、この記述が「きのう産婦人科に行ったことで、姉は正式に妊婦になった」というところを起点としていることに注視し、「この記録は生物学的な《妊娠》ではなく母子健康法等に基づいた制度的な《妊娠》である」[11]ことを指摘している。まさしく、姉の〈妊娠〉と〈出産〉は「医学の力で危険を防がなければ、母子の命が危ないと考える」「医学パラダイム」[12]に領有された近代的な〈お産〉の典型例といえるものなのだ。

試みに、妊婦のデータと比較すると、姉の心身症的な症状とされがちな様子が、多くの妊婦の状況からそれほど逸脱していないことがわかる。当初、姉には妊婦である自覚がないが、鈴井江三子によると、妊娠初期では「つわり等の身体的な変化にかかわらず妊娠が実感できないと語る妊婦が多かった」[13]という。さらに、妊娠中期に写された画像について、姉が「今頃胎児はねえ、まぶたが上下に分れて鼻の穴が貫通している時期よ。男子なら腹腔内にあった性器が下降してくるの」と述べ、「わたし」はそれを「母親に似付かわしくない言葉遣い」と受け取る。だが、この説明が超音波診断画像に付随する医者の説明に準拠していると見れば、十分納得できるものだ。

本来の妊娠の身体的実感は、下腹部の膨らみと胎動が生じる妊娠中期から生じるという。鈴井は「妊娠末期の妊婦にとって、顕著に出現する胎動は、妊婦が妊娠を受容し、胎児への愛着を高めながら、胎児から子どもの存在へと胎児観を変化させていく要因であると考えられる」[14]と述べ、それと同時に、妊婦が胎児の正常な発育への不安と出産の痛みを不安視してい」くことも指摘している。姉においてもその定型をたどっていることは明らかだ。

つまり、「妊娠カレンダー」の記述は、妊娠初期の感覚、中期のつわり症状においてはリアルなものなのである。しかしながら、つわり終了後の妊婦の身体感覚においては欠落を抱えていると言わざるを得ない。胎児の成長を感じさせる微表が排除されているからだ。顕著な例は胎動だろう。「わたし」は二度、姉のお腹に触れている。一度目は妊娠五ケ月を過ぎた時で、「何も変化がないように思え」「この掌の向こう側にもう一人人間が生きているなんて、とても信じられなかった」と記されている。二度目は妊娠七ケ月の時で、「触らせてもらうと、思った以上に固くてびくっとする」とある。「びくっと」という副詞は、「驚き恐れて、一瞬、身をふるわせたりこわばらせたりするさま」[15]を表す。これが、胎動に対する唯一のものとすれば、ネガティブな身体表現と言わざるを得ない。

さらに加えて、最初の超音波診断画像以外、胎児の画像は記されない。姉は最初の写真を「無造作に」「テーブルの上に置い」て「わたし」に見せている。「わたし」はそこに「そらまめ型の空洞」を見つめ、その「くびれた隅にひっかかっているのが赤ん坊だ」と認識する。しかし、その後撮影されたはずの画像への言及は一切ない。その後の写真には、胎児が確実に〈人〉の形をとって写されていたはずだ。姉が基礎体温表を放置し、最初の診断画像を見せ、「わたし」が母子手帳さえ隙見することができていたことを考えれば、その後の幾枚にも及ぶ写真を見なかったとは考えづらい。つまり、最初の一枚だけが特記されたわけだが、それは、「わたし」の胎児観＝「染色体」に合致している唯一のものだからだろう。加えて姉夫婦の会話は（漏れ聞こえることもなく）完全に排除されている。生命力を感じさせる胎動はもとより、胎児が成長した画像も、夫婦の会話も記さない。これらの欠落部分は、「妊娠カレンダー」の記述が、「わたし」の〈主観世界〉に沿う形で、意図的に取捨選択されたものであることを明かしていよう。

3 「わたし」の感性

「妊娠カレンダー」の記述で前景化されているのは、「わたし」の有機生命体への希薄な感性である。それが最も顕著に表れているのは、終始「赤ん坊」を「科学雑誌で見た染色体の写真」でしか想起しないことだ。

わたしが今、自分の頭の中で赤ん坊を認識するのに使っているキーワードは『染色体』だ。『染色体』としてなら、赤ん坊の形を意識することができる。

前に、科学雑誌か何かで染色体の写真を見たことがある。それは双子の蝶の幼虫が、何組も何組も縦に並んでいるように見えた。（中略）姉の赤ん坊のことを考える時、わたしはその双子の幼虫を思い浮かべる。赤ん坊の染色体の形を、頭の中でなぞってみるのだ。

胎児を「染色体」としてとらえた時、その身体性は抹消され、生命体として感受することから遠く隔てられてしまうだろう。「双子の蝶の幼虫」に譬えられていることから、生命体として極限までミニマル化されてしまっている。加えて、生命体の〈増殖〉を導く生殖行為に対しても、「わたし」は忌避的だ。その姿勢は、歯型をとるために、義兄に「ピンクの物体」を挿入された場面にうかがえる。

彼はそれを人差し指と中指ですくい上げ、残りの指でわたしの唇を押し広げながら、奥歯にべっとり塗り付けた。味はなくただひんやりした感触だけが舌に当たった。彼の指先が、口の粘膜を何度も撫でた。わたしは思い切り、彼の指とそのピンクの塊を噛み締めたかった。

疑似的なセックスを想起させるシーンであることは明らかだろう。挿入に対し、「わたし」は「噛み締め」るという破砕の欲望を抱く。対して姉は、歯型をとられる印象を、超音波診断の際に塗るジェルをふき取る時の気持ちと等しい感覚でとらえており、「恥ずかしいような、くすぐったいような、不気味なような気持ち」と述べている。この差異は、生殖行為に対する姉妹の決定的な違いを浮き彫りにするものだろう。

〈産む〉こともまた、当初から「わたし」にとって負のイメージでとらえられていた。幼少期、姉とM病院の中庭に忍び込んだ記憶の中で、窓から外を見ている妊婦を「無表情で、ぼんやりしていた」と述懐し、『あんな魅惑的な物にあふれた診察室の真上に寝泊りできるのに、どうしてちっともうれしそうじゃないのだろう』と思う。ここで、診察室の無機質な道具が「魅惑的な物」とされていることに注目されよう。「聴診器やピンセットや血圧計」の「細くくねった管や、鈍い銀色の光や、洋梨型のゴム袋は、なまめかしい昆虫のようだった」という。「わたし」にとって、胎児に擬せられた「双子の蝶の幼虫」よりも、「聴診器やピンセットや血圧計」の方がよほど生命力を持って映っていることに留意すべきである。

つまり、幼いころから「わたし」は無生物の方にシンパシーを持っていた。その記憶を内包させながら、記述は周到に胎児の成長の証を排除していく。「わたし」の言動に、有機生命体への共感性の欠如を指摘することは容易く、その感性こそがＰＷＨに汚染されたグレープフルーツジャムの供与を可能にしたと、ひとまずは言えるのだろう。だが、そこに至る経緯に、さらなる因子が重なっていたことを見逃してはなるまい。「わたし」が姉の〈ヤングケアラー〉[16]であったという事実だ。

4 〈ヤングケアラー〉としての「わたし」

「わたし」と「姉」は両親を「続けざまに病気で」失っており、姉は「高校生の時から十年以上、途切れることなく」精神科の治療を受けている。「わたし」が大学生であることを考えると、年齢差は少なく見積もって四、五歳ということになろう。つまり、小学五、六年生のことから思春期の期間を含め、一〇年以上も姉の症状に左右される生活を過ごしてきたことになる。松村栄子が述べるように、「わたし」は「姉のほとんど理不尽といってもよいほどの欲求にとても素直に従い、決して反抗しない」のだが、「素直さは、作中の〈妹〉の基本的な属性[17]」であるためとは言い切れまい。姉の理不尽な言動を、「わたし」が受け止めていくのは、一〇年以上に及ぶケアの習慣によるものであり、姉妹に立場の逆転現象が起こっている可能性が高いからだ。わかりやすい例として、つわり中の姉が、「わたし」がベーコンエッグを焼いたことに激怒する場面が挙げられる。「これからは、姉さんがいる時はキッチンを使わないようにする」と約束し、以後「わたし」は庭で食べるようになる。さらに、食べられなくなった姉に「思い浮かべることのできるあらゆる種類の食べ物を並べたて」「家中にある料理の本を引っ張り出してきて、一ページずつめくって見せ」さえする。その献身ぶりは、「わたし」が姉をいかにケアしてきたかを物語っているだろう。

だからこそ、「わたし」は他の〈ケアラー〉を冷徹に評価する。精神科医の二階堂先生の治療に疑問を抱き、姉のつわりにシンクロして「食欲がおかしくなってしま」う義兄に対し、「とても惨め」だと感じ、嫌悪を露にする。しかし、そんな献身的な「わたし」をよそに、義兄は「赤ん坊」を介して姉との絆を深めていくのだ。その事態は食のシーンに如実に表れていよう。十二月二十九日には姉とわたしの朝食後の風景、十二月三十日には義兄を交えた朝食風景があるのだが、姉のつわりがはじまった一月八日から、姉との食事風景は一切記されなくなる。その後、朝食でベーコンエッグを焼いて激怒された二月六日には、「わたし」が完全な孤食となったことがわかる。

このところわたしは、いつも一人で食事をしている。庭の花壇やスコップや流れる雲を見ながら、のんびりと食べる。昼からビールを飲んだり、姉の嫌う煙草を吸ったりして、自由な時間を味わう。淋しくなどない。自分には、一人の食事が向いていると思う。

一人を謳歌しているようにみえながら、敢えて「姉の嫌う煙草を吸」う所作には、強がりにも似た、姉への強烈な意識がかいまみえよう。奇しくもグレープフルーツジャムを作り始めた五月二十八日は、姉と義兄が「中華料理を食べに外出していた」日であった。つまり、この日、「わたし」だけが共食から疎外されたのである。食の風景から見えてくるのは、姉から隔てられていく「わたし」の孤絶だ。そもそも「わたし」は「もう二度と立ち寄ることもないような、見知らぬ街のスーパー」で働くことを好むようなタイプであり、姉との閉塞的な人間関係の中に生きてきたと思われる。だからこそ、姉の〈妊娠〉は、思う以上に深く「わたし」に影響を与えたと見るべきだろう。それに比して、姉は「わたし」と無関係に変容していく。

「ここで一人勝手にどんどん膨らんでいる生物が、自分の赤ん坊だってことが、どうしてもうまく理解できないの。抽象的で漠然としてて、だけど絶対的で逃げられない。（中略）だけどすっかり目が覚めて、自分の身体を眺めてしまうともうだめ。たまらなく憂鬱になってしまう。ああ、わたしは赤ん坊に出会うことを恐れているんだわって、自分で分るの」

姉の言葉は、ネガティブな感情に満ちてはいるが、「赤ん坊に出会う」という表現をしていることからも、胎児を〈人〉としてとらえていることがわかる。胎児を「染色体」としてしか認識し得ない「わたし」とは異なるステージにいることは明らかだ。

それに付随するように、「わたし」は姉の姿態を、「白く濁った張りのない脂肪」に「縁取られたたるんだ」輪郭となり、「一つの大きな腫瘍になって」「どんどん勝手に増殖してい」くと、とらえるようになる。注目すべきは、姉の不安を表面的に慰撫しながらグレープフルーツジャムを作り続け、「この中に、PWHはどのくらい溶け込んでいるのかしら」と「胸の奥の方でささやい」ていることだ。そして、「姉さん、食べて」と、ジャムをはじめて能動的に差し出すのである。

千葉俊二は「小川洋子の文学にとっての素材群」が「抹消されるべき負性としての身体経験」であることを喝破し、「揚羽蝶が壊れる時」(『海燕』一九八八・十二)では「老い」、「完璧な病室」(『海燕』一九八九・三)では「病い」と「死」というように、身体的な負性が「清浄化」されるべきものとして描かれると述べ、「妊娠カレンダー」は「女性の性が負わざるを得ぬ身体的な負性を極めてシニカルに描きだ」していると指摘している。[18] 姉が「大きな腫瘍」として、いわば病態に近い「身体的な負性」を帯びた存在としてまなざされた時、元来無生物を志向し、有機生命体へのシンパシーから遠い「わたし」に、「清浄化」の欲望が芽生えるのは不思議ではない。ある意味で、姉が欲するグレープフルーツジャムを供することは、姉の「清浄化」をはかるためのケアの延長と考えられるからだ。

最終部は、「わたし」が「赤ん坊の泣き声を頼りに」非常階段から、M病院の内部に初めて潜入するところで終わる。最終文「わたしは、破壊された姉の赤ん坊に会うために、新生児室に向かって歩き出した」について、「破壊された」のは姉なのか「赤ん坊」なのか、曖昧さを指摘されてきた。先に述べた「清浄化」が、「腫瘍」化した姉の「破壊」なくしては成し得ない行為であるならば、「破壊された」のは姉であると言えよう。また、「わたし」がグレープフルーツに添付されているPWHを「胎児の染色体を破壊する薬品」と想定している以上は、「破壊された」

のは「赤ん坊」だともいえる。そもそも妊婦の食するものが胎児に作用することは自明のことである。そうであるならば、ジャムの供与が、同時に両者を「破壊」する行為であったことを、「わたし」は認識していたとみるのが妥当であると考えられるだろう。[19]このような、ある意味で自覚的な「破壊」行為を〈悪意〉という言葉で片づけるのは容易い。ただし、その根底に、先に述べた〈ヤングケアラー〉の孤絶が潜在していたこともまた事実だろう。小川の「目的がない純粋な悪意」という表現は、そのような重層的な心理を含意するものではなかったか。

おわりに

これまで見てきたように、取捨選択された二十一日間の記述は、「赤ん坊」を「染色体」としてしか扱わない「わたし」の、生命体への希薄な感性を徹底的に前景化している。それは綾目広治が指摘するように、小川洋子の初期文学の特徴である「無機質のような生への憧れ」[20]に由来するものといえるのだろうが、その感性は個人的な志向の域を超え、現代的な属性とリンクしているようにも思われる。生物学者跡見順子は「現代社会の脆弱性の一つ」として、「「身体性」が欠除していること」を挙げており、それによって「人間社会における軸となるべき「いのちの尊厳」さえ抹消されつつある」[21]ことに警鐘を鳴らしている。そのような問題性を内在させながら、「妊娠カレンダー」は、「おめでた」という言葉に糊塗されてきた妊娠の内実――関係性の変容を受け入れ、新たな生命との関係を築くことの困難を浮上させているといえるだろう。ある意味で、妹のグレープフルーツジャムの供与は、妊娠という身体性を共有し得ない者の、妊婦と胎児への歪なコンタクトの結果であったといえるのかもしれない。

母子にどのような影響を与えたかに関わりなく、生涯「わたし」は自身の行為を忘れることはないだろう。逆を返せば、そのような不可視な加害の記憶を、スティグマにすることでしか、姉との関係性の変容を受け入れ、新たな命とのコンタクトをはかることができなかったのではないだろうか。そこに、生命への希薄な感性と〈ヤングケアラー〉の孤独、さらに閉塞的な人間関係が底流しているのを看取するならば、妹の行為は、単なる〈悪意〉として葬り去ることはできない今日性を持っていると言えるだろう。このような現代の陥穽を透き見させることにこそ、「妊娠カレンダー」の真価はあるように考えられる。

注

（1）宮内淳子「小川洋子」（『国文学　解釈と教材の研究』一九九九・二）
（2）「新芥川賞作家　特別インタビュー　小川洋子「至福の空間」を求めて」（『文學界』一九九一・三）
（3）川村湊「今月の文芸書」（『文學界』一九九一・五）
（4）無署名「芥川賞受賞「妊娠カレンダー」に男たちの「?」女たちの「!」」（『週刊ポスト』一九九一・三）
（5）（あ）「ユニークな観察の視点「妊娠カレンダー」小川洋子著」（『週刊読売』一九九一・四・七）
（6）高見沢紀子「小川洋子「妊娠カレンダー」論」（『上武大学経営情報学部紀要』第26号　二〇〇三・一二）
（7）注（6）に同じ。
（8）「芥川賞選評」（『文藝春秋』一九九一・三）
（9）『日本国語大辞典』第二版　第三巻（小学館、二〇〇一・三）
（10）『日本国語大辞典』第二版　第一〇巻（小学館、二〇〇一・一〇）
（11）注（6）に同じ。
（12）松岡悦子『妊娠と出産の人類学――リプロダクションを問い直す――』（世界思想社、二〇一四・五）
（13）鈴井江三子『超音波診断と妊婦――出産の医学的管理が身体感覚・胎児への愛着におよぼす影響』（明石書店、二〇一一・四）
（14）注（13）に同じ。

(15)『日本国語大辞典』第二版　第十一巻（小学館、二〇〇一・一〇）。
(16) ヤングケアラーとは、「家族にケアを要する人がいる場合に、大人が担うようなケア責任を引き受け、家事や家族の世話、介護、感情面のサポートなどを行っている、18歳未満の子ども」（一般社団法人日本ケアラー連盟「ヤングケアラーとは」https://carersjapan.com/about-carer/young-carer/　二〇二四年一月一一日）を指す。
(17) 松村栄子「解説――素直さの行方」（『妊娠カレンダー』文藝春秋、一九九四・二）
(18) 千葉俊二「小川洋子」（『〈国文学解釈と鑑賞別冊〉女性作家の新流――新世代の女性作家』至文堂、一九九一・五）
(19) 綾目広治は『小川洋子　見えない世界を見つめて』（勉誠出版、二〇〇九・一〇）において、「「破壊された」という言葉は必ずしも「赤ん坊」にのみ係っていると解釈するよりも、「姉」と「赤ん坊」の双方に係っている言葉として解釈してもいいのではないか」と述べている。
(20) 綾目広治、前掲書
(21) 跡見順子・清水美穂・藤原恵理他「「知の身体性」基盤としての「いのち」の身体性」（『人工知能学会全国大会論集』第29回　二〇一五）

角田光代『八日目の蝉』――新たな「母性」の向かうところ

西　荘保

『八日目の蝉』は、二〇〇五年一一月二一日から二〇〇六年七月二四日まで『読売新聞』夕刊に掲載され、二〇〇七年三月に中央公論新社より刊行された。この小説は嬰児誘拐の場面から始まる。既婚者の秋山丈博との間に身ごもった子どもを中絶した野々宮希和子は、丈博の留守宅に侵入し、六カ月の赤ん坊恵理菜を誘拐して逃亡。三年七か月後に小豆島で逮捕される。希和子に愛情深く育てられた恵理菜（希和子は薫と名付けた）は実の両親の元に戻るも、状況が受け止められず、親子関係はうまくいかない。大学生になった恵理菜は、希和子同様、既婚男性との恋愛で妊娠する。一度は中絶するつもりだったが産むことを選び、目を背けていた過去の誘拐事件を振り返る中で、幼児期のトラウマ（心的外傷）を乗り越えていく物語である。第二回中央公論文学賞を受賞し、ドラマ化、映画化され、文庫本はミリオンセラーとなった。また、希和子の犯した誘拐事件とは、一九九三年一二月一四日の日野の放火殺人事件[1]が基にあり、作中の重要な場所エンジェルホームも、当時の、有機農法で集団生活を行う実在の集団を彷彿とさせ、「オウム真理教」への言及など、この小説のストーリーが現実に起こり得る事件として作られていることも特徴としてあげておく。

一九九〇年、疑似家族をテーマとした「幸福な遊戯」で海燕新人賞を受賞した角田は、その後、学生やフリーターを主人公とした小説を多く書く。転機となったのは二〇〇二年『空中庭園』（文藝春秋）、嘘で固められた家族関係を描いたところからというが、その書評で久世光彦に「だから何だという気がする」と書かれ、その先に進む小説を意識し[2]、また「いま信じていることじゃなく、信じたいこと」へと[3]、書く姿勢が変わったという。

『八日目の蟬』について角田は、まず、初めての新聞連載で「スピード感」を意識して「逃げる話」を考え[4]、さらに、少子社会が叫ばれ始めた当時の「少子化が進むのは女が悪いんだ、といわれているよう」な社会風潮、「産めない人、産みたくても産む環境にない人」への「無神経な雰囲気」などへの「憤り」があり[5]、女性にばかり母性を押しつけていることへの怒りと、逃亡劇、さらに「日野の放火事件」を思い起こし、似たような立場の女性が子どもを「殺さずに逃げてたら」と考える中で小説の設定ができたという[6]。さらに角田は、「女と生まれただけで母性を持っている」と思われているが、「虐待や子殺しがあとを絶たない」のは、母性が本能ではなく「才能」のようなものだからではないかとも述べる[7]。角田の言う押しつけられる母性とは、女性ゆえに子を産み、その母親として子どもを愛情深く守り育てる能力・性質を指すのであろう[8]。では、そのような母性への疑問や憤りは、本作でどのように作品化されているのか。『八日目の蟬』に登場する女性は、「産めない身体」も含め、ほとんど「母」に関係づけられ[9]、様々な母子関係、及びその困難が併せ描かれている。本稿では、主に破綻した母子関係とその修復という視点から、『八日目の蟬』で角田が思考する「母性」について読み解いてみたい。

1　破綻する母子関係・産めない身体

岩淵宏子が、『八日目の蟬』には「母性幻想の終焉」が描かれていると述べたように[10]、作中の多くの実の母子関係がうまくいかないのに対し、血の繫がらない希和子と薫の絆が強く描かれる。角田の言う、母性は本能ではなく才能ではというところであろうか。まずは、希和子のまわりの、逃亡を助けた女性たちの母子関係から見てみる。

希和子が恵理菜（薫）を誘拐して最初に頼った友人、仁川康枝には幼稚園前の娘がいるが、いつも「やさしくて正しい」康枝と娘の関係は良好だ。康枝から育児の初歩を習った希和子は、この母子のイメージを受け継いでいるのかもしれない。だが、「正しい」康枝に迷惑をかけまいと希和子は東京を離れ名古屋に向かう。あてもない希和子に声をかけたのが中村とみ子である。とみ子の娘は、立ち退きが決まった家に今なお一人住む母親に、「早く出ていってよ、どこにでもいっちまってよ、そのくらいのお金渡したじゃないの」「いい思い出なんかなんにもない家じゃないの」と言い放つ。とみ子にとって、幸せとは縁遠い家族との日々であったようだが、赤ん坊を連れた訳ありの希和子に「あんた、ずっといてもいいよ」と言うところからは、善意だけではなかったとしても、かつての、娘との苦労の日々を重ねる心情も窺えよう。実の娘との関係は破綻したままだが、もし希和子がここに居続けられたとすれば、血の繋がりがない三代の家族が生じることになったかもしれない。

その後、希和子が逃げ込んだエンジェルホームで出会った沢田久美は、夫には浮気をされ、姑には息子を独占され、離婚したのちに頼った実母の昌枝にも、離婚は「我慢が足りなかったから」とはねられ、子どもの親権を失い、生きる気力も行き場所もなく、ホームに入所した。のちに希和子に故郷小豆島の昌枝の住所を教えるが、自身は母親と音信不通である。

このエンジェルホームは、何らかの事情を抱えた女性ばかりである。戦後、行き場を失った女たちの共同生活の場として作られ、その後、DVやストーカー、不倫などからの女性の避難場所ともなり、希和子が入所した頃は、不妊や堕胎経験が入所の条件で、産む性でありながら「母」になれない、子を失った苦悩を抱えた女性を受け入れていた。このホームで、薫と共に育った千草の母親は、かつて子宮筋腫で子宮を摘出した後、夫より「もう女じゃない」と産めない身体を否定され、離婚し、五歳の千草を連れてホームに逃げ込んだ。もちろんここは架空の場所で、献金問題や子どもの「純粋培養」、「変わり身の早」さなど、この団体の胡散臭さも描かれる。[11]だが、角田が、「犯罪集団」ではなく一瞬でも「理想を夢見た」女性たちの場所にしたかったと述べているように、社会的、性的弱者である女性の側に立とうとする女性集団ではあった。ホーム入所のための研修での「あなたは男か、女か」の問いかけは、人間の思い込みや根源的だと思っていたものを揺らがせ、新しい価値観に繋げようとするものだろう。この思考は作品の全体を貫いている。

あらためて、希和子について見てみる。一九七七年に女子大を卒業し就職した希和子は、上司の秋山丈博が既婚者であると知りつつ付き合い始める。丈博が妻恵津子を地方から呼ぶための新居探しを共に行い、希和子は「自分たちの新居をさがしているように錯覚した」とある。新居探しに同行させる丈博の身勝手さが早くも見て取れるが、希和子とて自分に都合よく思い込むタイプの女性で、その後の丈博の、妻との離婚をほのめかす言葉を信じる。一九八三年、希和子の妊娠がわかると、恵津子との離婚協議が不利にならないためにと丈博は堕胎することを懇願し、希和子は将来のために仕方なく応じる。のちに希和子が、「女子大を出て就職をして、多くの女たちのように結婚して会社を辞めて、幸福な妻、幸福な母親になっていくはずだった」と過去を振り返る場面があるが、既婚男性相手に妊娠をしても、男性が離婚を口にし、自分と結婚する準備として堕胎を要求してくれれば、それが、多くの女たちのように「幸福な妻、幸福な母親」になる道と信じて受け入れたのである[12]。だが、ほぼ同時期に妻恵津子も妊娠する。恵津子は、夫の浮気と希和子の中絶手術、それゆえの不妊を知り、堕胎した希和子に「あなた、自分の子どもを殺したんでしょう。信じられない。あんたが空っぽのがらんどうになったのはその罰じゃないの。殺された子どもが怒ってんだよ」と罵る。「空っぽのがらんどう」というこの言葉は、生涯希和子に取り付く。

希和子は逮捕された後、この言葉のことだけは訴え続けた。身勝手な男性こそ糾弾されそうなのだが、恵津子の言葉の方に恨みが強い。お腹の赤ん坊への罪悪感・喪失感の上に、「母」足らざるものとしての烙印、つまりは「幸福な妻、幸福な母親」となるはずだった自分の「人生」への、それを叶えたであろう女性からの嘲りなどが希和子を追い詰めた。その意味で、希和子も恵津子も同様なジェンダー観、母性観の中で生きていたのである。希和子が六カ月の赤ん坊の恵理菜を一目見た途端、「私はこの子を知っている」「私があなたをまもる」と思い誘拐したのも、希和子の抑えがたい「母性」と、その思い込みの強さが相俟っての行為であったろうが、「幸福な母親」への暗い執着がなかったとは言えまい。そもそも、角田は「がらんどう」という表現を多用する。生活感のなさ、不気味な空洞、人間が抱え込む心の空洞も指す。執筆時期が近い『対岸の彼女』（文藝春秋、二〇〇四）では、いつも笑って人懐っこい、主人公の親友ナナコの本当の姿を、「真っ暗でがらんどう」、「奥に何があるのかもわからないような」「深い深い空洞」と譬える。希和子の場合も、世間に背負わされた母性という通念が心の空洞を深め、犯罪へと結び付いていったのかもしれない。

希和子が身を隠していたエンジェルホームに、未成年の監禁疑惑で警察の関与する事態が生じ、希和子は久美の母を頼りに薫と小豆島に逃げるが、二年後、見つかって逮捕され、薫（恵理菜）は四歳で実の両親の元に戻る。事情をよく理解できない恵理菜は、この小豆島での記憶を、小学校低学年のころまで「王女の暮らし」と呼び懐かしんだ。それは、「目が覚めたらごはんがあり」「子どもたちが私を呼びに来て」「窓の外には緑の木々」「眠るまで母が物語を読んで聞かせてくれる」という、取り立てて「王女」ではなく、愛情に満ちた「母」に育てられ、自然や共同体に囲まれた記憶である。実の母子ではなくとも絆は深い。だが、その記憶が本当は「世界一悪い女に連れていかれた」誘拐犯人との記憶であると認識したところから、幸福な時間が憎むべき時間へと「反転」する。一方、恵津子は恵理菜を実の子ゆえに愛そうとするが、自分でもままならない。「どうしていいかわかんないのよ」「あんたを見ると、あの女を思い出す。あの女のことを思い出すと、おとうさんのことが憎たらしくなってくる。どうして私ばっかりこんなつらい思いをしなきゃなんないのって思うと、家にいるのがたまらなくいやんな」ると言い、母としての家事も育児も放棄して、「家庭」から逃げ出す。自らの「母性」の「才能」以上の状況におかれた恵津子の、言わば押しつけられた母性への彼女なりの抵抗とも読めるが、恵理菜は、世の中の「ふつうの家族」でいられないのは「あの女」希和子のせいだと憎み、育ての母であろう希和子とも、産みの母の恵津子とも、母子関係は破綻している。事件の発端たる丈博こと父親は、「置物」のように酒を飲むばかりで恵理菜に関わってこない。恵理菜の相手の岸田も、「面倒なことからは逃げる人」である。

2　修復される母子関係と家族（アダルト・チルドレンの視点を加えて）

この作品の前半部分は、逃亡する希和子と薫の物語が中心であるが、後半は希和子が薫（恵理菜）に「与えてしまった苦しみ」から、恵理菜がどのように立ち上がっていくかという物語が中心である。恵理菜が、「母」となることでトラウマを解消していくという光石亜由美の指摘[13]や、ホームで共に育った千草の言葉や役割が重要という清水均の指摘[14]は既にあり、その点に異論はない。ただ、恵理菜の置かれた状況に角田のアダルト・チルドレン（AC）への言及があることから[15]、本稿ではトラウマの克服にACからの回復という視点も加えながら母子関係の修復を跡付けてみる。

ACは、本来アメリカの臨床現場でアルコール依存症の家族の中で育った人を意味していた。日本で知られるようになったのは、阪神・淡路大震災や宗教的犯罪、凶悪な少年犯罪などによる心のケアが増加した一九九五年半ばで、斎藤学は、「安全な場所」として機能しない家族（機能不全家族）の中で育った人々を広く指すようになったと述べる[16]。ACはトラウマにさらされながら生きる過程で身に付けた自己認識で、「偽りの自己」「周囲が期待しているように振る舞おうとする」「自己処罰に嗜癖している」などの特徴を持つ。「真の自己」の上の鎧のようなもので、外敵の攻撃には有効だが、一方で「真の自己」を窒息させる。トラウマには必ず大事な人間関係の喪失を伴う。『八日目の蟬』の恵理菜は、幼児期の幸福な記憶が憎むべき記憶と「反転」し（幸福な記憶の喪失）、実の「父と母に好かれなければならな」いのだが、そのやり方がわからない。友人ができないのも、「家の中がめちゃくちゃなのも、私が強い罪悪感にさいなまれるのも」「私からことごとく「ふつう」を取り上げ」た「あの女」のせいだと、「あの女」希和子を憎むことで精神のバランスをとろうとしている。また「自分がどういう顔をしているのかわからない」、自分の顔は「真っ白なのっぺらぼう」と言うのは、「真の自己」が捉えられていないということであろう。

ＡＣの「回復と成長」は、次のような三段階を経るという。[17]

① ＡＣ自覚の獲得とそれに引き続く安全な場の確保（治癒者や仲間との出会い）

② 嘆きの仕事「グリーフ・ワーク」（喪失されたものを嘆くという作業・基本は聞き手に「自分について語る」こと）

【第一相】警戒と否認の目立つ時期

【第二相】喪失とトラウマの問題の表面化

【第三相】喪失と嘆きの統合（トラウマ体験を受け入れたうえで、自由に回想できる新たなアイデンティティにたどりつく）

③ 人間関係の再構築（新しい自己の創造）

このような「回復と成長」を、恵理菜に当てはめてしまえるわけではないが、大まかな流れは重なっている。①は、同じ場所で育った千草との再会による。それまでは、「あの事件とまったく無関係の場所に連れ」出せるのは、「自分だけ」と、事件の記憶から遠ざかるのみであった。岸田との出会いも①に入る。「自分が悪くないときは謝らなくてもいい」との岸田の言葉は、「閉じ込められた場所から出ていくための呪文」となり、恵理菜は岸田に惹かれていく。

②で重要なのは千草との語り合いである。千草と再会したばかりの恵理菜は、事件について本を書きたいという千草を警戒し、何も語らない（【第一相】）。だが、やがて「話しながら安堵している（中略）もっと聞いて。もっと聞いて。全部、ひとつ残らず話させて」と自分の過去を語りだす。その途中で、妊娠がわかる。恵理菜は、子どもの父親もいない、両親にも言えない、自分に収入もない、と堕すつもりだったのだが、産婦人科医に「緑のきれいなころにうまれる」と聞いた途端に翻意する。「この子は目を開けて、生い茂った新緑を真っ先に見なくちゃいけない。

（中略）私は今、ひとりではないという強烈な自信」。新しい生命は恵理菜の背中を押す。だが、この時点ではまだ過去と未来は繋がっていない。

②【第二相】「問題の表面化」とは、恵理菜がシングルマザーになることを家族に伝える場面だ。恵理菜と家族は、「あの事件」の核心に初めて立ち戻ることになる。「子どもの父親はだれって訊きたいの？　父親はね、おとうさん、あなたみたいな人だよ。父親になってくれない人だよ。でも私は産むの。その人のこどもを誘拐したりしないでもすむように、私はひとりで産むの。ふたりで生きていくの」という恵理菜の告白に、母親は過去の事件と重ね、「なんでなのよう」「どうしてふつうにできないの」と泣き、父は動けず、妹（真理菜）はうつむく。だが、この時恵理菜は、自分だけではなく、「私たち」皆が「こんなはずではなかった」と思う場所から一歩も踏み出せておらず、「どうしようもなく家族であったこと」に気付く。

産む宣言をした恵理菜は、これからの人生を踏み出すため、過去との対面を恐れながらも、千草と小豆島に向かう。その道中、フェリー乗り場で「突然」、目の前の光景と「目の前にはない光景」が混じり出し、その土地の「色とにおい」が恵理菜に押し寄せ、「疎ましくて記憶の底に押し込んだ光景が、土砂降りの雨みたいに」恵理菜を浸し、記憶の中の希和子の声と恵理菜（薫）の声が交差する。「薫、だいじょうぶよ、こわくない」（傍線引用者）。希和子は暮らしの中で、怖がりの薫に何度も「だいじょうぶ」と声をかけていた。自分自身にも言い聞かせながら逃げ続けた。自ら選んだわけではない土地の記憶を「ゆたかに」持っていたことに気付いた恵理菜は、「本当に、私は、何をも憎みたくなんかなかったんだ。あの女も、父も母も、自分自身の過去も。憎むことは私を楽にはしたが、狭く窮屈な場所に閉じこめた」と、内なる言葉を過去形で紡ぐ。恵理菜の自らの「喪失」と心の「嘆き」は統合され、②「嘆きの仕事」を終えた恵理菜は、瀬戸内の海を進み出したフェリーの中で「納得」する。

この子を産もうと決めたとき、私の目の前に広がったのは、その景色だったのかもしれない。海と空と雲と光と。（中略）／そう、だいじょうぶ。なんの心配もいらない。子どもが生まれたら立川の実家に戻ろう。母親になれなかった母と、どんな人を母というのか知らない私とで、生まれてくる赤ん坊を育てよう。父であることからつねに逃げ出したかった父に、父親のように赤ん坊をかわいがってもらおう。もし両親が役にたたなくても、私がだめ母でも、千草がいる。真理菜もいる。（傍線引用者）

小豆島の自然の記憶が呼び起され、「そう、だいじょうぶ」と希和子の声が恵理菜の声と重なりあって、これから先を生きる恵理菜の背中を押す。過去と現在と未来が繋がった。

土庄港に近づくと、お腹の子どもが「撫でるように腹を蹴り」、恵理菜は一七年前の希和子の逮捕直前の言葉を「はっきり」思い出す。「その子は朝ごはんをまだ食べていないの」。その瞬間、逮捕される自分の身よりも恵理菜の朝食を心配する希和子と、恵理菜との対面で「突進して」抱きしめながらも、「お漏らしをした」恵理菜に驚いて突き放した、愛情はあっても自己中心的な恵津子と、「母性」の才に相違はあっても「まったく等しく母親」だったことを恵理菜は知る。その認識を促したのは、千草の言葉、「あそこ」（ホーム）では「大人はみんな母親だった。好きな人も苦手な人もいたけど全員母親だった」である。もっとも、その母親たちとは、「産めない人」「産む環境にない人」たちであり、千草の言葉は「母」の解釈上重要である。「母」とは血の繋がりだけを示すものではない[18]。

過去の記憶、二人の母を受け入れた（関係を修復した）恵理菜は、土庄港に今も立ちすくむ「怯えた顔」のかつての自分を見つけ、そこに大人になった「自分の顔をはっきり見る」。新たな自分の獲得である。角田がACや機能不全家族についてどの程度意識的であったかは明言できないが、恵理菜の物語は、かなりしっかりとした回復のプロセスを踏まえていたことが明確になったと思う。このような点も、この作品が多くの読者を獲得した理由であったと考える。

3　八日目の蟬の意味・新たな「母性」とは

この小説では、「ふつう」ではない、という表現が多い。「私からことごとく「ふつう」をとりあげてしまったあの女」（恵理菜）、「どうしてふつうにできないの」（恵津子）、「なんでふつうの世界を見せてくれなかったのよ」（千草）。ここでの「ふつう」は、世間の慣習・社会通念・異性愛の社会など多岐にわたる。恵理菜は「ふつう」ではない境遇を恨み、「この場所から出たい」と願望し、恵津子は「幸せな結婚、幸せな母」というジェンダー観、母性観のもと人を傷つけ自らも苦しみ、千草は女性ばかりのホームで育ち、男性に怯える。しかしながら、恵理菜はシングルマザーになって「立川の実家に戻」る決心をし、赤ん坊を誘拐され、自らも育児放棄し「母になれなかった」恵津子と共に子育てをしようと思う。また、ホームという特異な世界で育ち「負い目」ばかりを感じていた千草は、そこでの「たくさんの母親」像に気付き、産めない／産まない身体ながら、恵理菜を助ける「母親その二」にならなれると考える。「ふつう」ではないことに囚われ続けず自分自身に向き合うならば、その先に自分なりの道が開かれると、この小説は語っているようである。「八日目の蟬」もまた、地中から出て七日の命と言われながら八日目以降も生きていた蟬で、言わば「ふつう」の生き方ができなかった蟬である。恵理菜が「あの女、野々宮希和子も、今この瞬間どこかで、八日目の先を生きているんだと唐突に思う。私や、父や母が、懸命にしているように」と漏らすように、「幸福な母親」どころか懲役八年の嬰児誘拐犯となった希和子も、もはや「自分のもののように思えない、「ふつう」から逸脱してしまった人生と向き合い、その先の日々を、また、生きる蟬であろう。

受刑後の希和子が、全てを失い、「がらんどうなのに、この手のなかにまだ何か持っているような気がするのはなぜだろう」と言う「何か」とは、「実の親子にしか見えなかった」と言われるほどの薫（恵理菜）との日々の記憶であり、それは、罪を犯し、処罰を受けながらも、産む性である希和子の心身の主体性を、妊娠・堕胎の苦悩を一人の女性に押しつけた身勝手な男性から取り戻した証しであろう。また、恵理菜（薫）も、前に進む勇気を得たのは新しい生命の存在からだけではなく、希和子との日々の記憶の回復と受容にもよる。ここにあるのは、「ふつう」の母子ではない、記憶で繋がる母と娘のタッグである。この命のリレーに子宮が関与したか、否かは問われない。

ところで、角田はこの小説も含め、自分の小説には「ダメ男しか出てこない」と言われることに対し、「あまりにもしっかりした男性が出てきてしまうと（中略）女性が成長しなくなってしまう」と答えている。[19]「ダメ男」は意図的なキャスティングである。見てきたとおり、この小説には、秋山丈博、ホームの女性たちの夫、岸田と、まさに無責任で身勝手な男性ばかりである。対して女性たちは、男性による心身の圧迫を受け、生き難いこの世の中をうろたえつつも助け合って生き抜こうとしている。破綻した母子関係、産めない身体にしても、その理由は様々であれ、血縁を超えた事由で修復・展開していく。希和子と恵理菜に手を貸すのは女性ばかりであることの指摘[20]も既にある。希和子もまた、中絶した頃の男性依存の生き方と比べると、もちろん犯罪者ではあるのだが、遥かにたくましく薫（恵理菜）との生活を持続させていく。

このように見てくると、現実に起こり得たかもしれない希和子の事件の行方には、女性たちの繋がり（産む、産めない、産まないに拘わらず、実子か否かに拘わらず、命を繋いでいく世界）が、託されていたと考えることは可能だ。ただし、希和子の子どもである限り、薫には「戸籍も住民票もない」。法律、教育、医療、労働など公的分野での希和子・薫親子への規制、制裁がなされ、この小説のストーリーが日本の現実世界の規制下にあることは明確である。思い込みからの転換を促す役目を担ったエンジェルホームにしても、行政機関の介入後は、女性対象の「ヨガ教室やアロマセラピー」などとその身を変え、現実的な風景に組み込まれていく。『八日目の蟬』は、現実世界を逸脱することなく、それゆえ意図的に、産む性である女性が主体となり、一様ではない心身・状況に寄り添い、補い合い、血縁に縛られず、命を繋いでいこうとする小説なのである。それは、押しつけられた母性への抗いであり、また、個々に留まらないこの命のリレーこそが、角田の考える大きな「母性」であったのではないか。そして、作品最後の小豆島や海の描写に象徴される自然による育みの力も、また、この「母性」を強く後押しするものであったろう。

注

（1）野辺直子「北村有紀恵被告「不倫・幼児焼死事件」法廷の迷走」（『現代』一九九七・一〇）参照。この事件では、妻子ある男性を相手に妊娠、中絶をした女性が、男性の留守宅に侵入して放火し、幼児二名が亡くなった。
（2）斎藤環『母と娘はなぜこじれるのか』（NHK出版社、二〇一四・二）
（3）（4）大澤真幸「対談（角田光代×大澤真幸）」（『THINKING　O』7号、左右社、二〇一〇・一〇）
（5）尾崎真理子「〈この著者に会いたい〉『八日目の蟬』」（『Voice』二〇〇七・五）
（6）注（3）に同じ。小説の設定に関する角田の発言は、注（5）の資料とも重複する。
（7）「違いに揺るがぬ強靭さ」（『読売新聞』二〇〇七・三・二七、『何も持たず存在するということ』所収、幻戯書房、二〇〇八・六）注（2）も参照。
（8）大日向雅美は、『増補　母性愛神話の罠』（日本評論社、二〇一五・六）で、学会などの領域ではすでに否定される母性本能説も、人々の意識の中では歴然と残っているとし、「母性」による愛情の崇高さと母親役割の重要性を強調する母性愛神話による弊害や加害性について、「日野の放火事件」にも触れながら指摘している。
（9）清水均は、「恵津子＝母であるにも関わらず母たりえなかった母」、「希和子＝母ではないのに母になった母」、「恵理菜＝母を忌避していたのに母へと変貌する母」と、三人の「母」の有り様を指摘し（「『八日目の蟬』――「母」と「母性」をめぐる物語」『現代女性作家読本⑮角田光代』鼎書房、二〇一二・九）、光石亜由美は、「それぞれの人物が〈母になろう〉とすることで、抱えたトラウマを克服してゆこうとする物語」と述べる（「〈母親になろう〉とする母子たちの物語」『ケアを描く　育児と介護の現代小説』七月社、二〇一九・三）。

（10）岩淵宏子「母性幻想の終焉――角田光代『八日目の蟬』にみる母と娘」（『現代女性文学を読む　山姥たちの語り』アーツアンドクラフツ、二〇一七・一二）

（11）注（5）に同じ。

（12）一九八〇年代の女性の立場や社会的認識については、石島亜由美に詳細な指摘がある（「「空っぽのがらんどう」の発現――角田光代『八日目の蟬』」『RIM』二〇一一・九）。

（13）注（9）光石論文に同じ。さらに光石は、恵理菜の育児に「複数の母親による新しい育児ケアの可能性」を指摘し、「傷ついたものたちが傷を抱えながらつながりを求めてゆく物語」と論じる。

（14）注（9）清水論文に同じ。

（15）注（3）に同じ。角田は、一般的な傾向として、「何かうまくいかないことがあると、私にはトラウマがあるからとか、アダルトチルドレンだから、と結論してしまう」、そのことに「アンチを唱えたかった」と言い、この小説では恵理菜が「彼女なりに事件を受け入れて生きてゆくストーリーにしたかった」と述べる。作品中にACの言葉はなく、筆者は、角田が恵理菜を簡単にACに結び付けるのではなく、事件を受け入れるプロセスに重点を置いて描いたと推測する。

（16）斎藤学『アダルト・チルドレンと家族』（学陽書房、一九九六・四）。以下のACについての記述は同書に依る。また、信田さよ子『アダルト・チルドレン完全理解』（三五館、一九九六・八）では、ACを「自分の生きづらさが親との関係に起因すると思う人」としている。

（17）この「回復と成長」の三段階の項目については注（16）斎藤（同書）より引用したが、それ以外の説明部分は筆者が要約しながらまとめた。

（18）「大人」の立場から言えば、息子の親権を失い、生きる気力を失っていた久美が、ホームでは「自分の子もよその子も関係なく」「みんなで育てているという実感」があり、「自分は救われた」と述べており、やがて、音信不通にしていた母親に連絡をとることになる。

(19)　注（3）に同じ。

(20)　池澤夏樹『八日目の蟬』解説（中公文庫、二〇一一・一）

〈付記〉本文の引用は『八日目の蟬』（中央公論新社、二〇〇七・三）に拠った。

金原ひとみ『マザーズ』——新自由主義下の母たち

永井　里佳

1　はじめに

『マザーズ』(1)に登場する三人の母親はよく似ている。乳幼児の子どもを同じ高額な保育園に預ける〈ママ友〉同士であり、二十代半ばで、日本の都市（非東京）の集合住宅に住んでいる。作家（ユカ）、モデル（五月）、専業主婦（涼子）とそれぞれの立場は違うが、子育てにおいては特徴的な共通点を有している。すなわち、ママ友同士の繋がりが限定的である・夫が主体的に育児を担わず、妻の苦境に思いを致さない・親世代からの手助けが期待できない・商品（サービス）の形でしか子育てのサポートを受けられない・近隣住民との関わりがない・自然に触れる機会がない、ことなどである。三人は悩みを共有したり、いつか共同生活をしたいという夢を語り合ったりはする。しかし実際に子どもを預け合うような可能性はもとより排除されていて、各自が抱える薬物や婚外恋愛や虐待の問題が最も深刻な時には連絡を取り合っていない。子育てのサポートを得るために必要なのは、どんなサービスをいくらで購入するかを選ぶことだけである。

これらの共通点と社会状況との関連を見ていくと、三浦まりは、社会保障費抑制のためにケアの市場化を進めて「女性活用と母性活用という点」において「国家家族主義」と「手を取り合っている」日本の新自由主義が形成する母性概念を、「新自由主義的母性」と呼んでいる。そして「新自由主義的母性」は女性たちに「中途半端な政策の寄せ集め」の結果生じている困難なライフコースのモデルを提示して、その中から「選択の自由」の名の下に「選ばせるようにしむけている」と分析している。[2] また、矢郷恵子編著による『なんでこんなに遠慮しなきゃいけないの』[3]は育児と住環境の関連を調査報告して、都市の集合住宅では親子の行動パターンが驚くほど似ていることを指摘し、「子育てが個々の親のカラーで多様に行われているというより、住んでいる住宅のあり様によって自然に選ばさせられている」と纏めている。『マザーズ』において、エレベーターがない「コーポミナガワ」に住む涼子は、子どもと荷物を抱えて階段を上る重労働を嘆く。だがドアで閉ざされた戸内での親子の物理的距離の近さや、（三和土がない、床がカーペット敷きであるなどの）生活様式による家事の発生は同じであり、五月やユカの育児もまた〈集合住宅的〉なのである。

『マザーズ』の先行評には「自我の強さと他者からの承認欲求願望のなかでもがきながら子育てに取り組む、現代の母親そのものといえる」[4]や、女性の問題を「フェミニズム的な闘争につなげようとはしない」が「すべては『愛しい男』との関係の上に築かれなければならないという意思」を肯定的にとらえるもの[5]、「妊娠にまつわる個々の経験を社会的に浸透した表象から奪回し」て「妊娠の実像」に「限りなく接近した物語」であるとするもの等[6]があり、これまでにない「母親の実相を描いた小説」[7]と評価されている。

作品は一人称の交替の連続で構成されているが、高橋源一郎は三人の関係について「3人に金原さんのリアリティが分配されている。（中略）感覚的には3等分」であると評している。[8] 金原と対談した高樹のぶ子にも「彼女たちの立場や状況を書き分けてはいらっしゃるけど、この三人はみんな、源は作者である金原さんですよね」[9]という発言がある。三人はしばしば自分と他の二人を比較して、合わせ鏡のように対象を映し出すことによって自己認識を新たにする。「分配」されたものが金原一人のリアリティに収斂されるかはさておき、三人は正しく〈二〇一〇年代の日本の都市に生きる母親たち〉の反映なのである。

本稿では『マザーズ』を、新自由主義的価値観の下にある母親たちの諸相を描き出した作品ととらえて、現代において〈母親という身体〉とはどのようなものであり、その身体を引き受けるために三人がいかに格闘しているのかを抽出したい。

2 母親という身体

現代において〈母親として〉ふるまうとき、その身体の在り方はどこまで〈自然〉なのだろうか。アンジェラ・マクロビーは、現代では家庭が「小企業」のようにみなされており、ジェンダーに基づく「因習的な役割」が「経営状態」健全化の名目の下で利用されていると言う。若い女性が視覚メディアから浴びせられているメッセージは、妻を「対等」とみなす準備ができた「正しい種類のパートナーを見つけ」ることを含めて、結婚も出産も「すべてをする」ことの勧めだとして、次のように述べる。

現代の女性は、着飾った幼児、すなわち「小さな私」がいないかぎり、その名前に値するものにはなれないのである。さらに進んで、現在、若い女性として文化的に通用するためには、はっとするほどスリムな体、手入れが行き届いてマニキュアをした外見、そして同じくらいに魅力的な赤ちゃんと夫といった多くの装身具を持った、「裕福でミドルクラス的な母性」の獲得が要請されていると言うこともできる。

そしてこの「完璧であること」の要請のもとで、今や母親は「新たな『家庭の天使』」として家庭経営を差配する責任を担わされていると指摘する。(10)

二〇〇〇年代以降の日本でも、「親の持つ資本と選好が子供の教育達成を決定するというペアレントクラシー」のもとで「母親の教育選択と責任がさらに強調される傾向がみられる」[11]といわれている。また、日本の育児雑誌や母子健康手帳研究の蓄積からは、一九九〇年代以降は「（母）親」のライフスタイル全般を焦点化する現象が見られるようになり[12]、「育児者への自己マネジメントの要請」[13]が大きくなっているという知見が得られている。さらに育児法も様変わりした[14]。一九八〇年代を通じて、心理学的知見を重視した欧米の育児法を日本の風習（添い寝や添い乳）に接ぎ木した「超日本式育児」が形成されてきて、抱きぐせは気にせず抱っこする、授乳のペースは子どもが決める、母乳の優位性の強調などの「徹底」した子ども中心主義が基準となった。結果として少子化にもかかわらず母親の育児時間は七〇年代以前よりも増えていて、「寝てもさめても」子どもの要求に応える現代の（母）親たちは疲弊しているのである。涼子が狭いベッドで添い寝をし、乳腺炎に悩まされながらも頻繁な授乳を止めず、保育園での哺乳瓶使用に憤るのもこの基準に沿っているからである。

『マザーズ』の三人にはこれらの特徴が強調され割り振られているといえるだろう。五月は娘に健康的で手の込んだ食事と趣味のよい衣服を与え、躾を重視して、いわゆる「お受験」に注力する。ファッション雑誌の取材時には「ママさんモデル」として〈完璧〉な暮らしを演出している。彼女の生活を支えているのは、深夜をも厭わず来てくれる優秀で高額なシッターである。モデルとは外見的な優位性（とされているもの）を報酬と交換する職業であるといえ、彼女は市場の論理とメリトクラシーと母性を擦り合わせた地点に立っている。

涼子は結婚前こそ「専業主婦になりた」かったものの今では「ユカや五月の特権的な仕事が羨ましくて仕方がな」く、「生産的な事」即ち報酬が発生する仕事ができないことに負い目を感じている。「お金も仕事もない私」は「空っぽ」なのだから夜泣きの子どもに胸を差し出すしかないとの思いは、自分の〈市場価値〉と〈母性〉を関連付ける発想に由来する。涼子は「新自由主義的母性」を称揚する社会に超然としていることができないのである。だがそれに対抗し得る、例えば「生産」性は金銭だけを意味するのではないという言説は、彼女には空疎に響くだろう。風邪で保育園を二日間休ませた次の日、今日こそ子どもを登園させたいと願う涼子に向って、夫は「一弥を守れるのは涼子だけなんだよ。それは涼子だけに与えられた特権なんだよ」と反対するが、それは彼女には「地獄という特権を与えられ喜べと言われている」に等しい。「人としての尊厳」を奪う「超日本式育児」に振り回されるとき、涼子は母親役割に意義を見出せず、自己肯定のための論理を失っているのである。

　二人に比べるとユカは、社会の〈母性〉圧力からかなり自由であるように見える。出産直後から子どもと別室で寝ていて、特別な日にしか料理は作らないと徹底している。外食や保育園利用への抵抗も全くない。しかし出産後半年までは「孤独な育児」に追い詰められて「狂気が頭に凝縮され」るように感じていた。「苛々しなくなった」のは家事代行を頼むようになってからで、その後はシッターも利用している。彼女は涼子をネイルやスパに誘って、「散財」と「自分磨いてる感でしかもう癒されない」と言ったりするが、子どもが欲しがるものを「ほとんど買い与え」られるほどの経済力が生活の苦痛を減らしていることは明らかだろう。

　このように見てくると、今や私たちは〝古来から連綿と続いてきた自然な営みとしての育児〟のような概念を更新すべきなのかもしれない。授乳のペースやスキンシップの頻度、母子の睡眠環境、離乳や排泄の世話のどれをとっても五〇年前とは既に異なっている。[15] そして子育てを楽にしてくれるだけの手助けを〈買う〉には、報酬の高い賃金労働が必須である。三人は経済力が身体の自由度を左右するような新自由主義の大きな傘の下にあって、結果として「新たな『家庭の天使』」を指向するようにふるまってしまうのである。

　例えば、涼子は疲れ果てて「非日常」を夢想しても直後には、今日も「普通に」授乳や寝かしつけで一日を終えるだろうと予測する。五月は恋人と初めて一晩を過ごした後で、

> これから帰宅して起き出した弥生の面倒を見て、仕事をして、またいつもの通りの生活を送っていくのだと考えて、そんな事絶対に出来ない、でもするのだろうと思っていた。その予測できる現実が、鳥が動物の死骸をついばみ少しずつ骨にしていくように、じわじわと私の生きる気力を蝕んでいっているような気がした。（五三）

と感じる。そしてユカは出産前から〈自己コントロール〉自体に拘泥していたが、娘の二歳の誕生日直前に感情が爆発して「輪（りん）」を出産した頃から、ずっとプレッシャーやストレスに蝕まれ穴あきチーズのようにすかすかになっていた」と感じる。このことは、一人分のコントロールに終始していた身体から自分と子どもの二人分をコントロールする身体への変容の要請が重圧となっていた、と捉えられるだろう。

以上のような三人の像は、現代の母親の身体が否応なく一定の方向に向けられていることを示している。子どもとの交歓は一瞬の煌めきのように挿入されるものの、母親の身体はジェンダー役割と予測可能性と自己省察に絡めとられている。

3　身体のコントロール

このような身体を生きるためには自己〈コントロール〉が不可欠であり、『マザーズ』にはこの語が頻出する。母親としての不断の自己マネジメントがいつしかコントロール願望の暴走に繋がるのは、三人にとって当然の成り行きなのかもしれない。

五月は海外進出を目指したものの挫折し、帰国後に結婚・出産したが、育児の分担をめぐる諍いがきっかけで夫との会話がほとんどない状態となる。「プライドを取り戻すため出産をしたにも関わらず、家庭に居場所がなくなったら、今度はプライドを取り戻すために仕事を増やし、更にそれだけでは心の均衡が保てず不倫を始めたのだ」と振り返るが、「いや違う」「でも何が違うのかは、自分でもよく分からない」と思う。その「不倫」についても、

恋人である待澤との関係が続けば続くほど、それが自分自身の意志によってコントロールされているわけではないのだという気持ちが募っていった。私は、私一人として待澤を求めているのではない。私の中には二人の

他人が溶けている。(一五)

という感覚を抱くが、これは〈身体に引きずられる自己〉という認識ではないだろう。自分がなぜこのように行動するのか、欲望か他の所以に因るのかわからないのである。

挫折後の結婚と出産、そして仕事量を増やすという行為は欠落感を埋めるためであった。だが夫との関係は悪化し、出産は「気力を蝕」むような「予測できる現実」をもたらし、仕事は五月を「ママさんモデル」の枠に押し込めた。欠落を埋めるための行為が更なる欠落を招く結果となっている。しかし前節で述べたように、〈完璧であれ〉というのがそもそも社会的な要請であったはずだ。欠落を埋めたいという動機はいわば社会的文脈に沿ったものであるが、そうではない内的な／肉体的な欲求というものが在るのか、在るとしてもどこに境目があるのか、もはやわからない状況にある（それはスタイル維持のためにしている厳しい節制が既に習慣化して、忍耐や苦痛が意識に上らなくなっていることからもいえるだろう）。だからこそ五月は、自分の行いの理由をいくら探しても「よく分からな」いと感じるのではないだろうか。このような中では、いつでも召喚できる恋人との性関係を止めようという意思も必然性も生じ得ないのである。

涼子は「地獄」とも思える生活の中で子どもを虐待するようになる。「死んじゃえ」と口にした自分の言葉に「傷つ」き涙を流しながらも、赤ん坊の一弥への暴力を止められない。しかし彼女は「どこか恍惚としている」ことを自覚する。「人としての尊厳」を奪われていると感じる涼子にとっては、暴力だけが怒りを発散させて「快感」をもたらすのである。

注目したいのは涼子もまた五月のように、結婚も出産も「全部望んでした事だったのに、全然幸せじゃない」、「何でこんな事になるのかわからない」と感じることである。涼子は保育園利用に罪悪感をおぼえて「でもそれだって、結局は社会に刷り込まれた母性なのではないだろうか」との疑問にも至るが、それを追究する余裕はない。日本では、ジェンダー構造を不問にしたままリプロダクティブ・ヘルス／ライツが確立されようとしている状況がみられて、「女性身体の管理と生殖の統制を、『女性自身の決定権』へと取り戻したかにみえる『自己決定』は、自己責任による『選択』権に巧みにすり替えられることになる[16]」と危惧されている。出産という「選択」の結果を全面的に引き受けて身体を〈現代日本の若い母親〉に適合させることを要請する社会にあって、涼子が操作できるものはほとんどない。そうして目の前にいる子どもを暴力でコントロールすることへの歯止めを失うのである。

ユカはかつて抗鬱剤に頼って「自分自身を必死に統合しコントロールしていた」が、出産によって「失ってしまったものの大きさに気づいて取り乱し」、「かけがえのない、美しき甘い日々を失った」と感じる。ここで失われたのは人生を「統合」し得る可能性であるといえ、彼女は薬物摂取や食べ吐きによって一時的な「統合」の感覚を得ようとする。さらに、

> 自分の中には理解できない自分がいて、自分の中にはコントロール出来ない自分がいる、そう思うと気が楽になった。人の中には魔界がある。（中略）今の私にとって、小説を書く事と、摂食障害、そしてツリー（危険ドラッグ・筆者注）が魔界だ。（一七三）

のようにコントロール不能の感覚を意識的に内包して、逆接的にコントロール感覚を取り戻そうとする。しかし、子どもと小説と摂食障害と薬物を抱え込んだ生活は破綻をきたす。娘の誕生日に、保育園の迎えやパーティーやピクニックやその後の団欒などの、こなさなければならない「予定」を放擲して失踪することを、ユカは「崩壊が始まった」と認識する。

「崩壊」の二週間程前からユカは肌を過剰に焼いて「安っぽい」ファッションを求める「ギャル化」が止まらなくなっていた。夫の央太と出会う前の自分に戻ろうとしているのかと自問するが、直ぐに混乱して「私は、どんな自

分に戻りたいのだろう」とわからなくなる。ずっと前からユカは社会の鋳型に嵌められていたのである（ギャルもまた類型の一つである）。「崩壊」の日のために人生を生きてきたのかもしれないというユカの姿は、新自由主義的価値観の中に母親として位置付けられているにもかかわらず、選ばされているのかもしれない行為の全てが主体的な選択とみなされていくという現代女性にのしかかる重圧の象徴のようである。選択の結果を負う「統合」された母親であり続けられなくなったことが「崩壊」であり、自己コントロールの感覚の瓦解だといえるだろう。

4　生を引き受けるために

ここでは、コントロールの要請に絡めとられた身体を処していこうとする三者三様の在り方を追っていきたい。ユカは「崩壊」の日、「現実的な幸せを求めて生きている」「五月や涼子のように、物語の中で生きたかった」と心の内で叫ぶ。ユカは物語と小説を対比的に捉えていて、わかりやすさや形而下的なものを物語に、「実存的な問題」や「魔物的」なものを小説に割り振っているが、決して小説を手放そうとはしない。

その後ユカは「魔物」を見つめ続けて、それを刺激する央太と離婚した。かねてから央太はユカのコントロール願望を批判していて、それは却って彼女に自己コントロールを強く意識させるように働いていた。再婚した「新しい夫は私の望み通り私を愛する」ので、彼とは「シンプル」な関係を結ぶことができる。娘の輪は、新しい夫との子どもを妊娠して膨らんだお腹に向かって「おーい」と呼びかける。ユカはその姿を見て初めて「自分が選択した輪の出産という行為」を「正しかった」と認識することができた。だが、それは果たして「選択」とだけいえるのだろうか。出産に至るためには受精や着床と、胎児の持続的成長がなければならない。この少し後には不正出血が起きて妊娠の継続が心配される場面もあるが、言うまでもなく出産には人智を超えた要素が多くある。無事に育つ胎児と子どもとユカの紐帯が描かれるこの場面は、ユカが初めて、ねじ伏せようとする事なく偶然性・不確実性・

コントロール不可能性……と向かい合う瞬間を描き出しているだろう。

離婚の少し前には五月の子どもの事故死が起こったのだが、葬儀への参列という社会的儀礼を経なかったこともあって、その死は人生で出会ういくつもの死の一つではなく「現在進行形で」「体の中に残っている」ように感じられる。ユカは妊娠がわかってから元夫の央太と再び性関係を結んで、これからも央太や小説や「色々なものを繋ぎ止めて生きていく」ことを予感する。言うなれば、彼女はコントロール願望に翻弄されることへの拒絶を経て、生や死や性と不可分である「魔物」（＝コントロールからはみ出していくもの）の存在を認めつつ〈共に在る〉ことへと進んでいこうとしている。

涼子は一弥を虐待した日の夜、珍しく早く帰宅した夫と共に和やかな食卓を囲む。昼間の暴力を思うと「幸せな家族」である瞬間は「夢」のようである。その後も涼子は虐待を止めることができずに夫の知るところとなるが、二人で対策を話し合って、いつまた虐待してしまうかと「怯えながら」も生活を再構築していた。しかし些細なつまずきがドミノ倒しを連想させて、「一部分であったとしても崩れてしまったことに絶望して」自ら蹴散らすように、一弥を気絶するまで傷つけてしまう。〈完璧〉という概念はここでも発動している。

涼子は「超日本式育児」に振り回される自己、子どもを虐待する自己、「幸せな家族」の成員である自己、ネイルやカフェに癒しを感じる現代日本の若い女性である自己、に引き裂かれている。どれもが社会的規範もしくはプレッシャーと関連付けられるであろう。しかしスーパーのレジ打ちなどの（＝「特権的」でない）仕事は嫌だと考えていた涼子は、一弥が児童養護施設に保護されてからはファミリーレストランでアルバイトをしながら、「おばあちゃんみたい」に毎日を「ただ淡々と生き」ている。彼女は〈完璧〉な女性像から遥かに遠ざかっている。と同時に、今では「私は周囲の理解ある人々に支えられている」、という「ストーリー」によって「癒され」るのだが、それは「両手首を切り落としても良いから、私は一弥を抱き続けているべきだった」との「偽善的な思い」を引き寄せてもいる。

涼子のパートは以下のように終わる。施設での面会からの帰途、父親らしき男性に暴言を吐かれている男の子を見て涼子は虐待を想起し動揺するのだが、男の子と「一体化したい」と強く思い、頭の上に手を載せて「かずや」とつぶやく。彼女は「幸せな恋愛」、「幸せな家庭」、「二人目は三歳差で」のような「模範的」イメージから脱して子どもと関わろうとしている。しかし虐待の最中にも「お腹の中にいた時のように」「一弥と一体化した」いと願ったことに鑑みると、自己犠牲的な心性を相対化せずに〈母子一体化〉を夢想するのには危うさが付きまとう。目前には〈母性〉の「ストーリー」の陥穽があるかもしれないのだ。

五月は恋人との子の妊娠を知った時、「妊娠は当然の結果」ではあるが「でもそれが何らかの計画の上に作られた結果のように感じられて仕方なかった。でもそこに計画があるとしたら、それは自分自身の計画でしかないと思い至」って泣くが、ここに見出されるのは、妊娠という確率論的なことだけでなく、敷衍すれば自身の現状とは自らの意思の帰結であるという観念である。しかし産むかどうかを悩むにつれて「失恋によく似た喪失感が優しく体中を包み込」み、「これから自分に降りかかる幸も不幸も全て無条件に受け入れるだろう」と感じて産む決意をするが、直後に流産と診断される。そう診断されて初めて「お腹の子」に思いをはせることができて、手術当日には「全てがかつてなく、輝いて」「こんなにも心が穏やかな日は、生まれて初めてかもしれないと思うほど」の「幸せ」に包まれる。予期せぬ妊娠は五月が演じている〈完璧〉な生活から外れたアクシデントである。いわば「計画」や選択が張り巡らされた人生からの離脱が訪れたことによって彼女は安堵し、誰にも覆すことのできない〈決定〉である流産に身を委ね（るしかなかっ）たといえるだろう。

その後はなぜか娘を心理的に遠く感じるようになっていて、そんなある日、交通事故で娘を失う。弥生の死を悼むことで夫とのコミュニケーションが皮肉にも復活してこれまでの顚末を打ち明けることとなり、一周忌に五月は「子供が欲しい。私は母になりたい」と強く願う。そして五月のパートも作品全体も閉じられる。五月に関しては、妊娠、十代での中絶経験の想起、流産、娘の死、新たな妊娠願望という、生命の誕生と死に纏わるほぼ全てのトピックが表れているが、これは何を意味しているのだろうか。

娘の死後、五月は流産や「不倫」、夫との不和などの「過去を遡って」「私の全てを否定」する。換言すれば、人生は選択の積み重ねであって全ての責任は個人に帰すると含意させるような、内なる新自由主義的価値観から完膚なきまでに打ちのめされている。加えて、次のような日本社会の現状も見過ごせないだろう。二〇〇〇年以降、女性の妊娠・出産に関する「スピリチュアル市場」が拡大していて、子宮のケアや子宮と「女性らしさ」との相関関係を説く様々なコンテンツは市場との親和性も高く、身体への「フェティッシュな」こだわりを通じた「社会に対して女性たちが前向きに諦めようとする態度」の現れだと指摘されている。(17) 男女の差異が「子宮にまつわるエトセトラ」に起因するという五月の認識や「半ばオカルティックな」健康食やホメオパシーの実践、さらに〈流産した赤ちゃんは寿命を納得した上でお腹に宿った〉という言説への共感もこの文脈で理解することができるだろう。しかし精神性や努力とは何の関係もない交通事故という出来事は、五月をそこからもはじき出した。今、彼女はモデルでもスタイリッシュな若い女性でもない。ゼロから生き直し、「プライド」ゆえでなく夫と出会い直して生命を育みたいという願いが描かれているのである。

5　おわりに

ここまで、〈新自由主義下で母親として生きること〉に重圧を感じながらもそこから逃れ得ず、前提となっている自己コントロールと選択の論理に翻弄される三人の姿を見てきた。それぞれには内面化された価値観から離れる瞬間が訪れて、新たな人生を展開していく予兆が現れている。しかし今後、五月が妊娠・出産したとしても再び〈新自由主義的母性〉に取り込まれない保証はない。同じく涼子やユカが振り出しにもどる危険性も否定し去ることはできないが、多くの女性にとって新自由主義的価値観に対抗する論理的基盤がない、もしくは持てないということこそが現代の問題なのである。

ただ作品には彼女たちを糾弾するような語り手は存在しない。むしろ長編全編にわたる評価を入れない描出は、三人をあるがままに認めようという包摂的な姿勢を感じさせる。金原は「これを書いたらもう小説を書かなくてもいいやと思うだろうなと感じていた[18]」と述べているが、『蛇にピアス』（二〇〇四年）に始まり〈女性の身体〉を凝視してきた金原は、本作品の後の『持たざる者』（二〇一五年）や『アンソーシャルディスタンス』（二〇二一年）では原発の問題やコロナ禍という社会問題を取り入れ、近年の『ミーツ・ザ・ワールド』（二〇二二年）や『腹をすかせた勇者ども』（二〇二三年）には、これまで取り上げてこなかった世代や性格の人物を登場させている。作品世界が拡大した要因の一つは、身体性は独立したものではなく環境との関係において成立しているということを、『マザーズ』において描き切ったからだといえよう。

注

（1）初出『新潮』二〇一〇年一月～九・一一・一二月・二〇一一年一月～三月。単行本『マザーズ』新潮社、二〇一一年七月。本文の引用は単行本に拠った。（　）内は頁数。

（2）三浦まり「新自由主義的母性――『女性の活躍』政策の矛盾」（『ジェンダー研究』第18号、二〇一五年三月）。三浦は「国家家族主義」を、国民に自助と家族福祉を強い、社会権ではなく「恩恵として福祉政策を与えるという発想である」と説明している。

（3）矢郷恵子編著『なんでこんなに遠慮しなきゃいけないの』（新読書社、一九九七年七月）同書は、いわゆる分譲型マンションと賃貸型マンションの比較もしていて、資産価値維持が求められる分譲型マンションでは子どもの行動がより制限されていると指摘する。

（4）江南亜美子「ひとの親になるということ」（『小説トリッパー』二〇一一年九月）

（5）野崎歓「女は世界の奴隷か」（『新潮』二〇一一年一〇月）

（6）泉谷瞬「親族関係という「蜘蛛の巣」」『結婚の結節点』（和泉書院、二〇二一年六月）
（7）金原ひとみ・窪美澄「可視化された母の孤独」（『小説トリッパー』二〇一一年一二月）
（8）高橋源一郎・斎藤美奈子『この30年の小説、ぜんぶ』（河出新書、二〇二一年一二月）
（9）高樹のぶ子・金原ひとみ「せめぎあう母性・女性・小説」（『新潮』二〇一三年二月）
（10）『フェミニズムとレジリエンスの政治』（青土社、二〇二一年九月、原著二〇二〇年）
（11）額賀美紗子・藤田結子『働く母親と階層化』序章（勁草書房、二〇二二年九月）
（12）天童睦子『育児言説の社会学』（世界思想社、二〇一六年四月）
（13）元橋利恵『母性の抑圧と抵抗』（晃洋書房、二〇二一年一月）によれば、近年の母子健康手帳は、子どもの観察記録や親自身の心情を記入させる部分を増大させているという。
（14）以下の分析は、品田知美『〈子育て法〉革命』（中公新書、二〇〇四年九月）に拠る。
（15）例えば紙オムツの排尿サインやベビーモニターの登場は、育児者を子どもの要求に即応させるよう働いている。また六〇年代には欧米の影響を受けて一人寝が推奨されていた。
（16）前掲注（12）。
（17）橋迫瑞穂『妊娠・出産をめぐるスピリチュアリティ』（集英社新書、二〇二一年八月）
（18）前掲注（7）。

〈付記〉本稿脱稿後に『ユリイカ　特集　金原ひとみ』（青土社、二〇二三年一一月）が刊行されたため、残念ながら参照できなかったことをお断りしたい。

コラム

「ポストフェミニズム」

小林富久子

「ポストフェミニズム」とは、第二波フェミニズムの達成が明らかとなった一九八〇年代初頭の米国で使われ始めた用語で、二様の意味を持つ。一つは、元々反フェミニズム的な保守層がフェミニズムを「失敗に終わった壮大な実験」などと称し、その終焉を喧伝するといったいわばバックラッシュ的な意味合いを持つものである。今一つは、女性の自立や自由などの目的は認めるが、それが達成されたからには別の段階に進むべきとするもので、特に若い世代に受け入れられた。但し、双方とも「フェミニスト」の呼称に否定的な点では一致している。実際、一九八二年一〇月一七日付の『NYタイムズマガジン』には、自立や性的自由は望むが「フェミニスト」とは呼ばれたくないとする若い女性たちの意見が「ポストフェミニズム世代の声」として多数紹介されている。

そうした「フェミニスト」忌避の風潮は、初期の急進的運動家たちの露骨に敵対的な男性社会への姿勢や、ブラジャーを投げ捨てるなど、女性が外見を慮ることへの過度に禁欲的な姿勢に対する反発ともとれる。だが、実際には未だ男性主導の職場環境で自立を目指してキャリアを追うことは、ナオミ・ウルフが『美の陰謀』（一九九一年）で述べたように、「女たちを二重に弱い立場に」貶めうる。つまり「男並みの出世競争」に加わりつつ、男たちの眼差しに見合うべく「女らしさ」や性的魅力を磨く営みを絶えず続けねばならないということだ。

さらに厄介なのは、そうした状況が強制からというより女性各々が選び取ったとされがちなことだ。その事実を喝破したのが、「ポストフェミニズム」的状況を、「自己選択」「自己責任」による「エンパワーメント」といったネオリベラリズム的価値観に絡めて批判するアンジェラ・マクロビー、ロザリンド・ギル等、英国の研究者たちである。その多くが「ポストフェミニズム的ヒロイン」と見ているのが『ブリジット・ジョーンズの日記』や『セックス・アンド・ザ・シティ』等の人気映画・ドラマでの主人公たちである。「積極的に性的欲望を抱き、市場における選択を自分の意志で行い、同時に自己の人格と身体に対する監視と規律を欠かさない」（ギル「ポスト・ポストフェミニズム？」『早稲田文学』二〇二〇年春号）ことで、最終的にはキャリアより理想的男性の獲得へと向かう彼女たちは、個人化され商業化された「ネオリベラリズム的ポストフェミニズム」の体現者なのだ。

以上、「ポストフェミニズム」世代の状況を多分に否定的に捉えてきたが、他方では同じ世代の中から「第三波」、「第四波」と呼ばれる新たなフェミニズムの動きが出ていることにも注目しておく必要がある。まず、第二波フェミニズムの指導的作家たるアリス・ウォーカーの娘、レベッカ・ウォーカーが一九九二年に「自分はポストフェミニストでなく第三波フェミニストだ」と宣言したことで知られる「第三波」は、トランスジェンダーをも重視する「インターセクショナリティ」を説く点に意義があるが、「ガーリー（女の子的）フェミニズム」とも呼ばれる通り、母親世代の否定に走りすぎとの批判もある。一方の「第四波」は、二〇一七年に始められた#ＭｅＴｏｏ運動をも包含するもので、社会への怒りを明確にする点でより実質的とも言える。だがその中心的担い手がＳＮＳで#ＭｅＴｏｏを紹介したアリッサ・ミラノや国連の平等を推進するための親善大使として話題を呼んだエマ・ワトソンなど、複数の有名女優だったことから、「セレブリティ・フェミニズム」などと揶揄する声も聴かれる。

ともあれ、時代の転換と共に、新しい世代が新たな角度から社会を捉えようとするのは当然で、その点から見れば、「第二波」への不満を基とする「ポストフェミニズム」も、フェミニズム内の「分断」というより、意義ある「継続」と見る方が生産的で、新旧両世代が違いと共に繋がりをも確認し、相互に補い合うといった努力も不可欠だろう。

以上、米英での「ポストフェミニズム」を概観してきたが、翻って日本の場合はどうか。一九八五年の男女雇用機会均等法、さらには九九年の男女共同参画法等により、若い女性間でのキャリア志向は当然高まっているが、それへのバックラッシュとしての「ジェンダー・バッシング」など、日本でも「ポストフェミニズム」的動きが見られることは確かである。けれども、その時期に関しては諸説あり、二〇〇〇年代以降とするのが一般的なようだが、他方では、既に均等法後の八〇年代後半にも始まっていたとの指摘も見られる。

いずれにしろ、女性の社会進出度が依然低い日本で「ポストフェミニズム」を語ること自体が問題含みとも言えるが、最近の「女子力」、「婚活」等の流行語にネオリベラリズム的価値観の広がりを見る研究者も多いようだ。さらに「女性が輝く社会」が謳われつつも、実際には非正規・低賃金労働者としての女性の数が大幅に増加しているなどの現況からも、マクロビー、ギル等の分析法の有用性は疑いえない。

近年、両者の論を基に『早稲田文学』が特集号（二〇一九年春、二〇二〇年冬）を出したり、日本女性学会が「ポストフェミニズム」関連のシンポジウム（二〇二一年）を催したりしているのは、歓迎すべきである。今後日本に固有の状況がさらに深掘りされることで、このテーマに関する議論が一層活性化されることを望みたい。

コラム

LGBTからSOGI《ソジ》へ

渡辺みえこ

性的少数者の存在は、有史以来あったが、記録に残されているものは男性が多い。古代ヨーロッパでは主に男性同性愛文化があったが、キリスト教時代になって犯罪化された。

男性間の性交渉を禁止するプロイセン刑法一四三条に反対して一八六九年ハンガリーの医師ベンケルトによって初めてHomosexual（同性愛）という病理の言葉が使用された。

一八九二年には、クラフト＝エヴィングの英語版『性の精神病理』なども出版され、同性愛は犯罪から治療されるべき病になった。

日本では記紀から男性間の性愛の記述はあるが、平安時代から仏教の女身不浄により女人禁制の寺院での稚児制度があり、江戸期には、女性忌避と男色称揚の若衆道が武士道として価値づけられた。明治期には、男色文化は文学や旧制中・高の学生文化に受け継がれていき、男色関係には「知力の交換」「大志の養成」のできることが唱えられた。

しかし高等女学校令公布後、二〇世紀には、女学生が登場し、結婚に結び付く異性愛中心になっていった。また同性愛という言葉は女学生同士の心中事件（一九一一年）をきっかけに使用されるようになった。

一九一一年から一九一六年にかけて女性だけの文芸誌、『青鞜』が、五二冊発行され、伝統的良妻賢母からの脱出、自由、平等、女性の自我の解放、婦人参政権などが提唱され、平塚らいてうと尾竹紅吉との「同性の愛」も掲載された。

一九六〇年代には、アメリカ合衆国を中心に反戦、公民権運動、性解放運動などが起こり、世界的に広がっていき、六〇年代半ばには、リベラルフェミニズムに対して批判的に起こったラディカル・レズビアンフェミニズムが、家父長制批判、異性愛主義《ヘテロセクシズム》批判をした。

一九六〇年代までイリノイ州を除く全州に、同性間性交渉を禁止するソドミー法があったが、一九六九年、ニューヨークのゲイバーで警察による踏み込みに対して、初めて性的少数者《セクシュアルマイノリティ》が抵抗したストーンウォールの反乱がおき、二日間にわたっての暴動となった。その後一九七〇年代の同性愛解放運動が展開されていく。

日本の女性同性愛《レズビアン》は、一九七〇年代からレズビアンのための会合やミニコミ誌がいくつか発刊され、一九八五年には『れ組通信』が創刊され現在まで続いている。

同性愛の人権が問われた日本初の裁判となった東京都青年の家事件は、東京都が宿泊施設「府中青年の家」の利用を同性愛者に対し「青少年の健全育成」に抵触する、などとして拒否したことから始まった。これに対し同性愛者団体「動くゲイとレズビアンの会」（現・アカー）のメンバーが一九九一年二月に損害賠償請求訴訟を起こした。一九九七年九月、東京高裁は都の控訴を棄却し、原告側の勝訴となった。

現在、同性愛を死刑としている国は、十二か国（ＩＬＧＡ＝国際レズビアン・ゲイ協会、性的指向に関する調査報告書、二〇二三年二月時点）あり、アフリカ、中東などに多く、かつての大英帝国植民地時代に作られたものである。

一九九〇年に世界保健機関（ＷＨＯ）が同性愛を、疾病及び関連保健問題の国際統計分類（ＩＣＤ）から削除し、日本精神神経学会も一九九五年に削除した。

ＬＧＢＴという言葉や概念は、二〇〇六年七月にカナダ・ケベック州モントリオールで初めて開催されたＬＧＢＴを含めた国際総合競技大会、「第一回ワールドアウトゲームズ」で採択された「レズビアン、ゲイ、バイセクシャル、トランスジェンダーの人権についてのモントリオール宣言」以降、国際連合などの国際機関において人権問題関係の公文書でも用いられるようになった。

その後、性的指向（S.O＝sexual orientation、恋愛対象になる性）や性自認（G.I＝Gender Identity）を含めたＳＯＧＩ（ソジ、ソギ）が、国際人権法などで、二〇一一年頃から使われるようになっている。

クイア（Queer）は、テレサ・デ・ラウレティスが、クイア理論を一九九一年に提唱し、かつては変態、異常者というような主に男性同性愛者に対する侮蔑語だったが、一九九〇年代以降は、性的少数者全体（ＬＧＢＴＱＩＡ＋）を表し、その言葉を自らの誇りとして自称するようになった。Ｉ（インターセックス）は、ＤＳＤ（Disorders of Sex Development）で解剖学上の男性／女性とは異なる先天的な状態の総称である。＋は、複数で未だカテゴライズされない沢山のセクシュアリティがあるとしているのだが、その中には、Ａ（無性愛者《アセクシュアル》、asexuality）のように、他者に恋愛感情や性欲がないか少ないひと、などもある。

また自分の身体的性差に違和感がなく、出生時の戸籍の性で生きている人を表すシスジェンダー（Cisgender）については、異性愛／シスジェンダー中心主義を相対化して、多様な性の一つとした。そして本人はＬＧＢＴＱＩＡ＋ではないが、当事者たちを支援し連帯するアライ（ally）も増えてきている。

同性結婚は、二〇〇一年、オランダが世界初の法制化をし、二〇二三年には、三四か国で法制化されている（ＩＬＧＡ　二〇二三年二月時点）。現在日本国内において同性結婚は法的に認められてはいないが、同性婚を求めて集団訴訟が二〇一九年に五か所の地方裁判所で提起され、四か所の地裁が、同性間の結婚を認めていない民法と戸籍法の規定は「憲法に違反する」とする判決を下している。

II

変容する家族とケアの倫理

江國香織『きらきらひかる』『ケイトウの赤、やなぎの緑』

――近代結婚制度を超えて「ケアの絆」へ

岩淵　宏子

はじめに

江國香織『きらきらひかる』の初出は、『るるぶ』（一九九〇年一月～一二月）に連載され[1]、一九九二年に第二回紫式部文学賞を受賞した。『ケイトウの赤、やなぎの緑』の初出は、『江國香織ヴァラエティ』（新潮社、二〇〇二年三月）に収録された[2]。

『きらきらひかる』は、見合いにより結婚をしたアルコール依存症で情緒不安定な笑子と、医者で紺という恋人のいるゲイの岸田睦月との結婚一〇日目から一周年までの結婚生活が、笑子と睦月による交互の語りで展開されている。続編の『ケイトウの赤、やなぎの緑』は、東京のはずれの一軒家で新しい暮しをしている一〇年後の笑子と睦月の生活が、紺の新しい恋人占部くんの姉ちなみと、ちなみの再婚相手の郎による交互の語りで描かれている。

管見によれば、本格的な『ケイトウの赤、やなぎの緑』論は出されていないようだが、『きらきらひかる』は、多様な視点による論が出されている。テーマ毎にまとめてみよう。

はじめに、笑子について。吉田司雄「江國香織から遠く離れて」[3]は、「笑子を脅かすもの、それは夫の睦月が同性愛者であることではない。それは、「結婚」した夫婦の性交渉とその結果としての妊娠・出産とを強要する力、家父長制を支えるホモソーシャルな欲望の力に他ならない」と指摘している。すなわち、本小説は、家父長制社会における結婚とは出産が目的であることを浮き彫りにしていると読んでいる。

次に、笑子と睦月の関係性について。石崎裕子「セックスレス・カップルという性の自己決定[4]」は、『きらきらひかる』の「セックスレス・カップルの中に私たちは性の自明性を越えた新しい性愛の関係を見いだすことができる」としている。また、矢澤美佐紀「きらきらひかる（江國香織）――〈偽装結婚〉という共同体[5]」は、「見合いの後互いの〈病い〉を合意の上で「脛に傷持つ者同士」の「結婚」を選択した」「一種の〈偽装結婚〉」であるという。堀口真利子「村上春樹・江國香織小説研究――親密性をめぐって[6]」は、「最終的に、性を無効化して成り立つ新たな関係性に辿りつくように見せながらも、異性愛至上主義におさまる親密性が優位的に描かれている」と論じている。片山花観「江國香織『きらきらひかる』論[7]」は、「表面的には当時の女性に支持される一見和やかな生活を描いているように思えるが、その裏面には笑子のアルコール依存症と睦月の共依存症といった病歴がよく描かれている」と結論づけている。

以上のように、二人の関係性は、セックスレス・カップル、偽装結婚、異性愛主義、共依存症など、多様な角度からの読みが出されており、先行研究では二人に関する論がもっとも多いと思われる。

最後に、笑子・睦月・紺の関係性について。岩崎文人「『きらきらひかる』――性／性差／性役割を超えて[8]――」は、「性も性差も性役割も超えた、笑子と睦月と紺との〈生／生命〉がひびき合う〈せつない〉恋の物語」と読んでいる。小池昌代「きらきらひかる[9]」は、「反社会的なユートピア小説」であり、笑子も睦月も紺も、「それぞれが等価の重みをもった「仲間」あるいは「兄・妹・弟」」で、「私たちの、夢の「原型」を生きる者たち」と読む。このように、三者の生命が響き合う恋の物語という解釈や、反社会的なユートピア小説という捉え方も出されている。

翻って、両テクストが笑子と睦月の結婚生活を形象化していることに改めて注目すると、近代結婚制度との関りが問題になるのではないだろうか。そこで、近代結婚制度について井上輝子・江原由美子編『女性のデータブッ

ク　第4版』(10)を参照してみたい。

「一九七〇年代から北欧や西欧で、キリスト教の影響力低下、性解放運動、女性の自立志向の高まりなどにより、性や結婚をプライベートなこととし、制度よりも関係性自体を重視するようになる」。その結果、「結婚・性・生殖の三位一体が崩れ」たという。それに対し、「日本では、結婚・性・生殖の三位一体は完全には崩れず、「結婚したら、子どもを持つべき」「男女が一緒に暮らすなら結婚すべき」という規範は、若者の間でも強く内面化されている」。「欧米と違って、結婚と生殖の結びつきは強く維持されている」という。

本稿では、先行研究をふまえつつ、両テクストを近代結婚制度の要である「結婚」「性」「生殖」という三点から分析し、近代結婚制度との関係を明らかにしたいと思う。なお、『ケイトウの赤、やなぎの緑』では、ちなみと郎の語り全体についてては分析せず、笑子と睦月に関わる点に限定して言及することをお断りしたい。

1　結婚

『きらきらひかる』からみてみたい。睦月の両親は、睦月がゲイであることを知っていて、父親は結婚に反対するのだが、母親は、「医者なんて信用商売なのよ」、「いつまでも独身じゃ具合が悪いでしょ」と結婚を強要する。笑子の母親は、情緒不安定な娘の担当医の「結婚でもすればおちつきます」という無責任な助言のせいで、七回も見合いをさせ、八回目の見合い相手の睦月が医者である点に満足した。

母親の気休めに見合いをすることに慣れていた睦月は、見合いの席で、「僕は結婚するつもりなんてないんです」と言うと、笑子も、「あら、私もです」ときっぱり言った。二人の姿勢が一致しただけでなく、「きつく見ひらいた目は紺の目に似てい」たことも　睦月が結婚に踏み切った要因だろう。

矢澤美佐紀氏は、「脛に傷持つ者同士」は、互いを協力者に見立てた一種の〈偽装結婚〉をしたと捉えるが、石崎裕子氏は、今日の若者の性をめぐる姿勢では、セックスレスを取るに足りないことと考える風潮が強く、二人はそのような思考から結婚したとする。

落合恵美子氏は、〈近代家族〉[11]の特色の一つに、男は公共領域、女は家内領域という性別分業を挙げている。睦月は医者として公共領域で生きているが、家庭の中で性別分業は行っていない。睦月は料理・掃除などの家事全般を引き受けるだけでなく、勤務に出かける前には、部屋の温度が一定になるようにエアコンをセットし、一日のBGMも選んで出かけるという世話やきぶりである。

睦月は、ジェンダーフリーの理想的な夫といえるが、過剰な世話焼きは、イネイブラーだと片山花観氏は指摘する。イネイブラーとは、イネイブリングをする人であり、イネイブリングとは、アルコール依存症をはじめとする嗜好者が起こすトラブルを、本人になり替わって処理したり面倒を見ることをいう。その結果、嗜好者は自分の問題に直面しないですみ、病は進行していくと言われている。イネイブラーは、傷ついた自己イメージ（睦月の場合は、同性愛者であること）を修復するために他の責任まで担うことを必要として、互いに寄生しあう共依存であると片山氏はみているが、果たしてそうだろうか。この点については次章にゆずりたい。

睦月の性格は、潔癖症・正直・優しい・物事を疑わないたちである。夜勤明けでも自宅に帰り「一緒に朝食をとり、シャワーをあびて、新しいワイシャツに着替えてまたでかけていく」「基本方針」を貫くという融通の利かない性格でもある。内科医で、老人病棟を主に受け持っている。本箱には、フランス詩・スペイン詩・イタリア詩・ドイツ詩などが並んでいることから知的な人間といえよう。笑子に「ポイントをはずしたためしがない」と評価される贈り物は、テディベア、地球儀、シャンパンマドラーだが、医者であるにも拘わらずアルコール依存症の妻へのプレゼントがシャンパンマドラーとは疑問を持たざるを得ない。笑子は、睦月が「ときどきおそろしく鈍感」だと気づいているが、笑子との結婚で一番傷付いたのは紺だということに後になるまで気がつかなかったことも関係があるだろう。また、結婚するとき「恋人を持つ自由のある夫婦」と決めたため、笑子にも恋人を持つことを提案して泣かれたにも拘わらず、笑子の親友の瑞穂に頼み遊園地で元恋人の羽根木に会わせる画策をしたため公衆の面前で号泣され、笑子は担架に乗せられ医務室に運ばれる破目になった。

笑子は、イタリア語の翻訳のアルバイトをしていて、性格は率直・電話嫌い・年中行事を大事にする・すぐ物を投げるか泣き出すなどの性質がある。睦月が要求した唯一の家事である睦月のベッドのシーツのアイロンかけを「鬼気せまる背中」を見せながら果たす。水彩のセザンヌの絵に歌を歌ってやるとか、紺が結婚祝いにくれたユッカエレファンティペスという鉢植えの木に紅茶を注ぐなど風変わりな性格をもっているが、新婚一〇日目に、睦月の「ときどきおそろしく鈍感」な面に気がつくという鋭敏な面もある。しかし、以前付き合っていた恋人の羽根木から「君はフツーじゃない」「ホンポーというのがショーコちゃんのミリョクかもしれないけれど、それがジョーシキテキなわくをこえてしまったら、僕にはついていけない」といわれて、別れた経緯がある。他方、睦月は笑子を「純粋な人間」と捉えるようになる。

片山氏は、睦月がゲイで恋人紺がいる状態を笑子が頑なに保とうとする理由を、睦月に恋人がいれば睦月から優しさを得ることができるため居心地が良いのである、そのような歪んだ愛情は笑子のアルコール依存症の特徴と捉えている。睦月との結婚について笑子は、「なんにも求めない、なんにも望まない。なんにもなくさない、なんにもこわくない」、「こういう結婚があってもいいはずだ」と思うのだった。

『ケイトウの赤、やなぎの緑』の一〇年後の笑子と睦月は、共に暮らしている。セックスレスであっても互いの信頼と愛情ゆえに関係性が持続しているのか、あるいは、婚姻という制度に守られているのか。それに比べ、睦月と紺の関係は、紺に新しい恋人ができたために破綻している。

両作品に見る結婚と結婚生活は、見合いによる「脛に傷持つ者同士の結婚」だが、睦月は性役割に拘らず家事のほとんどを担い、女性の多くが望む結婚生活であろう。ただ、睦月は紺という恋人のいる負い目があるため、「恋人を持つ自由のある夫婦」を妻にも実現してもらいたいと思い、笑子に元恋人と再会させて、「睦月と二人の生活を守りたい」笑子を逆上させる。笑子は次第に睦月にひかれ、睦月も紺という恋人はいるが、笑子のことを「純粋な人間」と捉え、二人の距離は縮まるのだった。

2 性

睦月と笑子は、セックスレス・カップルである。石崎裕子「現代日本社会における親密性の変容――「セックスレス・カップル」をめぐる雑誌記事の分析を中心に――」[12]によると、「一九九〇年前後より、二〇、三〇代の若い世代のセックスに対する嫌悪、拒否、無関心さといったものが雑誌メディアにおいて取り上げられるようになる。精神科医によって定義された「セックスレス・カップル」という病理は、夫婦や恋人といった関係であれば、当然セックスをするものという「セックス」についての自明性からの逸脱として把握される」。一方、「セックスレス」であることを肯定的にとらえる視点は、「セックス以外の性的な行為や会話というコミュニケーション手段さえあれば、セックスが「なく」ても構わない」という、「セックスの有無に拘泥しない親密な関係性」の志向で、「情緒的なつながりが、セックスを介して得ることのできるものとは異なる方向に変容しつつある」と結論づけている。睦月と笑子の関係性に合致するといえよう。

なお、二人の結婚生活において睦月は、料理・掃除という家事をすべて引き受け、そのほかの過剰な世話もしている。片山花観氏は、共依存と捉えており、説得力のある視点ではある。しかし、上野千鶴子「家族の臨界――ケアの分配公正をめぐって」[13]によると、アメリカのジェンダー法学者アーサ・ファインマンは、「性の絆」から成る近代家族の永続性と安定性は離婚の多発により著しく低下して来た現実があり、それに対し「ケアの絆」は、「持続的かつ個別的な、権利と責任をともなう、ケアの受け手と与え手のあいだの非対称な相互関係」であるという指摘を紹介している。二人の関係性に、「性の絆」はなく、「ケアの受け手」は笑子であり、「与え手」は睦月であるという、まさしく「ケアの絆」による夫婦であると言ってよいのではないだろうか。すなわち共依存の関係と捉えるより、「ケアの絆」と捉える方が、現代社会における普遍性に通じるのではないかと思われる。

睦月の恋人紺は大学生。「無類のいたずら好き」で、「気恥ずかしいことをしたり顔でする人間にがまんができないたち」である。「方向感覚が極端にいい奴で、そういう動物的な勘はいつでも異様にとぎすまされていた」と睦月は語っている。同性婚が認められれば、二人は結婚していたかもしれない。しかし、日本では、二〇二三年六月に当時者を置き去りにした「ＬＧＢＴ理解増進法」が成立したばかりであり、道は遠い。

笑子は、睦月たちを「銀のライオン」のようだと言う。「何十年かに一度、世界中のあちこちで、同時多発的に白いライオンが生まれることがあるという。極端に色素の弱いライオンらしいが、仲間になじめずいじめられるので、いつのまにか群れから姿をけしてしまう」、「群れをはなれて、どこかに自分たちだけの共同体をつくって暮しているの。彼らは草食なのよ。それで、もちろん証明されてはいないんだけど、早死になの。（略）ライオンたちは岩の上にいて、風になびくたてがみは、白っていうよりまるで銀色みたいに美しいんですって」。

笑子は「銀のライオン」を、百獣の王といわれる一般のライオンのように大形動物を捕食する肉食獣ではない草食で、早死だが、「たてがみ」が「銀色みたいに美しい」と誉め称えている。睦月たちゲイも、「銀のライオン」みたいに一般社会から抜け出ているがゆえに、社会の汚辱に染まらない純粋な美しい存在と見ているのだろうか。睦月の父親は、ゲイである息子と結婚した笑子も、一般常識に捉われない「銀のライオンに見える」という。矢澤氏は、「「銀のライオン」とは、非異性愛者を指し示すものであると同時に、より広義のマイノリティー社会の周縁に追いやられた者の暗喩として機能している」と指摘しているが、笑子も含んだ睦月たち「銀のライオン」の持つ意味の最も的確な解釈といえよう。

笑子は、「どうして睦月を好きになんかなったんだろう」、「私はもう、睦月なしでは暮らせない」、「たまらなかったのは睦月と寝られないことじゃなく、平然とこんなにやさしくできる睦月。水を抱く気持ちっていうのは、セックスのない淋しさじゃなく、それをお互いにコンプレックスにして気を使いあっていることの窮屈」だと思う。結婚一周年の日に、階下のマンションの二人の部屋そっくりの一室に、紺が引っ越していた。笑子が、紺を睦月にプレゼントしたのだ。すなわち、睦月と紺の関係性を真正面から認めたということだろう。睦月は、「不安定で、いきあたりばったりで、いつすとんと破綻するかわからない生活、お互いの愛情だけで成り立っている生活」が始まると思うのだった。

『ケイトウの赤、やなぎの緑』では、一〇年後には、紺に新しい恋人占部くんができて、睦月は家を飛び出して二日戻らなかった。笑子は、紺を殴り、紺の新しい男まで殴り、泣いたが、紺は帰ろうとしなかった。「絶交」を言い渡されても、新しい男を連れて何度でも笑子たちの家に現れた。

紺の態度は、睦月との性的関係がなくなっても、人間として睦月と笑子との関係性を大切にする姿勢が明らかである。石崎裕子氏の指摘する「新しい性愛の関係」といえようか。

近年、セックスレス・カップルに関する書籍が多く出されている。例えば、吉廣紀代子『セックスレス・カップル』(14)、川名紀美『時代はセックスレス』(15)などである。結婚と性が結びついていた時代が変化しているようだ。笑子と睦月は、「セックスレス・カップル」なので「性の絆」はなく、「ケアの絆」によるカップルである。従って、このような夫婦は、時代の象徴といえるのかもしれない。

3　生殖

笑子は結婚後四カ月半立つと、イライラするようになる。睦月のことを愛し始めたのに、吉田司雄氏の指摘するように、性交渉がないため、妊娠・出産の可能性がないにも拘わらず周囲から期待されることへの怯えからだろう。そんな笑子に、二人の母親や瑞穂、精神科の医者も子供を作りなさいと言う。笑子は母親に、「そんなんじゃ睦月に申し訳ないって。睦月の御両親にだって申し訳ないって」と言われ、けんかをして帰ってきたら義母から電話があり、「人工受精のこと、柿井さんに相談してみたらって」と言われる。義母は、昼間、睦月の病院を訪ね、「人工受精の確立と安全性について語り、家族において子供がはたす役割の重大さ、子供のみがもたらし得る幸福の数々について、熱弁をふる」い、「あなたは一人息子なんですからね」と「印籠をつきつける」。即ち、人工受精を受け入れさせようと最終宣告をしたのだった。

日本での体外受精の第一号誕生は、一九八三年である。笑子は、「紺くんが睦月の赤ちゃんをうめるといいのに」、「どうしてこのままじゃいけないのかしら。このままでこんなに自然なのに」と言う。「鬱も鬱、かなりおいつめられた表情」を見た睦月は、「彼女をおいつめているのは僕なのだ、と思った。ひどくせつなかった」。

睦月は、瑞穂に真実を語り、瑞穂は笑子の両親にそれを伝え、双方の両親との親族会議が開かれた。その席で、睦月は笑子の父親から「それで、君はその、何とかという恋人と別れるんだろうね」と言われると、笑子は、「睦月がもし紺くんと別れたら」、「そしたら私も睦月と別れるわ」と言い、誰もが唖然とする。

その後、睦月は「根本的に結婚の資格がないのは僕の方なんだよ」というと、笑子は、「頭悪いんじゃないの」と言い捨て、寝室でくやしそうに嗚咽する。睦月は、「笑子がいつもあんまりまっすぐなので、僕は不安になってつい目をそらしてしまうのだ。そんな風に愛される価値があるのかどうか、すっかり自信がなくなってしまう」と語っており、笑子の自身への愛に気付いている。

睦月は柿井から、笑子が「睦月の精子と紺の精子をさ、あらかじめ試験管でまぜて授精することは可能かって。そうすれば、その、みんなの子供になるからって」と言ったと聞く。矢澤氏は、「父親をあえて特定しない子供を、共感しあう仲間で育てるという発想は、血縁に縛られない新しい家族のあり方として興味深い」と指摘している。

しかし、それは「日本産婦人科学会が発表した統一倫理基準」により、「人工授精以外に妊娠の見込みのない夫婦にしか、医師は施術できないことになっている」という柿井の笑子に対する説明から不可能なことが明らかにされている。それを聞いた紺は、「そんな風に相手を追い詰めるんなら、睦月は笑子ちゃんと結婚なんかするべきじゃなかったんだよ」と、睦月の顎を殴った。翌日、紺は、しばらく旅に出るというハガキを置いて姿を消した。

『ケイトウの赤、やなぎの緑』では、一〇年後の笑子と睦月の間に子供はいない。しかし、次のように描かれていることに注目したい。

でも、あの家には子供もうじゃうじゃしてる。はじめは親戚の子かと思ったが、そうではなく、単に近所の子供なのだという。（略）サロンに集まる人々は、子供をのぞくと半分がゲイだ。そのまた半分が医者で、どういうわけか、医者率の高い集まりだ。

このように、二人の家のサロンには、近所の子供たちが「うじゃうじゃ」と群がっていて、子供たちの遊び場となっているようだ。二人の家に属する子供はいなくても、社会の子供の存在に光が当てられている。

笑子を悩ませ、睦月の精子と紺の精子を試験管で混ぜて授精するという奇抜な発想は実現しなかった。しかし、一〇年後の二人の家には近所の子供たちが「うじゃうじゃ」群がって存在していることから、血縁の子供だけを重んずるのではなく、社会の子供を包容する姿勢は、生殖問題に一つの解決を示しているだろう。

おわりに

見てきたように、両作品には、近代結婚制度における結婚・性・生殖について、いずれも制度の枠を超える側面が描かれ、三位一体を崩す内容となっている。

結婚生活は、睦月が主たる稼ぎ手であるだけなく、「妻の仕事だの夫の仕事だの、そんなのナンセンスだから気にするのはやめよう、とか、掃除だって料理だって上手な方がやればいいのだ、とか」言って、性役割には拘らず家事のほとんどを担っていて、近代家族の枠組みを超えている。

他方、セックスレスで、「性の絆」のない「ケアの絆」による夫婦である。子供とゲイのたまり場であり、紺も新しい恋人を連れて訪れる一〇年後の二人の家のサロンは、江國香織と高樹のぶ子が対談「家族、この異様なるもの」[16]で次のように述べたように、ファミリーではなく、ホームと言えようか。江國は「ホームって特別な感じの言葉」、「ホームは土地でもいいし、その人にとって帰る場所」と言い、高樹も「ファミリーって結構ストレスのもとになる。ホームは一番正直になれるところ、ほっとくつろげるところなんです」と語っている。ファミリーは、家族を表わすことが一般的だが、ホームは、江國の「その人にとって帰る場所」、高樹の「一番正直になれるところ」というように、必ずしも家族でなくてもよく、「ほっとくつろげるところ」を表わしているのだろう。

生殖に関しても、血縁のある個人の子供だけでなく、広く社会の子供を受け入れるという視点を出していることは、重要な問題提起になっている。

『きらきらひかる』『ケイトウの赤、やなぎの緑』は、近代結婚制度を超えて「ケアの絆」によって、新しい時代を切り拓く可能性を示した画期的な作品と評価できよう。

注

（1）本文引用は、新潮文庫『きらきらひかる』（一九九四・六）に拠る。
（2）本文引用は、新潮文庫『ぬるい眠り』（二〇〇七・三）所収の「ケイトウの赤、やなぎの緑」に拠る。
（3）吉田司雄「江國香織から遠く離れて」（『工学院大学　共通課程　研究論叢　第三九－一号』（二〇〇一・一一）
（4）石崎裕子『セックスレス・カップルという性の自己決定』（一九九七年度東京女性財団課題論文・作文　優秀作品集、一九九八・一）

（5）矢澤美佐紀「きらきらひかる（江國香織）――〈偽装結婚〉という共同体」（『ジェンダーで読む愛・性・家族』東京堂出版、二〇〇六・一〇）
（6）堀口真利子「村上春樹・江國香織小説研究――親密性をめぐって」（名古屋大学博士（文学）論文、二〇一四・七）
（7）片山花観「江國香織『きらきらひかる』論」（二〇一五年度駒澤大学『国語国文学演習Ⅲゼミ論集』二〇一六・一、非売品）
（8）岩崎文人「『きらきらひかる』――性／性差／性役割を超えて――」（『現代女性作家読本　江國香織』鼎書房、二〇一〇・九）
（9）小池昌代「きらきらひかる」（『文藝』二〇一〇年秋号）
（10）井上輝子・江原由美子編『女性のデータブック』第4版（有斐閣、二〇〇五・一）
（11）落合恵美子『近代家族とフェミニズム【増補新版】』（勁草書房、二〇二二・六）
（12）石崎裕子「現代日本社会における親密性の変容――「セックスレス・カップル」をめぐる雑誌記事の分析を中心に――」（『日本女子大学大学院　人間社会研究科紀要』第六号、二〇〇〇・三）
（13）上野千鶴子「家族の臨界――ケアの分配公正をめぐって」（牟田和恵編『家族を超える社会学――新たな生の基盤を求めて』新曜社、二〇〇九・一二）
（14）吉廣紀代子『セックスレス・カップル』（日本放送出版協会、一九九四・一二）
（15）川名紀美『時代はセックスレス』（朝日新聞社、一九九五・九）
（16）江國香織・高樹のぶ子対談「家族、この異様なるもの」（『すばる』一九九八・一〇）

補注　本稿校正中の二〇二四年三月と一〇月に、同性婚を認めない民法や戸籍法は違憲であるという高裁判決が出された。緩慢ではあるが時代は着実に進んでいるといえよう。

松浦理英子『最愛の子ども』——反転していく「家族ごっこ」の行方

近藤華子

はじめに

松浦理英子『最愛の子ども』（初出『文學界』二〇一七・二）では、私立高校の女子クラスを舞台に、女子だけの疑似家族が創出され、崩壊に至るまでの過程が描かれている。語り手は疑似家族を取り巻くクラスメイト「わたしたち」で、日夏・真汐・空穂のことをそれぞれ〈パパ〉〈ママ〉〈子ども〉とし、三人を〈わたしたちのファミリー〉と呼ぶ。テクスト末尾では、疑似家族崩壊後の〈ファミリー〉の姿が描かれ、先行研究においては「この物語に描かれていない『未来』が薄暗いものには思えない。むしろ、希望を感じてしまう」[1]「主体的に自らの人生を切り開いていこうとする希望が（中略）込められている」[2]「甘美なる家父長制の比喩」[3]と論じられている。本稿では、疑似家族の創出と崩壊の過程を追い、疑似家族という装置が〈ファミリー〉にとって、どのような意味を持つのかを読み解きたい。

1　ユートピアとしての〈ファミリー〉

日夏・真汐・空穂と、それを取り巻く「わたしたち」が繰り広げるのは、壮大なごっこあそびである。真汐は三人の関係を「家族ごっこ」と称する。「お母さん」「お父さん」「赤ちゃん」といった役割を担い、家族の物語を展開する「おうちごっこ」「お母さんごっこ」といったままごと遊びは、幼児期の共通体験として記憶されているのではないだろうか。ごっこあそびは、子どもが日常見聞きしている大人の世界の模倣と捉えられている。三歳から就学前後はごっこ遊びの全盛期で、「ことばの象徴作用によって、イメージが作られ、それは仲間に共有され、共同活動によって発展する。大人の生活や人間関係への興味から、大人のようにやりたいという願望を持つようになる」[4]という指摘もなされている。日夏・真汐・空穂・「わたしたち」は「〈夫〉というのが具体的に何を意味するのか言える者は誰もいない」というように、幼児同様に大人世界のリアルを生きているわけではない。ただし、幼児とは異なり、「大人のようにやりたいという願望」は持ち合わせてはいない。「わたしたち」にとって、「大人」とは抗うべき存在なのである。

テクストには複数の家族の肖像が描かれている。空穂の母・伊都子は「伊都子さんのもとに生まれなくてよかった」、「わたしたちの世界では単なる育ての親ってことにすればいい」と言われ、非難の対象である。真汐の母は、学業優秀で顔も美しい弟を溺愛する一方で、真汐には冷淡で、真汐は「早く自立して家を出たい」と密かに願っている。日夏の家族は「仲が悪い」。「母の結婚生活は不幸」で、姉は母に癒着している。家族との険悪な関係が続いている日夏は「しょっちゅう」「家を出て一人暮らしをしたい」と語る。対照的な存在として「わたしたち」の目に好意的に映るのは、「親友っぽい仲のよさ」、「自然に思いやり合っている」雰囲気を醸し出す美織の両親である。しかし「若い頃からどのような性的戯れをして来たのか、ついつい想像しかけるのだけれど、さすがに親世代のことは難しいし恥ずかしい」と模倣への回路は回避する。「わたしたち」の周囲にはロールモデルとなるような大人の姿がない。

家族以外で日常的に接する大人である教師も「わたしたち」の手本にはなり得ない。体育教師・持田は「五分以上も耳元に口を近づけて叱り続けたり、傷跡が残らない程度の力で執拗に小突いたり」「二十年くらい前には殴打の体罰を平気で加えて、男子生徒の頬骨を打ったという噂もある」というマッチョで暴力的な人物で、「女子は（中略）ごまかすから嫌いだ」と「公言」する。持田のデリカシーに欠ける指導という名の「強要」は、しばしば「わたしたち」に「恥辱感」を抱かせる。（「わたしたち」を脅かすのは、教師だけではない。女子クラスにやってきた男子生徒によって「エロ画像」が印刷された紙が机に置かれた）。「わたしたち」の周囲の家族や教師といった大人たちは、「わたしたち」の嫌悪の対象であり、「わたしたち」を危険に晒し、自由や主体性を脅かす存在だ。

しかし「わたしたち」は、黙って泣き寝入りしたりはしない。本テクストが真汐による「女子高校生らしさ」というテーマの作文から始まる点は非常に象徴的である。この作文は「反逆心」が露骨に示された、大人への宣戦布告の書である。「いったい何を求められているのかわかりません」と啖呵を切った後、フェミニズムの立脚点からの激しい抗議が提起されている。マスコミで「いちばん大きく取り扱われるのは売春などの性的非行」で「女子高校生の売春ばかり問題にして、男子高校生の売春には無関心」であること、男子クラスでは「男子高校生らしさ」という作文の課題が出されていないことを指摘する。真汐の作文は、メディアと学校教育が、「女子高校生らしさ」というジェンダーバイアスを再生産し、「わたしたち」を「女子高校生らしさ」というステレオタイプに押し込める機能を持つことを暴き出す。さらに、「大人の男性には、女子高校生の生態に妙に興味を持つ人たちがいます」、「女子高校生の性的非行について熱く語るおじさんたちの表情は、どこかしら取りのぼせていて、わけもなく気持ちよさそうで（中略）なつかない小動物をしつこくかまって楽しんだり腹を立てたりしているように見えるのです」と指摘する。「大人の男性」の「女子高校生」の「性」を異常に嫌悪し危険なものとして断罪する（「性的非行について熱く語る」）行為の背後には、自らの庇護下に置かれた従順で脆弱な存在（「小動物」）を支配したり、それに翻弄されることで満たされる倒錯した性的欲望（「どこかしら取りのぼせていて、わけもなく気持ちよさそう」）が隠されているということを剔抉するのである。真汐の作文では、「わたしたち」を拘束する「大人の男性」を中心とする大人の世界への痛烈な批判が鮮やかに展開されている。

「わたしたち」は、体育教師や男子生徒の暴挙に反旗を翻す。「普通の生徒は」「逆らったりはしない」持田に、たった一人で逃走という形で反発の行動をとったのは真汐だった。持田は「こら、待たないか」と「厳しさを増した」「大声」で怒鳴り、「統制を乱す者は許さない」という「反逆者への怒り」をおびた足取りで真汐を追う。しかし、真汐は歩みを止めない。「歩く速さも変えなかった」。一方の日夏は、男子生徒が持ち込んだ「エロ画像」を「どんと踏んだ」。男子生徒から「気取ってんじゃねえよ」と揶揄されても「動じず」、「エロ画像の上で踊」り、最後に「どす黒く汚れ破れ目の入った紙を蹴った」。教室の黒板に「男子　通行人または闖入者」と書きつける。日夏の「踊り」は、見事に「闖入者」を撤退させ、「男子」を自分たちの人生ドラマに何の影響も及ぼさない「通行人」だと位置づけるのである。

従順であるべき存在あるいは性的な存在として、「わたしたち」を自らの支配下に置こうとする男たちに、果敢に立ち向かっていくのが日夏と真汐である。その二人を「わたしたち」は〈夫婦〉に定めた。自分たちを脅かすものは何もない。〈わたしたちのファミリー〉と、それを取り巻く「わたしたち」の世界はまさしくユートピアである。

日夏と真汐は女性同士の〈夫婦〉だが、テクストには同じ玉藻学園に通う異性愛カップルの姿が描かれる。「美少女」苑子と「男子クラスのボス」鞠村である。鞠村は「エロ画像」を持ち込んだ張本人で、男子クラスは「鞠村尋斗を中心としたすごく硬くて緊密でその上威圧的な集団ができ上がってる」。二人の愛の戯れを目撃した真汐は「無気味な光景を見ている心持ちに陥った」。なぜなら「二人とも無機質な無表情で、愛や欲望に酔っているようでもなければ楽しそうでもなかった。やりたいことを自然にやっているのではなく、恋人同士がやるだろうことを一通りなぞっている」からだ。「愛や欲望」もない二人の営みもまた「ごっこ遊び」と言うことができるかもしれない。ただし、鞠村と莉子の異性愛カップルと日夏と真汐の〈夫婦〉とは対照的である。鞠村と莉子が既成の規範を守り再生産しようとしているのに対し、日夏と真汐はそれに反逆せんとする。「わたしたち」は自分たちを「小さな世界に閉じ込められて粘つく培養液で絡め合わされたまだ何ものでもない生きもの」と規定する。「まだ何ものでもない生きもの」であろうと、現実社会の規範に抗う「わたしたち」は「変態クラス」と呼称されるのである。

シモーヌ・ド・ボーヴォワールは『第二の性』で、女の友情について以下のように述べる。

女たちは女の運命という一般性に閉じ込められていて、一種の内在的共謀、暗黙の了解によって結びついている。そして、まず、女たちがお互いに求めるのは、自分たちに共通の世界を確認することである。（中略）女たちは結束して、男の価値に優る価値をそなえた一種の反・世界を作り出す。(5)

女たちの友情の世界は現実を追認しないため周囲から「変態」とも呼ばれるわけだが、ボーヴォワールの友情観は「男性中心主義的な社会において、女性は抑圧され、傷つけられている。だからこそ、その社会から切断された別のリアリティが、友情によって形成される」、「そこでなら自分自身でいられる空間を創出できる」「こうした、世界を作り出すという力は、男性中心主義的な伝統的友情観には見られない(6)」と評価される。

そもそも「わたしたち」の語り手としての役割は「解釈し脚色して物語り伝えること」と定められ、「わたしたち」は「妄想」「想像」「創作」「捏造」「語り直し」をする。「伝承は、語り継がれるうちにみんなの欲求に合わせていろんな要素がつけ加えられて、辻褄合わせもそっちのけでどんどんふくらんで行く」のである。(7)「わたしたち」の〈ファミリー〉を取り巻く世界は、女の友情によって創り出された夢と理想の世界なのかもしれない。

2　ディストピアとしての〈ファミリー〉──暴力

しかし、そう単純ではない、というところにこそ、本テクストの主眼があるだろう。〈ファミリー〉にロールモデルはいないというのは前章で指摘した通りである。しかし、物語が進行していくにつれ、〈ファミリー〉はあたかも現実の男性中心社会における家族の役割を模倣しているかのような行動を重ねていく。〈子ども〉空穂の顔は「アニメのアヒル顔」と表現されるが、この比喩は空穂の本質を突いている。アヒルは野生のマガモから人為的に作られた家禽である。さらに空穂が似ているとされるのは、リアルなアヒルではなく「アニメのアヒル」であり人為的に作られた「キャラクター」（人形）である（テクストでは空穂に対して「フィギュア」（人形）という比喩が用いられている）。また「空穂」（うつほ）という名前に明らかなように、中身は空洞である。日夏と真汐は、人間としての主体性や意志が失われた人形のように空っぽの空穂を「自分たちのものにし」た。「空穂は日夏と真汐のものだから、日夏と真汐は空穂に対して何をしてもかまわない」のである。「わたしたち」は、真汐と日夏が空穂を「弄んでいる」様子を「躾の時間」と評し、「子どもっていうのは親のおもちゃだよね」と語り合う。

「あどけなくも安心しきった笑顔を浮かべる」空穂は〈夫婦〉の庇護を誘う。日夏と真汐は「あれこれと世話を焼いた」。「携帯電話を使いこなせていなかった空穂に着うたの設定のしかたを教えたり、制服のスカート丈が中途半端でかっこ悪いと言って縫い直してやったり、空穂が学校に来ないと電話をして病気なのか寝坊なのか確かめたり」、真汐は空穂の弁当を作るなど「もうほとんど親の領分に踏み込んだといっていい」状態になると、実母の伊都子から「奪おうとするかのように」「家に侵略するみたいに入り浸っている」。「充分な躾を受けていなかった」空穂に「改めて躾もした」。「躾」は「玄関で脱いだ靴はきちんとそろえて置き直すこと」「制服のジャケットは脱いだらすぐにハンガーにかけること」「シンクにある食器は全部洗っておくこと」「挨拶のしかたとかも習わなきゃ」など事細かな点に及ぶ。

「躾」は次第にエスカレートしていく。修学旅行の夜に、「〈パパ〉と〈ママ〉による〈子ども〉のおしおき」が行われた。不注意から車道に侵入し、車と衝突しそうになった空穂に対し日夏と真汐が「説教」をするのだが、空穂は「不満そうな顔」をし「すねた口ぶりで言い返した」。その瞬間、日夏が空穂の頭を殴打した。「力はかげんされていたようだったが」「空穂も驚いた表情で弱弱しく打たれた頭に手をやった」。家長である〈パパ〉に対して、〈子ども〉の反抗は許されない。さらに、その夜、「わたしたち」が現場を目撃する。「空穂が、お尻、ぶたれてた。真汐が押さえつけて、日夏が叩いてた」。「え？・体罰？・」「折檻？・」と「わたしたち」は騒然とする。この一件について、日夏は「わたしのしたことも暴力には違いないし褒められることではない。実際罪悪感がないわけではない」としつつも、「口答えをする気がなくなるくらい厳しく叱らなければいけないと思った」。「いかにもな暴力はだめだけど、時に親が子を躾るためにするおしおきを模した行為なら愛情も伝わる」と「直感した」と回想する。空穂は「小さい頃伊都子さんにもこっぴどく叩かれたりれど、それよりは痛くなかった」と語っている通り、幼少期から現在に至るまで恒常的に実母からの折檻を受けている。日夏は、愛を免罪符に虐待を続ける親と同じ行動をとったのである。

〈パパ〉である日夏が叩いた相手は、〈子ども〉の空穂だけではない。体育教師・持田の制止を聞かずに立ち去ろうとする真汐の前に、立ちはだかったのは日夏だった。日夏は、真汐の腕をつかむと、「横っ面をひっぱたいた」。続いて「威厳ある口調で『ここは戻っておきなさい』」と告げる。この事件を契機に日夏と真汐が〈夫婦〉となる。叩かれて「頭が真っ白になっ」た真汐は「素直に従った」し、叩かれた空穂は翌日には「昨日の反抗的な態度とは打って変わって素直な顔つき」へと変貌する。暴力によって相手を従順にさせるという点において、日夏は、マッチョな男のステレオタイプとして登場する体育教師・持田および家父長制度下の家長（父）像と同じなのである。

一章で言及したように、日夏は「エロ画像」の上で踊りを披露することで男子を撃退した。日夏は「闘いの踊りしか踊らない」。男性中心社会と闘うための武器であるそのステップには名前があり、「わたしたち」の一人が、「ルールを踏みにじるじゃなくて、前例を踏みにじるじゃなくて、何を踏みにじるんだった?」「弱き心を踏みにじるでもなくて」と日夏に問う場面がある。ルールにしろ、前例にしろ、弱き心にしろ、「闘いの踊り」のステップの名前にはふさわしい。ところが、日夏は「人間の尊厳を踏みにじるステップ」「汚れなきものを踏みにじるステップ」と答える。「人間の尊厳を踏みにじる」ものを「踏みにじる」ステップ、「汚れなきものを踏みにじる」ものを「踏みにじる」なら、矛盾は生じない。しかし、「人間の尊厳を踏みにじる」、「汚れなきものを踏みにじる」は、いずれにしろ「わたしたち」が敵対する男性中心社会が時空を超えて行ってきたことそのものである。日夏の回答に「わたしたち」は、「違う」「嘘だ、そんな偽悪的なものじゃなかった」と反発する。

〈パパ〉〈ママ〉という呼称は、お父さん、お母さんに比して疑似的なイメージが強い。〈ママ〉は、幼児語であるとともに、クラブ、キャバレー、喫茶店などの女主人の呼称として使用される。疑似的存在として役割が規定されていたにも拘わらず、皮肉にも〈ファミリー〉は次第に現実に近接していく。

3 ディストピアとしての〈ファミリー〉——近親相関

日夏は自分の行使した暴力について「罪悪感がいとおしさに結びついて、わたしはいっそう空穂を可愛がりたくなる」とし、「わたしたち」も、空穂が叩かれる場面を「日夏が空穂の脚にまたがり、少年のように小さく引き締まったそのお尻に厳しく、しかしどこか優美な動きで手を振り下ろす。痛みに耐える空穂は時々わずかに腰をくねらせ、かぼそいあえぎを漏らす」と想像し、甘美で性的なものと捉えると、「〈子ども〉のおしおきもまた愛でるべきエピソードとして受け止め」る。「おしおきの一件」は、『残酷な女たちの戯れ』と名付けられた「全編懲罰もしくは性的プレイとして女が他の女にお尻を手や鞭で打たれている写真」集に重ねられる。〈パパ〉が、「少年のよう」

な〈王子〉(空穂は〈王子〉と呼称されている)の尻を打つという同性間のサディズム／マゾヒズムの関係は、しばしば松浦理英子の作品で描かれるものだが、本稿では、それが〈パパ〉と〈子ども〉の間に成立している点に着目したい。

日夏は空穂に「可愛らしさというのはどうしてこんなに人に誘いかけるんだろう」と「不思議がりながら」魅了されていく。「小動物めいた可愛らしさ」、「小動物にある撫でたり抱きあげたりしたくなる可愛さに通じるものだ」といったように、「小動物」という比喩が何度も用いられるのだが、「小動物」という記号は、テクスト冒頭で掲げられたプロテストの作文で用いられている比喩である。「なつかない小動物をしつこくかまって楽しんだり腹を立てたりしているように見える」のは、「女子高校生の性的非行について」「のぼせていて、わけもなく気持ちよさそう」に「熱く語るおじさんたち」であることを指摘しておきたい。〈パパ〉という呼称は、年若い女性を性的関係と引き換えに経済的に庇護する壮年の男性に対しても用いられる。

一方、〈パパ〉日夏と〈子ども〉空穂の関係が親密になるにつれて、〈ママ〉真汐が排除されていく。「ロマンスの変容」の章において語られるのは、〈ファミリー〉崩壊の兆しである。空穂の実母が夜勤で不在の夜は〈ファミリー〉は空穂宅に宿泊し、翌朝は三人で登校することになっていた。ところが、真汐の姿がない。「わたしたちは胸騒ぎを覚えた。〈ママ〉はどうしていないんだろう?〈パパ〉と〈王子〉が〈ママ〉と離れたがるはずはないし〈ママ〉がいなくて平気なはずはない。〈ママ〉はどこなのか?」。その日を境に真汐は二人と距離を置くようになる。「わたしたち」の目には、「空穂は、〈夫婦〉が別れどちらかについて行くとしたら日夏と決めているかのようだった」と映る。日夏と空穂と疎遠になった真汐は、自分と〈夫〉日夏との関係について思いを巡らせることになる。

手綱を握っているのは常に日夏で飼いならされているのがわたしだ。しかも日夏はいつでも手綱を放しわたしを遠ざけることができる。わたしたちの関係を主導するのはもっぱら日夏であることが、たまらなくくやしい。

思い煩いは〈パパ〉日夏と〈子ども〉空穂との関係にも及ぶ。

日夏と空穂が二人の戯れに夢中になってわたしがはじき出されてしまうと、どちらにもいちばんには愛されていないことがとてもみじめに感じられる。（中略）二人の間にはあって、わたしと日夏、わたしと空穂の間にはないものが存在するような気がする。

〈ファミリー〉は相互に対等な関係ではなく、〈パパ〉日夏が強者の位置に君臨している。

上野千鶴子は「『父の娘』のミソジニー」(8)において、娘について「父と母の権力関係のなかに割ってはいって、『父の誘惑者』となることで母に対して優位に立つ」「『父』という強者の寵愛を競いあう母とのライバル関係に勝利する」と分析している。さらに上野は、娘は「『誘惑者』として父によって仕立て上げられる」と指摘する。

父にとって娘は自分の分身、最愛の異性でありながら、自分にとっては「禁止された身体」の持ち主（中略）禁忌をともなう誘惑の対象となる。（中略）自分のクローンであり、ピグマリオン的な愛着の対象でもある手塩にかけた娘を「最高の恋人」として手元に置いておきたい。かなうことなら、その娘と性的につながうことで、どこまでも自閉していくブラックホールの至福に閉じこもりたい。

〈パパ〉と〈子ども〉の「愛戯」は時を経るごとにエスカレートしていく。〈子ども〉空穂は「いつもひそかに『今日はキスして来るかな？』と気配を待つ」。キスは「疑似恋愛状態に嵌まり込む」「まぎらわしい行為」だと日夏は考えていたのだが、ある夜、〈子ども〉は自ら〈パパ〉に「唇を合わせる」。本テキストは、概要が先行する作品（『裏ヴァージョン』）で「あらすじ」として予告されているという特殊性があるのだが、そこにおいても、「〈パパ〉と〈王子様〉の間で一種の性的な行為が交わされるようになる、つまり近親姦が起こり、〈ママ〉はそれを薄々知りながらも嫉妬を露わにすることもできず、自分が〈パパ〉と性行為をする気にもならず悶々とする」[9]と明示されている。〈子ども〉空穂は、上野の指摘するところの「誘惑者」としての娘であり、〈パパ〉日夏は、娘を「誘惑者」として仕立てる父であり、〈ママ〉真汐は、娘と父に排斥された母である。

日夏と空穂の「愛戯」は、空穂の実母に目撃されることになる。空穂の母は「日夏に娘を誘惑されみだらな行為をされた」と主張し、最終的に日夏に無期停学の処分が下ることとなる。父と娘の「近親姦」により、「わたしたち」の〈ファミリー〉は瓦解し、外圧によって解体されることとなった。

「わたしたち」は、自分たちの主体性を抑圧し自由を脅かす男性中心社会の規範に抗い、疑似家族というユートピアを新たに創造した。一般的なごっこ遊びとは異なり、「わたしたち」の「家族ごっこ」にはロールモデルはいない。周囲の大人たちに理想の生き方を見出すことはできない「わたしたち」は、心のままに自由に〈パパ〉〈ママ〉〈子ども〉を演じ、その共同幻想は夢と希望に満ちているはずだった。しかし、その挑戦は、暴力と、それが引き金となって起こる近親相姦という家父長制の闇に帰結した。結局、「家族ごっこ」は、現実をシミュレーション（模倣）していたに過ぎないということになる。

「わたしたち」が通う「玉藻学園」という名前は、「玉藻の前」の伝承を想起させる。「玉藻の前」は、平安時代の末期に鳥羽上皇に寵愛された女性である。絶世の美女の玉藻の前は宮廷の人気者となるが、正体が九尾の狐だと見破られると鳥羽上皇の討伐軍に退治される。「玉藻の前」が、「わたしたち」によって創造された美しいユートピア〈ファミリー〉だとすれば、大人たちに正体を見破られた〈ファミリー〉は、大人たちの手で退治されたということになる。

ごっこ遊びをする子どもたちは「早くから、想像と現実を区別しており、二つの世界の境界があいまいになったり、混同や混乱におちいることはない」[10]という。真汐は「ほんとうに日夏がパートナーのように思えて来て、そのうち空穂という庇護する対象もでき、（中略）ほんものの家族のようだった」と語る。「ように」「ようだった」という助動詞には、あくまでそれが仮想であるという意味が込められている。「わたしたち」は、「現実における〈わたしたちのファミリー〉の離散を覚悟し、紡いできた物語を締めくくる心の準備」をした。

おわりに

「家族ごっこ」が、ユートピアではなく、結局は醜悪な現実のシミュレーション（模倣）に過ぎなかったということを肯定的に捉えたい。なぜなら、シミュレーション（模倣）とは、自分が現実とどのように向き合っていくのかを検討し現実を理解するための手段であるからだ。通常のシミュレーションでは最悪の事態が想定される。その意味において、「家族ごっこ」の試みは、男性中心社会の醜悪な現実を白日の下に晒した、と考えることができるのである。

シミュレーション（模倣）を経た〈ファミリー〉が、それぞれどのような未来を選び取っていくのか。主体性がなく「フィギュア」と称されていた空穂は母の呪縛と闘った結果、自分の好きな大学に行く権利を勝ち取る。日夏は学校を自主退学すると海外留学の道を選ぶ。真汐は「楽しいことばかりではない道が目の前に果てしなく続いている」と「憂鬱」になるのだが、「生涯たった一人でも生きて行けるように心を鍛える」という決意を固くするのである。テクスト末尾において、日夏の名付けたステップの名前が「道なき道を踏みにじり行くステップ」であったことが明かされる。「目の前に果てしなく続いている」道は険しい。他方、「道なき道を踏みにじり行く」人生もまた「茨の道」である。しかし、「わたしたち」はしぶとい。「玉藻の前」の伝承に戻ってみよう。伝承には続きがある。討伐軍の攻撃に息絶えた「玉藻の前」（九尾の狐）は、巨大な毒石へと化すと、近づく者の命を奪うのである。

本テクストには、むき出しの反骨心が、女の友情によって創造された「家族ごっこ」という現実社会のシミュレーション（模倣）を経たことによって、険しい道を歩み行く確かな勇気へと変えられていくプロセスが描かれており、その点を高く評価したい。

注

（1）村田沙耶香「『わたしたち』が進む世界」（『文學界』二〇一七・六）
（2）兒島峰「ナチュラル・ウーマンとその子どもたち」（『国際経営フォーラム』二〇一九・一二）
（3）泉谷瞬「甘美なる家父長制――松浦理英子『最愛の子ども』論」（『文藝論叢』二〇二一・三）
（4）明神もと子「幼児のごっこ遊びの想像力について」（『釧路論集：北海道教育大学釧路校研究紀要』二〇〇五・一〇）
（5）シモーヌ・ド・ボーヴォワール著、『第二の性』を原文で読み直す会訳『決定版　第二の性　Ⅱ　体験　下』（新潮社、二〇〇一・三）
（6）戸谷洋志『友情を哲学する～七人の哲学者たちの友情観』（光文社、二〇二三・二）
（7）本作の語りの試みについて論じた、鴻巣友季子「物語の湧きいずる秘めやかな泉　松浦理英子『最愛の子ども』」（『小説トリッパー』朝日新聞出版、二〇一七年六月）では、「多数の声が語るものは、「妄想」や「捏造」というより、集合意識、集合記憶と呼ばれるべきではないか」として評価している。
（8）上野千鶴子『女ぎらい――ニッポンのミソジニー』（紀伊國屋書店、二〇一〇・一〇）
（9）松浦理英子『裏ヴァージョン』（筑摩書房、二〇〇〇・一〇）
（10）注（4）に同じ。

〈付記〉本文の引用は、松浦理英子『最愛の子ども』（文藝春秋、二〇二〇・五）に拠る。省略した箇所を示す〈中略〉は稿者による。

群ようこ『パンとスープとネコ日和』——新しいシングル像

羅　麗傑

はじめに

群ようこと言えば、真っ先に思い浮かんだのは「無印」シリーズと、淡々としたシンプルで自然体の語り口、それに衒いもなく日常を素朴に描く作風だろう。一九八四年七月、単行本『午前零時の玄米パン』（本の雑誌社刊）を発表し、本格的に作家デビューした後、随筆、小説、評伝など多岐にわたり作品を発表している。社会の歪みやテクノロジーとの闘い、ペットとの共存など現実と向き合いつつ、ほのぼのと癒される心の温まる作品を多く世に送り出している。

本稿の研究対象である『パンとスープとネコ日和』（角川春樹事務所、二〇一二・四）も、女性一人でどう生きていくのか、という新しいシングル像の出現を描きあげた作品である。小説では、大学卒業後、編集の仕事をする主人公・アキコは、四七歳の時、唯一の家族である母の突然死に見舞われた後、会社の「毎年恒例の人事異動」で「経理部に異動にな」り、「副部長待遇で昇進した」のだが、「本作りに携われない」のを辛く思い、退社した。それで母が営んでいた食堂「お食事処　カヨ」を改装し、「ä《エー》」という食堂経営を始める。その間、体育会系で気遣いのできる女性・しまちゃんの雇用、猫「たろ」の到来、母親の友人「タナカさん」の来訪、家族とおぼしき兄夫婦のお寺への訪問、「たろ」の死など、こまやかで静かな日常の一コマ一コマが描かれている。本作品は、二〇一三年にテレビドラマ化もされ、内容を一部書き換えられたが、小説と同様に心癒されるものとなっている。

1　先行研究

山下聖美は「群ようこの世界」について論文を三本書いている。一本は群の創作方法、後の二本は、群の五人の女性作家評伝についての研究である。そのほかに、桜井秀勲は、群の「無印」シリーズを考察しつつ、その「シンプル　イズ　ベストの文体」と、群を「小学生からおばあさんまで描ける才能」を持つ作家だと評価している。加藤純一は、群の食に関する作品についての研究である。ほかに書評、評伝などの資料もあるが、いずれも本研究と関連がないため、詳細な紹介を省く。対談とインタビューなどの内容については、必要に応じて引用させてもらう。

日本では「単独世帯」の構成割合も年々増加し続けており、一九九五年ごろにすでに全体の二五%を突破し、この作品が発表された二〇一二年前後は確かに三〇%を超え、その後も上昇が推計されているという。ちなみに、『中国統計年鑑――二〇二一』によると、中国の単独世帯数も一億二五〇〇万超で、全体の二五%以上を占めていることがわかった。単独世帯の上昇は世界的な趨勢だと言えよう。岡野幸江は「家・家族・恋愛・結婚」のなかで、「これからの時代、「家族」は「個人」に解体されていき、血縁だけによらないさまざまな個人の結びつきを可能としていくだろう」と指摘し、水田宗子は「家族も、対関係も、生殖も、子育ても、個人を単位として、個人の意思と志向によって、それぞれの形態やあり方を選択していく社会が情報化社会であり、その家族の形を「単家族」と呼ぶしかない」とし、両研究者は、従来の家族形態の崩壊と多様性を推測している。

平均寿命も延び、「人生一〇〇年時代」がまさに近づいている現在は、岡野と水田の言う家族変容が真最中のように思われる。群はこうした世の中の変化を敏感に感じ取り、他人との共同生活を描く『三人暮らし』（角川書店、二〇〇九・九)や、〈一人暮らし〉を描く本稿の研究対象である『パンとスープとネコ日和』など、家族形態や生活様式の変化を描く作品を多く発表し、人間実存の新しい模索を試みていると言える。

しかし、先行研究を見たかぎりではこの作品に関する研究はまだなされていない。〈一人暮らし〉が日々増加する今日の社会情勢に鑑み、この作品の研究は非常に意義があるものと思われる。本稿では、アキコと仕事、アキコと家族、アキコと他者との関係性という三方面からアキコのシングルとしての生き方の新しさ——新しいシングル像の〈一人暮らし〉模様を検討してみよう。

2　アキコと仕事

対談「執筆前夜：女性作家十人が語る、プロの仕事の舞台裏[9]」で、群は小さいころ、林芙美子の『放浪記』を読んで「自分でアクションを起こして、一生懸命働いてる女性の姿」が、「そんなに恵まれた環境ではない」が、「不幸には思えなかった。これなんだ、私の生きる道は」という感動を覚えたことがあると話している。「一生懸命働いてる」姿が魅力的だと思っている群のように、本作品のアキコも男性に依存する気はなく、出版社勤務や食堂経営をし、一生懸命働いている。その働く姿勢から仕事への拘りが窺える。

出版社には、アキコは本が好きだから、大学卒業後に入ったのである。「本作りの面白さ」に「惹かれて」、「本作りに没頭しているうちに」結婚の適齢期を逸し、「あっという間に四十五歳になっていた」話から見ても、出版社の仕事にやりがいを感じているのが分かる。ところが、「入社から二十数年」、母の急死後に「経理部に異動」という人事異動があった。役職も昇進し、「このまま勤めていれば、定年までの給料」も「保証される」が、「本作りに携われないのはつらい」と思い、会社を辞めた。また、食堂経営をするのにも料理に「面白さ」を感じていたからである。高校の時に母の食堂の「日々の不人気メニューを食べさせられるのも嫌になってきたので、台所で自分の分だけを作って食べるようになった。料理の本も買って作ってみたりもした」。母に反感を持たれても「アキコは時間があれば、黙々と自分のためだけに料理を作り続け」ていた。それに出版社勤めの時、「本作りの面白さと同時に、料理の面白さにも惹かれていった」ことや、「気合いが入って」作った料理本も好評になり、料理の先生に料理の「センスがある」と褒められたなど、料理作りに非常に興味を覚えている。こうしてみれば、アキコは職業選択において地位の昇進、増俸、名誉よりも興味の有無を最優先に考えているのが窺える。

料理提供においても自分なりの主張がある。アキコは一年間をかけて「調理師免許」を取ってから店を始めている。料理店を「家庭料理の延長」にしたくなく、「品数が少なくても、できるだけいい食材を使って」「丁寧に作って出すのを信条に」している。そして「すべての人を対象にした、オープンな店ではな」く、「あの店に行ったら、あれが食べられると楽しみにしてもらえるような」、特色のある「店にしようと」考えている。店のメインメニューとするパンは、「全粒粉や天然酵母のパン」、「チキンは平飼いで、遺伝子組み換えの飼料や、農薬を使ったもの、抗生物質なども与えていないもの」など健康食材を使用し、スープは手作りを堅持している。「人が口にするものを作るのは、大変な責任がある」と思い、生命重視の理念とプロの真剣さをもって料理を提供している。

経営においては、アキコも当然、「お客さま第一」に考えている。客に緊張感を与えないように心がけることや、客の立場に立って思考することなど、客へのサービスをいろいろ工夫している。しかし、それと同時に、経営者としての自分をも大事にするのが非常に特徴的だと言える。「みんなに来て欲しいとは思っていなかった。人には好き嫌いがあって当然で、自分の店が嫌いな範疇に入れられても、それは当たり前なのだ。いちばんいけないのは、自分の気持ちがぶれること」や、「店の経営状態が悪くなったからと質を落としたり、世の中の流れに合わせて出す料理を変えたりはしたくなかった」などと考えている。それに店が繁盛しているにもかかわらず、夜は店をやらない上に、たとえ「殿様商売」と言われても「休むときは休まないと、頭や体に隙間ができない」と思って定休日を設けたのである。したがって、アキコの食堂経営と言えば、「客第一」という方針の上に、経営者をも重視する「主客共喜」の経営モデルであると言えよう。

人間は、幼児や青少年の学習期と老年の無労働能力期を除き、成人として生きていくためにほとんどの人は働くことが必要であろう。一日八時間働くとすれば、定年退職まで人生の大半は仕事で占められていると言える。仕事が楽しくなければ、人生が楽しくあるはずがない。生活に迫られ、選択の余地がない場合は別として、楽しく働くには興味のある仕事に携わることに越したことはないだろう。出版社の人事異動でアキコは、以前より役職も上で、給料も多い「経理部」への異動を拒み、退職を決めた。人間は欲張りなものだから、これは誰にでもできることではないと思われる。欲望が多くなれば、選択の余地もそれなりに狭くなるから、興味の有無で仕事を選択する余地を持たせるためには、余分な欲張りを取り除く必要があろう。これは「店を手伝ってくれるしまちゃん」の生活態度への肯定からアキコの主張が窺える。しまちゃんは前の仕事が「クビにな」ったから、「生活のために働かなくては」の理由でアキコの店に来ている。「アルバイトで五年間、食いつないできた」ことに対し、「生活ができればいいんです。アパートの家賃も安いし。生活ができなくなったら、都心から離れればいいだけですから」という。「アキコはやる気まんまんの人」は「苦手」なので、その余分な欲望のない生き方が気に入っている。

人はとかく金銭、名誉、地位など余分な欲望のために、生きるための労働の本質を見失いがちである。もちろん生きていくには経済的な自活が先決である。しかし、金銭などに対し、必要以上に求めない限り、より多くの選択を持つことになる。そうすれば、興味のある仕事も選べ、働く意欲にも情熱が湧き、充実した日々が送れるのではないか。職業や食材の選択から「主客共喜」の経営方針に至るまで、アキコは、仕事をただ生活していく上での経済面の保証を提供してくれる生活手段として見ているだけでなく、仕事にやりがいを見出している姿勢が窺える。

3　アキコと家族

アキコは、シングルマザーのもとで育った「私生児」であるから、表立っての家族としては母親一人だけである。ほかには「顔を知らない」父と、兄弟と思しき兄が二人いるという。父とは面識がない。兄夫婦だと分かっていても妹だと名乗れないため、兄とも兄妹としての付き合いがなく、他人と言っても差し支えないだろう。しかし、作中で「五十三歳のアキコの身内は、三歳のたろしかいない」と記されているように、母の死後、否応なしに〈一人暮らし〉の単独世帯となったアキコは、猫の「たろ」という唯一の「家族」ができた。普通の家族に育っていないためか、アキコは家族への執着があまり見えない。

まず、母との関係である。アキコは「煙草を吸っている母の姿」や、「夜は店が閉まってからも」「酒が入った常連のおじさんたち」と「酒盛り」をする「母が酒を飲んではしゃぐ姿を見るのも大嫌いだった」。大学に進学した後、母親との関係がいっそうずれていき、できるだけ母とぶつからないように、普段は遠回しに言ったりして、母との会話が少なくなる一方である。しかし、それに対し、母は店の常連に「トンビが鷹を生んだ」と言っているように、アキコのことを自慢にしている。アキコが「偏差値も高い、中学から大学までの一貫校」に合格した時、母は一番喜んだ。それに自分のせいで、アキコを父親のいない子にしてしまったことや、普通とされる家庭を作ってあげなかったことに対して「後ろめたさ」を持っているように思われる。また、母の死後、発見された父から渡されたらしいアキコ名義の通帳に母が「こまめに入金」し、「えっと驚くような残高になっていた」ことからも、母はアキコのことをいつも思っていながら、その気持ちをあまり伝えなかったことが解る。二人は決して良好な母娘関係ではないと言える。

アキコは「父の顔を知らな」かった。小さい時、「少女漫画」などを読んで「裕福な父親」が登場してくるのを見て色々想像を膨らませたが、しかし、中学の時に母から父がお坊さんであることと、もう「二年前に心臓発作」で亡くなっていることが分かって失望した。「いい人だったけど、どういうわけか女偏のほうがねえ」と父は男女関係においてはルーズであったが、「自分の子だと認められないかわりに、お金のほうは十二分にしてもらったんだからね。お父さんのおかげで、この家も店もあるんだから」などと母から聞かされた。また母の友達「タナカさん」から、父が母の店に来たとき、いつも「店の隅」で「店主におまかせ」の「一汁二菜の質素」な食事をとっていたと聞く。兄嫁とおぼしき女性も、「先代のご住職」は「立派な方でね。なにもわからない嫁の私に、姑ともども本当によくしてくれたんです」などと言っているから、父は思いやりがあり、もったいぶらない性格で、家族にも周りの人にも優しかったし、尊敬されていたと考えられる。それでアキコも、父に対して抵抗感がなかった上に、「娘の私はかわいかったに違いない」とまで想像し、父への憧れを持っていたと思われる。

次に、その兄弟関係を見よう。アキコは異母兄弟の存在を知った後、兄らしき人の務めるお寺を訪ねた。その兄夫婦と「うまくやっていけそう」な気がした。それに「想像していなかった安らぎ」がその寺にはあったと感じている。こうしてみれば、父不在の環境の中で育ったアキコは、ある意味では普通の家族形態に対して諦めがついている反面、その父親への憧れと兄夫婦とおぼしき親族探しの行為から、やはり伝統的な家族関係に未練を持っているように思われる。

母の死による家族崩壊後、アキコのところに「たろ」というネコがやってきた。普段、「たろを抱っこして、ぼんやりするのが、アキコの至福の時間」であったと同時に、「赤ちゃん抱っこ」された「たろ」も「これ以上の幸せは」ない「表情」を見せている。小説は全部で十章で構成されている。「たろ」との生活描写に、その死後の悲しみを描く九・十章を加えると、ほぼテキストの三分の一の分量を占めている。「母の葬儀のときも、悲しいと言えば悲しかったが、これほどではなかった」と、「たろ」の死は母よりもショックが大きかったと明白に語っている。この意味において、アキコは「たろ」と、「家族」同様の関係を築き上げていたと言えよう。

アキコは結婚もしていないため、婚姻家族を持っていない。肉親家族やネコとの関わり合いから、現在の家族形態の変化が窺える。それと同時に、人間の心の慰めという精神的な需要に対し、アキコの思考と工夫のあとも見られる。水田宗子は、「家族は、愛と憩いの場であり、嵐からの避難所であり、他者を立ち入らせないサンクチュアリであったが、同時に、さまざまな葛藤や心理的な傷を生み出す悪夢の根源でもあった(10)」と言っている。アキコはすでに、家や家族の両面性をよく認識できているように思われる。肉親だからといって性格やものの考え方も異なる母とは深く立ち入らずに、できるだけぶつからないように、家や家族がもたらす個人への圧迫や束縛をうまく回避している。それと同時に、カミングアウトできない兄弟らしき兄夫婦と面識もない父とを、ただ精神的な慰めとして心の中で考えているように思われる。そして、婚姻や血縁で結ばれる家族関係を築くことに期待ができず、単独世帯が増えてばかりいる中、アキコの「たろ」との種を超えた家族構成はひとつの解決方法として注目すべきであろう。

4　アキコと他者との関係性

言うまでもなく、人間関係は人が生きていく上で非常に大切である。どんな人間関係を築けるかは一人一人の生活の質に深く関わるものである。アキコの他者との関係性において、自分なりの原則があるように思われる。

まず、人と接触するとき、相手はどんな人か、その人の人柄を先に考えている。出版社勤めの時、アキコは「平気で嘘をつく、人の足を引っ張る、自分の権利ばかりを主張して、義務を果たさない。部下には威張り散らし、上司には揉み手をしてすり寄っていく」ような人を人として認めていない。当然真っ先に交友圏から排除するだろう。

それに、価値観などの相違がある人とは深く関わらないようにしているようである。これは母や元彼氏だった男性との付き合いからも窺える。アキコは、「料理本すら開かず、他店に食事に行きもしない」母には「料理の腕を磨」く気持ちの全くなかったことに賛成できなかったし、料理がすきでも、料理人の「母の手伝いをする気にはなれなかった」。日々の生活の中でも母とぶつかるのを意識的に避けていた。

付き合っていた彼との関係を見よう。アキコは、学生時代に自分が好むタイプの男性と就職して三年経っても交際を続けていた。しかし、彼は卒業後、「就職したとたん、出世の話や株の話ばかりするようにな」っている。それに、アキコとの結婚を望んでいるが、「いつまで働くつもりなんだ」、「それとも子供も産まないで定年まで勤めて、ばあさんになって一人で暮らしていくつもりなのか」などと言って、アキコに「会社をやめて専業主婦になって欲しいという」。性役割通りに思考し、ジェンダーへの意識が低い人だとわかる。彼に比べ、アキコは先述したように、男女関係や家族に対して普通の家庭で育った人より執着が薄く、許容度も大きかった。会社も「男性、女性関係なく、よりよい本の作り手としての人材を求め」、結婚や子供の有無などを条件として考えられていない、比較的先進的で開放的な仕事環境だったため、アキコは彼と「価値観の違い」を覚え、「人生を一緒に生きる人だとは考えられな」くて別れを告げた。こうしてみれば、アキコは決して独身主義者でもなければ、婚姻を拒んでいるわけでもない。付き合っている男性と価値観などが合わなかったから無理して結婚したくないだけなのである。まして現在一人でも不自由なく生きていける時代になっているから、アキコは、すでに結婚を選択できる生活様式の一つとして見ているように思われる。両親の婚姻外付き合いに関しても一言も反感を示さなかったことからアキコには、世の道徳や通念などに左右される婚姻観を持っていないことが分かる。

価値観などの相違で深く関わるのを拒んでいる現れとして友達との付き合いがある。店を始めてからよく知り合いに、「儲かるの？」と聞かれるたびに「これからはこの人とつきあえないかもしれない」と思い、利益重視の人とは意図的に距離を取っている。

次に、アキコの他者との関り方への心がけを見よう。アキコは、何よりもプライバシーを尊重し、思いやりを大事にしているように思われる。テキストには、世代が上の人ほどプライバシー意識が薄いという世代間における相違がみられる。このプライバシー重視の傾向は、母との比較や母の友人の来訪などの場面から窺える。アキコはいつも「あまりに常連さんたちに自分たちのプライバシーを話す母に」「嫌悪感」がわくと言っている。また、母の噂の真偽や、店について「根掘り葉掘り」立ち入った内容を聞きたがっている、母の昔の同僚のタナカさんに対し、アキコは明らかに嫌な感じを示している。その一方、店の仕入れでお世話になっている人が「アキコの店に関して、あれこれ詮索することもなく、最低限必要な希望を聞いて、市場の情報や近郊で低農薬或いは無農薬の、新鮮な野菜を育てている農家にも連れていってくれた」ことに対して、好感を持っていることからも、プライバシー重視の姿勢が裏付けられる。

ほかに、アキコは人と付き合う時に、誠実と思いやりを大事にしているように思われる。食材が無農薬かどうか非常に神経質な客に対して、「たとえば無農薬でもないのにそうだといってしまえば、お客さんはそれ以上、疑う余地がなくなる」ことを知っていながらも、アキコは「見ず知らずの私たちを信用して来てくださる」と思って、正直に答えている。嘘をつくのは人として認めないからである。さらに思いやりは、しまちゃんと兄らしき夫婦との付き合いから窺える。運動神経の強いしまちゃんが「階段を踏み外して」「足首をねんざ」した時に、アキコはよく休ませなかったのではないかと反省している。また、兄夫婦と思しき二人に親近感や憧れを持っていても、アキコは実際に面と向かって「私はあなたの妹です」と「カミングアウト」をしたくなかった。それは、「もしも彼らが本当に何も知らなかったら、相当なショックを受けるだろう。尊敬していた父に対する信頼も揺らぐかもしれない」、「余計な波風を立てる必要はない」と思いやっているからである。たとえ血縁関係を持っているにせよ、深く立ち入ることや迷惑をかけることなどをしてはいけないと心得ているのである。

人間生存で直面せざるを得ない課題としての他者との関り合いにおいて、アキコは決して自分の都合さえよければよいという人間ではない。職場にしろ家庭にしろ如何なる場所においても、必ず人柄と価値観などを確認した上で、誠実さと温かさをもって他者と付き合っている。「情けは人のためならず」、これは、他者とうまくやっていける上で非常に重要なことだと思われる。

おわりに

群の『小美代姐さん花乱万丈』(集英社、二〇〇二・一二)が舞台化された時、群と小美代姐さんを演じる名取裕子との対談でも「生きてるって大変なこともあるけど、こんなに素敵だよ」[11]と、小美代姐さんの生き方に魅了された二人の会話が記されている。その会話から、生きることへのこの上ない愛が感じられる。アキコは群の目指すように、まさに生きることへの愛を以て、一生懸命働いて素敵な人生を送っているといえる。

そして、その仕事と家族、及び他者との関係性から、このアキコというシングルの楽しく生きる生活を貫いている新しさの心構えとして二つあると思われる。一つは無理をしないことで、もう一つは「個」の重視である。

まず、無理をしないことである。アキコは余分の欲望を持たなかった。昇進・昇給よりも編集部への拘りから、必要以上に求めず、満足のいく生活ができればという目標を持っているように思われる。それに、食堂は繁盛している。「働けるだけ働け」という「喫茶店のママ」から「殿様商売でうらやましいわ」と皮肉を言われても、アキコは利益追求のために無理はしなかった。夜に店をやらないだけでなく店に定休日まで設けたのである。婚姻においても、アキコは母や周りの人にせかされても、プロポーズする男性がいても、気に入った男性でなければ、無理に結婚しようとはしなかった。如何なる方面においても必要以上に執着しておらず、〈ほどほど〉[12]にしている生活方針が見える。この「無理をしない」ということは、言い換えれば〈ほどほど〉ではなかろうか。アキコの〈一人暮らし〉の如何なる面にもこの〈ほどほど〉という言葉が当てはまりそうである。

それから、アキコの職業選択、稼ぎも少なく苦労が多い食堂経営への打ち込み、食堂の内装、「主客共喜」の経営方針の堅持などから、みな「個」の尊重が見られる。他者との関わり合いにおけるプライバシーの重視もその表れとみることができよう。「自分は、母も含めて人との比較ではなく、自分のやりたいようにするだけだ」という信条を持ち、「個」を大事にしているからこそアキコは、出版社で情熱を以て本の編集をし、食堂経営において真心を込めて客へサービスすることができたと思われる。これは群の言っている「大事なのは〝世の中はいいから、あなたはどうしたいの？〟」[13]ということだろう。群はこのような考えのもとで、ぶれないアキコを作りあげたのではないか。

今後、単独世帯の「単家族」がますます増えていくだろう。そうすると、多くの人は一人でどうやって生きていくのかという問題に直面せざるを得なくなる。本稿は、『パンとスープとネコ日和』の主人公・アキコの〈一人暮し〉を、仕事、家族、他者との関係性の三方面から、一人でも楽しく生きていくには何が大切か、そしてどうすればよいかを考察してみた。この新しいシングル像にみられる、「生きてるって、素敵だ」という生活態度と、さらに「個」を重視することと無理をしないこと〈ほどほど〉の大切さを改めて考えさせられた。

注

（1）山下聖美「群ようこの世界（一）〈無印〉作家の誕生」（『日本大学芸術学部紀要』四五、二〇〇七・三、五七頁～六五頁）

（2）山下聖美「群ようこの世界（二）森茉莉、樋口一葉への視線」（『日本大学芸術学部紀要』四七、二〇〇八・三、四一頁～四九頁）。山下聖美「群ようこの世界（三）林芙美子、尾崎翠、平林たい子への視線からアンチ・ヒロインの形成へ」（『日本大学芸術学部紀要』四八、二〇〇八・九、四三頁～五四頁）

（3）桜井秀勳「現代女流作家への招待　第二一回　群ようことその作品」（図書館の学校編『図書館の学校』通号七、二〇〇〇・七、五〇頁～五三頁）

（4）加藤純一「現代文学にみる「食」第二十六回　群ようこ著『へその緒スープ』『シジミの寝床』ほか」（『食の科学』二九八、二〇〇二・一二、七〇頁～七八頁）

（5）「結婚と家族をめぐる基礎データ」日本内閣府男女共同参画局、二〇二二・三。
https://www.gender.go.jp/kaigi/kento/Marriage-Family/10th/pdf/1.pdf
（6）http://www.stats.gov.cn/sj/ndsj/2021/indexch.htm。
（7）岡野幸江「家・家族・恋愛・結婚」（渡邊澄子編『女性文学を学ぶ人のために』世界思想社、二〇〇〇・一〇、二四頁～二五頁）
（8）水田宗子「変容する家族」（『居場所考――家族のゆくえ』フェミックス、一九九八・一二、二四六頁）
（9）CW編集部編『執筆前夜：女性作家十人が語る、プロの仕事の舞台裏。（ラセ）』（恩田陸、三浦しをん、角田光代、酒井順子、加納朋子、群ようこ、中村うさぎ、野中柊、林あまり、鷺沢萠〔述〕、新風舎、二〇〇五・一二、一一四頁）
（10）城西大学国際文化教育センター、水田宗子編『女性と家族の変容』（学陽書房、一九九〇・六、二頁）
（11）「対談 群ようこ vs 名取裕子 生きてるって、素敵だよ」（『青春と読書』三八（通号三三三）、集英社、二〇〇三・七、一四頁～一九頁）
（12）群は「好きなように過ごしてこそ、人生！」（群ようこ『ほどほど快適生活百科』、集英社〔編〕『青春と読書』五三（三）、二〇一八・三、二頁～六頁）という巻頭インタビューで、「みんな、頑張りすぎていませんか」、「それで〈ほどほど〉」だと言っている。群の〈ほどほど〉は「仕事においては、ひとつひとつきちんとやった上での〈ほどほど〉である」という。
（13）「『うちのご近所さん』群ようこ刊行記念インタビュー」（『本の旅人』二二一、二〇一六・三、三一頁）

中島京子『長いお別れ』論――在宅介護に焦点を当てて

石田まり子

はじめに

作者の中島京子（一九六四〜）は、二〇〇三年『FUTON』で小説家としてデビューした後、二〇一〇年に『小さいおうち』で直木賞、二〇一四年『妻が椎茸だったころ』で泉鏡花文学賞、二〇一五年の『かたづの！』で河合隼雄物語賞、歴史時代作家クラブ作品賞、柴田錬三郎賞、そして、同年に『長いお別れ』が中央公論文芸賞と二〇一六年日本医療小説大賞を、『やさしい猫』は二〇二二年に吉川英治文学賞と貧困ジャーナリズム特別賞を受賞した。渡邊澄子が、中島作品の特徴として「高齢者、認知症、シングルマザー、入管など社会的問題への関心が創作の熱源」（渡邊澄子「入管の人権侵害問題――中島京子『やさしい猫』を視座として」『〈パンデミック〉とフェミニズム』翰林書房、二〇二二）であり、家庭・家族を絡めた作品が多いと指摘するように、中島は、家族や家庭を描くことを通して、さまざまな社会問題に向き合おうとしている。

本作『長いお別れ』（文藝春秋、二〇一五）に登場する東昇平は、中学校の国語教師から校長へ、退職後には地域の図書館長などを歴任したが、アルツハイマー型認知症と診断され、認知症が進行していく中、大腿骨骨折に伴う熱で入院した病院で亡くなる。昇平には三人の娘がいるが、長女の茉莉は、夫の転勤でアメリカ滞在のため、介護に関わることはできない。次女の菜奈は、実家の近くに夫と子供と暮らしていることも要因となり、母の曜子から頼りにされ、父を病院へ送り迎えするなどの役割を担う。三女の芙美は、フードコーディネーターとして一人暮らしをしているが、実家に帰ってきた時に介護に関わる。しかし、娘や介護ヘルパーたちの支援はあっても、昇平の「在宅介護」の主たる介護者は、高齢の妻、曜子である。

中央公論文芸賞の選評（『婦人公論』二〇一五・一〇）で、浅田次郎が「登場人物それぞれの性格と行動によって、老いた父に対する愛情と苦悩の均衡は保たれ、わけても主観を持たぬ父の描写は、その均衡の中軸として実に秀逸であった」と評するように、周囲の人間が東昇平への愛情を持ちながら「言葉を失っていく父」を見つめる苦悩が表現されている。さらに、鹿島茂も「認知症により人格が崩壊してゆく父親という深刻なテーマにもかかわらず、小説のトーンが暗くならずにすんでいるのは、作者の人柄もさることながら、物語をどうやったらうまく語れるのかという〈語りの構成〉の問題への真剣な配慮がなされていた」からであると指摘する。

このように、認知症を扱った本作は、「まだ不十分とはいえ、社会の側にも認知症者を受け入れる体制が整ってきた」ことで、「専門的なスタッフや制度の充実は家族や観察者に精神的なゆとりを与え」、「絶望よりは希望、暗さよりは明るさ」（川本三郎「解説　還ってゆく父」『長いお別れ』文春文庫、二〇一八）を持つという特徴を有する。さらに、川本が「認知症というつらいテーマを扱いながら、決して悲惨な印象を残さないのは、中島京子が老人と子供のお伽話のように穏やかな一瞬を見逃していないからだ。父親を〈哀れな病人〉とだけで見ていないから」と論じるように、被介護者の尊厳を維持する重要性を考えさせる作品である。

中島自身も、二〇〇四年にアルツハイマー型認知症と診断された父を、約一〇年にわたり家族で介護した経験を持つ。中央公論文芸賞を受賞した際に「晩年の一〇年間に父が家族に与えてくれたものは、けっして小さくないし、ある意味では、たいへん豊かなもの」と述べ、「必要以上に落ち込まないように、気持ちのバランスを保つことは、介護者にとっても患者にとっても大切なこと」（「長い時間を抱きしめて」『婦人公論』二〇一五・一〇）と、被介護者だけでなく、介護者のウェル・ビーイングの重要性も指摘する。

中島は、認知症を患った父をモデルとして描写することで、「しっかりしていた人がだんだん壊れていく姿を見るのは、正直つらかった。でも、言葉が失われていく中でも私の話を聞こうとするそぶりはありました。人間、最後まで壊れない部分があるんだなと思うと、どこか救われた気がします」（「作家・中島京子さん　スパルタ、でも聞き上手な父」『日本経済新聞』二〇二一・一一・一六）という想いを強めた。そして、「高齢者の尊厳が損なわれることなく、介護を安心して受けることができ、介護者も疲弊しない医療・介護」（「中島京子氏の〈長いお別れ〉が受賞」『日医ニュース』二〇一六・六・二〇）という点で、協働による「在宅介護」を作品で提示したのである。

本稿では、雑誌に連作短編として発表された初出と、改稿して長編小説としてまとめられ単行本化されたものとの違いを通して、本作が認知症高齢者や在宅介護をどのように表現しているかを検討し、さらには、介護に対する性別役割分担を考察する。

1　「家」の持つ意味――構成順序の変更[1]を通して

本作は、二〇一三年一月から二〇一五年二月までの八回、雑誌に連作短編として第一作「全地球測位システム」は、『嗜み』24（文藝春秋、二〇一三・二）に発表され、残りの七作は『オール讀物』（二〇一三・八〜二〇一五・二）に連載された。その後、改稿され、文藝春秋から二〇一五年に単行本、二〇一八年には文庫本として刊行された。

長編小説としてまとめられた際に、三つの点で変更されている。一点目は、初出では六番目に発表された「おうちへ帰ろう」が三番目に位置付けられたこと、二点目は、名詞や数字などが書き換えられたこと、三点目は、介護に関わる人々の心情や状況が詳細に描かれたことである。まず、順序の変更が「家」の意味を深めていることを検討する。

「おうちへ帰ろう」では、認知症を患っている東昇平が、静岡県掛川の故郷の家を、妻の曜子と長女の茉莉、孫の潤と崇たちで訪ねる内容が中心となっている。二番目の「私の心はサンフランシスコ」の中で、アメリカに住む娘の茉莉を訪ねる際の空港で、昇平は「帰る」と二回、アメリカの茉莉の家でも「そろそろ帰る」と四回も言う。また、三番目の「おうちへ帰ろう」では、日頃通っているデイケアーセンターでも「退屈が嵩じると家に帰りたい気持ちが起きて」（八一頁）、「どうしても、ふとした瞬間に胸に迫って」（八二頁）「帰りたい」気持ちになる。これらのことから、昇平が帰りたいと思う「家」は、生活拠点として「二十年近く」（九四頁）住む東京の自宅ということになる。しかし、「老夫の介護を一手に引き受け」（九四頁）る妻の曜子が、「二十年近くも自分の家なのに、家に帰るって言っちゃ出て行っちゃうんだから」（九四頁）と口にする場面が挿入されることで、昇平が帰りたいと思う「家」は、東京の家でもないことになる。

では、昇平が「帰りたい」のはどこなのか。「おうちへ帰ろう」の章を六番目から三番目に配置したのは、昇平にとっての「家」が、長年暮らした東京の自宅ではなく、「故郷」もしくはそれ以外のところにあるのではないか、ということを早期に読者に示す意図が読み取れる。さらに言えば、孫の崇が「そのときどきで繰り出される祖父の単語に一貫性がない」（一〇三頁）が、「言ってることが、言いたいことと違っちゃってるけど、考えてることはある」（九九頁）と推測するように、昇平の言動に家族が翻弄されながらも寄り添い、その真意を汲みとろうとする過程を描くには、「おうちに帰ろう」の章を先に持って来たほうが効果的だといえよう。

しかし、昇平は故郷に帰ったにも拘らず、何度も「家に帰る」と言うため、昇平にとっての「家」は、懐かしい「故郷」でもないことがわかる。昇平の帰りたがっているのが、住み慣れた東京の住まいでも、懐かしい故郷でもないとすると、いったい「家」には、どのような意味があるのだろうか。

ここで重要なのは、昇平がこの言葉を発するのは、することがない時だけでなく、周囲の人々が「昇平の様子に気づく気配もなかった」（九八頁）り、「年老いた昇平にも、まるで注意を払おうとしない」（一〇二頁）時だということである。たとえば、東京の家でも、孫の潤が「つまらなさそうにテレビ画面を見つめている祖父をリビングに残し」（九二頁）何度も国際電話をかけた時や、実家に来ていた芙美が「画面を見ている父を置いて二階に行こうとする」（一五〇頁）時に、昇平は「家に帰る」と外に出て行く。また、芙美が「意味のつながらない言葉たちが年老いた父から漏れる」（一五三頁）と感じたり、父との距離が遠のく気がした時にも、昇平は「悲しげに伝えることを諦め、あるいは忘れて、ますますここではないどこかへ帰りたがってしまう」（一五三頁）。要するに、昇平が「帰りたい」と口にするのは、そばにいる人の無関心・無理解を感じ取り、孤立感を深めた時なのである。

このように認知症を患う昇平を「家に帰りたい」という衝動に駆り立てたものが、家族の無関心・無理解、孤立感からくる不安だとすれば、それと好対照なのが、後楽園で、見知らぬ女の子の優希から一緒に回転木馬に乗って欲しいと頼まれた際の出来事である。昇平は「あれ」「その」と意味をなさない言葉を発する。しかし、優希が昇平の言葉を「お母さん」や「お父さん」を意味すると理解したのは、優希に「察する」気持ちがあったからである。そして、昇平が優希の妹を抱えて回転木馬に乗った際に「なんだかとてもよく知っているように感じられる温もり」（四〇頁）を通して、「この娘をしっかりしっかりつかまえていよう。それはとても大事なことなんだ――。（中略）幸福、と呼びたいような感覚が腹の底から立ち上がってきた」（四〇頁）と、「幸福」感を得たのである。小野聡子・福岡欣治が「身体機能が衰えつつある高齢者にとって、〈つながりの実感〉は幸福な老いのために、より普遍的な価値をもつ」（「つながりの実感および老年的超越からみた後期高齢者および超高齢者の主観的幸福感」『川崎医療福祉学会誌』27・2　二〇一八）と論じるように、昇平にとっての主観的幸福感は、人から必要とされたことで得られた「つながりの実感」なのかもしれない。

その後の昇平は認知症が進み、「家に帰る」という言葉をほとんど口にしなくなる。しかし、骨折からの熱で入院した後、網膜剥離の手術を終えた妻の曜子に「帰るわよ」と言われた時に「パッと笑顔を見せた」（二六二頁）。それは、昇平にとっての「家」が、重要な意味を持つ言葉だからである。

すなわち、昇平にとっての「家」とは、「認知症高齢者にとって〈家は住み慣れた場である〉ことや〈家は自分らしく過ごせる場である〉こと、〈家は落ち着く場である〉といった在宅で過ごす意味」（高藤裕子・森下安子・時長美希「認知症高齢者の生活機能の維持・向上を支援する訪問看護師の姿勢」『高知大学短期大学紀要』40、二〇一〇）を有するだけでなく、自分の意図を汲み取り、暖かく見守る人のいる場所なのである。

現実に、介護の現場では認知症患者の「帰宅願望」が大きな問題になっている。(2) 作者はその状況をよく理解し、作品に取り入れていることが分かる。

2 人名・名詞などの変更

改稿の際に変更された二点目は、人名、自称詞、名詞などである。

三人の登場人物名が変更された。後楽園でメリーゴーランドに一緒に乗って欲しいと頼んだ女の子は「奈津」から「優希」へ、菜奈の夫は「林田佑二」から「林葉健次」へ、芙美のボーイフレンドは「磯貝順」から「磯貝雄吾」となる。昇平を幸福な気持ちへと導く「優希」は希望につながり、菜奈の夫は、あまり積極的に妻を支援する行動を取らない点でも、「かばい助ける」意味を有する漢字「佑」よりも、「毎日大量の試作品を食べているので、相撲取りのように太って」（二五頁）、健康への配慮が二の次というアイロニーを含む「健次」への変更に納得できる。同様に、芙美の彼の名前も「混じり気がなく人情が厚い」意味のある「淳」（「フレンズ」）よりも、「はっきりさせてほしい」と芙美に詰め寄られて「もくもくと荷物をまとめ」（二一六頁）て出て行くように、「自分」を中心に捉えた生き方をする意味も含めた「雄吾」に変更したことが推測できる。

さらに、昇平が使用する自称詞は、初出では「わたしは行かない」「わたしは腹が減っていない」「わたしはいらない」（『オール讀物』二〇一三・八　四一～四七頁）と、公的な場面で使用されることの多い「わたし」であったが、改稿後は「俺は行かない」（四三頁）など、「俺」に改変された。昇平が認知症になったことで、少しずつ人や社会とのつながりが希薄となり、自己を取り繕う必要が無くなったことに伴い、作者は、気の置けない場で使う「俺」に変更したのだろう。

そして、初出での「同窓会」は「女子会」（一四頁）へ、「切符売り場」が「チケット売り場」（三七頁）へ、「居間」が「リビング」（二五頁）へと、現代社会でよく使用される言葉となり、孫の崇が買いたがっているのは「日本の友達とチャットやフェイスタイムができる「iPad」から「iPod shuffle とか Wii みたいなもの」（五〇頁）へと変更された点も、時代に合わせた言葉と言える。

また、アメリカの学校の呼び方が「ジュニアハイスクール」から「ミドルスクール」（四六頁）に変更されたのも、ミドルスクールの方がアメリカでは一般的であり、潤がアメリカの大学を選択したのは「スチューデントローンを使う」のではなく「授業料が半額免除になる奨学金がもらえた」（一三七頁）理由によると変更した。それは、学生ローンが日本人に許可される可能性より、奨学金を得る可能性の方が高いという制度的側面によるものと推測できる。

このような変更は、作品の背景の時代や社会の現実味を増すことに繋がり、読者の共感を増す効果をもたらしているのである。

3　認知症と在宅介護

昇平が認知症の兆候を示した場面は、初出では「頻繁に物がなくなり、用事があって出かけても忘れて帰ってきてしまう事が続き、ひょっとしてこれは…」（『嗜み』24　一〇二頁）であったが、改稿されたものでは次の表現となる。

頻繁にものがなくなり、記憶違いも続いていたあの夏、昇平は過去数十年にわたって二年に一回、同じ場所で行われている高校の同窓会に辿り着けなかった。きちんと服を着て、バスに乗り、JRに乗り、会場のある御茶ノ水駅で降りたのに、そのまま自分が何をしているのかがわからなくなり、また電車に乗って家に戻ったのだった。驚いた妻が忘れ物でもしたのかと声をかけ、同窓会に言ったのではないかと確認すると、昇平は慌ててもう一度バスに乗った。そして混乱したまま今度はJRに乗るのも止めてしまい、もう一度自宅に戻って一人でぼんやりしているところを、買い物から戻った妻の曜子に発見された。「同窓会はどうしたの」と声をかける妻に「ああ、なくなったんだよ」とだけ答えて書斎に引きこもった夫を見て、曜子は何かとてもひどいことが起こったと感じ取った。夫の同級生の奥さんに電話をして、同窓会がいつものように行われたことを確認した。ひょっとしてこれは…（二一－二二頁）

初出は、忘れて帰ってしまうことが複数回生じた事象を簡単に表現しただけであるが、改稿後は、状況を詳しく描写し、昇平と曜子の気持ちを交えたものとなる。昇平は、自分が何をしているのかわからなくなったことに納得できないまま、妻から声をかけられ「慌てて」再び外出する。目的地に到着できなかったことで、再度戻った家で「一人でぼんやり」している姿は、当事者の戸惑いを表し、昇平の様子を見た妻の驚きは「発見」という言葉で示される。そして、そのような昇平の状態を見た妻の曜子が「何かひどいことが起こったと感じ取った」のは、「認知症」への恐れを持っているからである。

さらに、昇平のデイサービス利用に関しては、初出では「中村先生の葬式から一月ほど経って、東昇平はデイサービスに通い始めた」（『オール讀物』二〇一四・二　七六頁）という簡単な表現であるが、改稿後には、妻曜子の気持ちが以下のように付け加えられる。

昇平の認知症は、発症してから七年が経とうとしていた。最初の五年間はそれでも、さほどの進行をもたらさなかったように見えたけれど、ここ二年ほどは人の目をごまかすわけにもいかなかった。駅前の将棋クラブや、熱心に通っていた句会にもとうとう行かなくなった。中村先生の葬儀の一件は、もう昔の仲間と会っても以前ほどはうまくやれないことが証明されてしまったようで、曜子はがっかりした。そんな中で、一年前から通い始めたデイサービスは、夫の昇平の日常に新たに立ち現れたささやかな社交だった（二二六頁）。

「認知症を患って七年」「ここ二年」と、長期にわたっていることを示すだけでなく、妻の曜子が「人の目をごまかす」ことを考えるほど、認知症への社会理解はまだ十分ではなかったのである。(3) しかし、日々の生活で社会と関係を持つことは、認知機能に良い影響を与える可能性もあり、デイサービスの場所を「新たな社交」の場として重要だと考えたように、「ささやかな」という言葉に、認知症の進行を遅らせることを望んでいる妻の曜子の思いが推察できる。

デイサービスだけでなく、ヘルパーの助けも借りての在宅介護であったが、骨折による発熱で、昇平は、昏睡状態に陥り、病院に運ばれた。医者から、人工呼吸器をつけるか否かを問われた際に、長女の茉莉は、「望まないと思います」と、家族の決断を伝える。以下の部分が、改稿された後に挿入される。

頭も体もあんなに壊れてしまっているのに、夫はいつだって自分の意志を貫きたがる。まるで拒否だけが生の証であるように、嫌なことは「やだ！」と大きな声で言い続ける。意志に反して体を触られるのすらあれだけ嫌がる昇平が、その意志を永久に放棄して、チューブや機械に繋がれて生命を保つことを受け入れるとは、曜子にも三人の娘たちにも思えなかった（二六九頁）。

介護を担ってきた妻や娘たちだからこそ、父の気持ちを推察した言葉を発信することが可能であり、被介護者の人権を尊重することの重要性が強調されていることが推察できる。

このように、認知症が少しずつ進んでいく昇平の状況や家族の心境を詳細に描写することを付け加えたことで、昇平の状況に一喜一憂する家族の姿や昇平の思いを受けとめようとする家族の思いに読者がより強く共感することにつながる。

さらに、作者は、各章ごとに、昇平と周囲の人々（優希、ミチコ、孫の崇、デイサービスの人々、ヘルパーの宇田川笑子など）との、時にはユーモアのある場面を描く構成を取り、認知症高齢者の日常を描く。このように、人々とのつながりが長年にわたって展開される構成を取ることで、タイトルの『長いお別れ』が示すように、時間をかけながら昇平が人々との心のつながりを築く様子を描いたのである。

4　介護における性別役割分担

有吉佐和子『恍惚の人』（一九七二）が「老残への恐怖として読まれ、介護負担の重さとして読まれた形跡はない」のは、「嫁の介護は自明視され、問題化さえ阻まれた」（上野千鶴子『上野千鶴子が文学を社会学する』朝日新聞社、二〇〇三）という当時の社会背景に依拠する。上野は「夫の方は、自分の親の介護に妻の負担を当然の如く求め」、「家庭内の介護負担は想像を絶するほど重い」のに、同じ家庭内に居住する息子は「冷静な観察者」で「介護には無能で手を出さない」し、「昭子も息子には期待していない」点でも「介護をめぐるジェンダー規範（介護は女がするもの）を、有吉さんは疑っていないように見える」と指摘する。しかし、「周囲の理解を得られず孤立していく妻を描いたこの小説は、認知症の実態を社会に認知させる役目を果たした」（斎藤美奈子「世の中ラボ」71『ちくま』二〇一六・二）点で、大きな影響を社会に与えたのである。

『恍惚の人』から約四十年後の作品『長いお別れ』では、娘たちの手助けはあっても、後期高齢者の妻による介護が中心となっている点で、固定化された性別役割分担での介護は変わらないということになる。

妻の曜子が「自分を責め続けた」り（二二五頁）、「夫に関することでは、自分が考えるより先に娘たちが何か考えるなんてことは、許しがたい気がした」りと（二二六頁）、介護の責任を一手に引き受けるつもりでいるのも、妻が夫の身辺介護義務を感じ、「ウチ」の中のことは「良妻賢母」として、妻の役目であると考えているからである。

長女の茉莉も「父はアルツハイマーだし、老老介護の母には負担がかかるばかりだし、不安で心苦しく」思い（一三六頁）、両親を「呼び寄せて」（一六四頁）、アメリカで同居することを考える。これは、介護を長子の責任と捉えているからであり、父親の介護をする妹の菜奈に対して夫の実家の「佐倉に気がねするだろうし」（二一二頁）と言うのも、家制度という観念からの発言であることが推察できる。

さらに、本作品での義理の息子たちは、わずかの時間でも義父の介護に関わろうとしない存在として描かれる。「夫の今村新は男ばかり三人兄弟の三番目だから、親を看なければならないという意識が希薄で、兄二人とその配偶者に何もかもまかせっきりで平気」（一六四頁）であると妻の茉莉は思っている。子供の崇が学校で問題を起こしても、妻に任せて自分は学校に出かけない点から、茉莉の推測は的を射たものと言える。そして、菜奈の夫の健次も、菜奈に対して「入院した実母を見舞いに行ったきり三日も戻らないのはどうしたことだ、着替えも持たずに行ったのにと心配」（二二七頁）して迎えに行くが、出前の寿司を手配しただけで、数時間でも義父を看る提案はなされない。〈嫁〉という義理の娘に介護役割を望むのなら、実の娘と同じ程度でなくても、義理の息子に介護に関わることを望むのは、現在の日本社会では無理なのであろうか。

このように、作者の中島は、作品における家族の設定を妻と娘三人とすることで、介護に対する性別役割分担の問題を回避したと言えるのではないだろうか。言い換えれば、いまだに、妻や娘に家族の介護を頼っている日本の現状や社会をわかりやすく描いているとも言える。しかし、少子化社会の現在「息子介護者は、確実に増える。親に必要な全ての世話を、自分一人の手ですることはないかもしれないが、主たる介護者にならざるを得ない息子は、今後ますます増えるだろう」（平山亮『迫りくる〈息子介護〉の時代』光文社、二〇一四）と述べられているように、これからは、男性も介護問題に直面せざるを得ない状況がある。『長いお別れ』は、女性だけでの家族の介護を描くことで、日本の今後の問題を逆照射しているといえるのかもしれない。

おわりに

女性の就労が増加しているが、「〈介護離職〉の約七割は女性」（『日本経済新聞』二〇一五・一一・二）となっている。誰にとっても、家族と職業は重要であるからこそ、介護の担い手は女性という性別役割分担の認識を見直す必要がある。

二〇二一年の要介護・要支援認定者数は六八六・六万人で、同居・別居共に、介護者は女性の方が多い（厚生労働省「国民生活基礎調査の概況」二〇二二、厚生労働省ホームページ）。そして、介護される側の希望としては「男性の五六・九％が〈配偶者〉を」「女性は、〈ヘルパーなど介護サービスの人〉が三九・五％、〈子〉が三一・七％」（『東洋経済』二〇一九・二・一二）と、家族介護を望む男性の割合が高い。これは、「これまでの家族には介護力があったという〈家族介護〉神話」（上野千鶴子「介護の家族戦略」『家族社会学研究』25・1　二〇一三）を信じているからではないだろうか。「家族という資源を欠いた高齢者にも在宅介護が選択肢のひとつ」（上野千鶴子　前掲書）とするためにも、「在宅介護」を女性や家族だけに依拠する介護として捉えるのではなく、家族を含めた専門職の人々との協働として捉える必要がある。

介護保険が二〇〇〇年に施行され、七回にわたる改正で「介護の社会化」が進められてきた。しかし、今後、改悪されることで「介護は家族に押し戻され〈再家族化〉が起きる」（「老後の沙汰もカネ次第？介護保険の将来、上野千鶴子さんの懸念」『朝日新聞』二〇二三・一・一六）可能性が指摘されている。高齢者だけでなく、全ての人が安心して老後を送れる社会構築に向けて、老若男女問わずに考える必要があるのではないだろうか。

本作品のタイトル『長いお別れ』は、アメリカの学校長が、茉莉の息子の崇に「〈長いお別れ〉と呼ぶんだよ、その病気をね。少しずつ記憶を失くして、ゆっくりゆっくり遠ざかって行くから」（二七六頁）と、認知症の別名に由来することが示される。愛するものへの惜別の想いが込められていることも踏まえると、タイトルのもつ意味は重要である。

注

（1）本稿では、二〇一八年三月の文藝春秋出版文庫版のページ数を示す。

（2）恩蔵絢子・永島徹は、「〈家〉が指し示しているのは、具体的な昔の家ではなく、〈心が安心できる場所〉」であると述べる（『なぜ自宅にいるのに〈家に帰る〉と言い出すのか…』PRESIDENT Online https://president.jp/articles/-/87548）。

（3）政府は、二〇一五年一月に、認知症高齢者等にやさしい地域づくり推進」（厚生労働省「認知症施策推進総合戦略（新オレンジプラン）～認知症高齢者等にやさしい地域づくりに向けて～」）を発表し、認知症の人を包摂する地域づくりを目指した。

若竹千佐子『おらおらでひとりいぐも』――「これがらの人」の行く道

菊原　昌子

はじめに

日本は、戦後の高度経済成長期も終わろうとしていた一九七〇年、六十五歳以上の老人人口が総人口の七%を超え、「高齢化社会」[1]に入った。以後一四%を超えた「高齢社会」を経て、二〇〇七年には二一%を超える「超高齢社会」に突入、二〇二四年には二九・三%となり過去最高値を更新している。[2]家庭内介護地獄を世に問うた『恍惚の人』(有吉佐和子、新潮社、一九七二・六)が出版された翌一九七三年を政府は「福祉元年」と呼称し、七八年の「厚生白書」は「同居といういわば〝福祉における含み資産〟ともいうべき制度」を生かす「家庭」づくりのための様々な提案をあげた。

その前後から〝老い〟をテーマにする文学が注目を集める。老女ものに限れば、さかのぼって「老妓抄」(岡本かの子『中央公論』一九三八・一一)、「晩菊」(林芙美子『別冊文藝春秋』一九四八・一一)から「遊魂」(円地文子『新潮』一九七〇・一)、「山姥の微笑」(大庭みな子『新潮』一九七六・一)「野守」(三枝和子『すばる』一九八〇・一)、『姥ざかり』(田辺聖子、新潮社、一九八一・八)『いよよ華やぐ』(瀬戸内寂聴、新潮社、一九九九・三)等々、多彩であり、二〇〇〇年代に入るとそれら高齢女性に焦点を当てた近現代文学作品の総括的研究書も書かれるようになった。例えば、『老いの愉楽

――「老人文学」の魅力』（尾形明子・長谷川啓編、東京堂出版、二〇〇八・九、後半は老年男性テーマの作品）、『語る老女語られる老女――日本近現代文学にみる女の老い――』（倉田容子、學藝書林、二〇一〇・二）等がある。

そして、これらの先行研究に取り上げられた老女ものの最新の作品からほぼ十五年過ぎた二〇一七（平二九）年一一月、『おらおらでひとりいぐも』（河出書房新社）が刊行された。老女の独立宣言のようなタイトルを持つこの作品はたちまちベストセラーになり、出版社によれば二〇二四年一〇月時点で、発行部数六八万七千部とされる。二〇一七年『文藝』冬号に掲載後、同年第五四回文藝賞、二〇一八年第一五八回芥川賞、二〇二〇年にはドイツの非欧米国の女性作家を対象としたベラトゥール賞を受賞した。作者六十三歳のデビュー作である。

一九四〇年生まれの主人公日高桃子は七十四歳、戦前との封建的連続性は潜在するものの意識せず、戦後民主主義の中で自分の思うように生きてきた。二十四歳で東北の家を棄てた時から親族関係はほぼ断たれ、今は勤めや地域活動等による社会的規制もない、核家族、専業主婦出身の独居老人[3]である。

主人公の人物造形について、「戦後の日本女性を凝縮した存在」（斎藤美奈子「私のことだと思わせる」『文藝』二〇一七冬号）「戦後の庶民の一典型」（町田康『選評』同前）と評された。確かに女性の平均寿命八十七歳余りの今日、終戦前後の賑やかな多世代同居家族に生まれ育ち、先の長い独居暮らしに直面した老女達にとって、独りで老いる寂しい日常と果敢に向き合うこの作品の向日性は共感を呼ぶ。しかし、主人公の過剰なまでに知的でアグレッシブな老いの一人旅を見ると、戦後の日本女性の典型的存在とは言い難い。この作品は、旧来の作中の老女とは家族形態の急速な変化に依るばかりでなく、老いの超克のアプローチの仕方において、明らかに異質な独自性を持つものである。

市井の一老女が、今のところ経済的、健康的には自立できているという好条件付きではあるが、老いの負の側面を、脳内発想のあの手この手で逆転させようと孤軍奮闘する姿は、高樹のぶ子が「魅力的で新しい老女の出現」（「裡なる多言語」『文藝春秋』二〇一八三月号）と評したように極めて斬新といえる。夫が死んだ時、寂しさのあまり雨戸を閉めて、ジャズを聴きながら独り裸で踊った桃子が、主婦業に没頭した人生の前途に抱いた窮屈で空虚な不安は何なのか自問自答を重ねた末、「これがらの人」（「」内は本文引用・傍線も筆者・以下同じ）としての未来を手にしたその自己変革を、彼女に潜在するジェンダー的規範にも目配りしながら読み解いてみたい。

　作品分析に際し、この作品を特色づける表現上の装置を幾つか指摘しておく。最も重要なものは、「東北弁」の使用である。桃子は、小学校入学と同時に知った教科書の「わたし」という言葉遣いに、「おらでねぐ違う人になったような」強い感情を持った。この違和感が、老年になって桃子に、「東北弁」こそ「最古層のおらそのもの」と再確認させる起点になる。それは彼女の内面を自在に語れる唯一の言語であり、自己変革を促す内言となって、作品が動き出す。概ね、内言も含めて対話には「東北弁」、語りには共通語が使われている。

　次に、桃子の脳内は激しい感情や、客観的思考が飛び交い、踊りや流行歌の実演に至るまで多様な人格を呈していて、それらの多くは小腸にうごめく「柔毛突起」と名付けられた。それは、進化する動物の最古の臓器といわれる腸、即ち神経細胞による情報伝達能力を発揮する『第二の脳』として、ＢＧＭとともに神出鬼没、「てへんだあ」「あぶぶぶぶぶっぷぷぷ」などと騒ぎ、茶化し、互いを批判しながら、桃子の内面の代弁装置となっている。

　三つめは桃子が持ち歩く「四十六億年ノート」である。彼女は地球の層に刻まれたその星の誕生から生き物、人類の歴史に関心を持ち、学び得た知識をノートにメモしている。これらは限られた老いの時間を永遠につなげる重要な装置となっている。

　このほか、豊富な笑いを含めた音声、豊かな色彩や光線など、各シーンを読み手に鮮やかに想起させる感覚的装置に加えて、回想や夢、幻想が、桃子の出会う規範を越えた異次元の世界の論理化のために、有効に使われている。

1　親子の〝愛〟、夫婦の〝愛〟からの解放

　桃子は、地元の高校を出て農協に勤め、二十四歳の時、親の勧めたままの結婚が嫌になって、式の三日前に家を

飛び出し、東京オリンピックのファンファーレに肩を押されるようにして上京する。同郷の純朴な男、周造に出会い結婚、二児を儲け、東京近郊の新興住宅地に家を持って四十年、幸せな壮年期だったが、十五年前に最愛の夫が心筋梗塞で急死、かつて親密だった子供達とも疎遠になり、普段なだめていても突然襲ってくる「手ごわい寂しさ」に参っている。しかし、「若さというものは、今思えばほんとうに無知と同義だった」と気付いた時から、好奇心の強い彼女の貪欲な思索の日々が、発見の知的喜びと共に始まる。つまりこの物語は、知の集積のための自由な時間をくれた、老いの恩寵ともいうべき側面を持つ。桃子の内面は深層に至るまで、柔毛突起達の対話や、作者の語りによって検証され、以後、多様な知的体験が新しい生き方への道を示唆してゆくことになる。

「母さんはなんでも自分の思い通りにしたがる」と泣きながら言い放った娘、直美の言葉に桃子は衝撃を受ける。それは、かつて彼女が母親につぶされた願望の娘への仮託であり、母と娘の自我の衝突の連鎖でもあった。母の娘への愛は身体的、心理的、物理的距離の近さによって気付かぬうちに過保護、支配へと変貌することが多々見られる。斎藤環は「母娘関係の困難さは、母と娘のそれぞれが、抑圧構造の低下とともに、内省的な自我に目覚めたところにも起因する」（『母は娘の人生を支配する』日本放送出版協会、二〇〇八・五）としているが、桃子にも母から娘への密着型抑圧的規範が無意識のうちに作動していたのであり、彼女はそれを謝罪すべき、「革命的」気づきという形で排除し、躊躇なく子離れと個としての主体的生き方を選択する。

大学を中退し、「かあさん　もう俺にのしかからないで」と言って家を出た直美の兄、正司にも、息子への献身的愛が彼を呑み込み、彼の「生きる喜び」を奪ったのではないかと考えた桃子は、「自分がやりたいことは自分でやる」「自分より大事な子供などいない」として、親の個人としての自由は子への情愛に勝るという結論を得る。

桃子はまた、「柔毛突起」達の掛け合いによって、周造との暮らしを次のように回想する。

「身も心も捧げつくしたおらの半生　周造のためにためにで三十と一年。満足であった。最高でござんした」「おらは半分しか生ぎでないと言ったのを忘れだが」

「人のために生ぎるのはやっぱり苦しいのす。（略）空を自由に飛び回っていだい。」

「おらの柔毛突起ども、（略）まだ居残り居座る女の中の女、よ　聴いでけれ　（略）でいじなのは愛よりも自由だ、自立だ。」「一に自由。三、四が無くて五に愛だ。」

「それだげが、」「男を呑み込んでしまったのす。（略）内面を支配する。男は女の後ろ盾無くしては不安で仕方がねぐなった。」


ここには、人生の半分を奪った夫婦愛の正体と、唯一無二の自由の発見が示されているが、捧げる「愛」の、夫の自己管理能力までも奪う束縛性、また個として解放されない主婦の、歪んだ自由の行使という支配的加害者性も照射されている。桃子は、周造の「体の異変」に気付かなかったことや、周造の死に「一点の喜び」を見つけてしまったことなどに後ろめたさを感じつつ、周造が晩年木版画を作っていた時の「不思議な笑み」を、誰のためでもない、周造だけの「自分の喜び」、即ち彼の個の自由の喜びだったとし、以後自分も自我を押し出し、自由への道を引き返さないことを決意する。

こうして無意識的に安住していた家族間の密着愛は、「人は独り生きていくのが基本」であり「そこに緩く繋がる人間関係があればよい」として否定されるが、これはまた、近代のロマンチックラブイデオロギーの解体という問題提起にも重なる。「まだ居残り居座る女の中の女、よ」の呼びかけは、献身的愛に溺れ家族のための心地よい衣食住係として、いつの間にか居座らせていたジェンダーの陥穽を「慙愧怨念の生き方」としてあぶりだし、老年期の孤独にして初めてつかんだ自由の喜びを浮き彫りにしたといえる。円地文子が六十九歳の時書いた『猫の草紙』（『群像』一九七四・八）は、老いて視力も衰えた女性画家が、同居する息子一家の汚物を見るような扱いに耐えられず、「虚しさに滲んでいる」（『猫の草子』引用）眼が「いっぱいに見開かれ」（同前）た猫の傑作を残して自死する物語であるが、倉田容子は、円地が得た老女の視点について「現代家族が女性の最晩年を支え得ないことをすでに見通していた。充足した女性の老いは女性自身が囚われてきた家族愛幻想を超克したところにしか存在しない」（前出『語る老女語られる老女』）と述べている。老女の身体的衰弱や欲望を嫌悪するこの同居家族には、今もなお払拭されない日本の人権意識の希薄さが透視されるが、それから四十年以上も後に生まれ、同居家族も画才もない桃子に作者若竹は、生存の代替品としての芸術ではなく、家族を縛る互いの自我の絡み合いからの解放として家族愛の幻想性を自ら破壊させ、自由な個の「緩く繋がる人間関係」を、生存そのものとして提案させたのである。

2　「目に見えない世界」とつながる命

次に、回想、幻想を通して語られる、桃子の異次元の世界との出会いについて考察する。

一つは、周造の声を聴きたいという桃子の「切実」が扉を開かせた「目に見えない世界」、周造の声は勿論「樹でも草でも流れる雲でさえ声が聴こえる」世界、との共生体験である。それは戦後教育を受け非科学的なものを軽蔑してきた彼女の「薄っぺらな」自信を打ちのめし、桃子が心底欲した、現実のあらゆる規範からの自由を示唆する場所であった。「もう今までの自分では信用できない。そごさ行ってみって。おらいぐも。おらおらでひとりいぐも。」の宣言は、科学的教条主義や世間の常識や、一見、主体的だと思った家庭の幸せづくりが、いかに自分の人生を縛りその出口を塞いでいたかを一層明らかにすると同時に、夫を恋しく思う老女が発見した新しい〝集い〟＝共生空間をも示すものである。

また別の異次元界として、桃子の内なる女が、「光の洪水」とともに「溶け込みなさい、溶け込むんです。」「いるのだすぺ。あるのだすな」という、自由に浮遊しながらの確かな存在を促す声を聴く場面が示される。「自由だ、自由だ。なんでも思い通りにやればいいんだ」という高揚した気分になった女は、その自由を、周造からの、さらに言えば大いなるものからの、「はがらい」だと受け止める。

ここで、周造の「はがらい」とされた「おらおらでひとりいぐも」という自由の宣言が、宮沢賢治「永訣の朝」（『春と修羅』関根書店、一九二四・四）の妹とし子の言葉「(Ora Orade Shitori egumo)」に依拠する[4]ことは明らかであろう。作者は桃子に、周造に重なる美しい男として「虔十公園林」（『青年』日本青年館、一九三九・四）の虔十を想起させている。とし子は賢治に、博愛の人として独り天上に逝く清冽な美を残し、虔十は子供達に、爽やかな匂いのする「杉の黒い立派な緑[5]」の林を、共生する自然として残した。「はがらい」という言葉には、死者が自身の旅立ちの時、生者に新しい生命を手渡してゆくという、賢治に繋がる作者の死生観がうかがえるだろう。

また、桃子は、「白昼夢」に見た白装束の女の行列が登る故郷の「八角山」を、「おめ」として、「無条件の信頼、絶対の安心」をくれる「おら」の「帰る処」だと確信するのだが、そこに宗教的信仰をはっきり否定していることが重要である。「おら」と「おめ」は対等な関係であり、「おめ」は「ただまぶるだけ。見守るだけ」であり「おら」は「おめを信頼」し「大元でおめに委ねる」が「おらは自分の裁量でおらの人生を引き受げる。」として、あくまで自己の保持を譲らない。ここには先に見た「目に見えない世界」を含めて宇宙、自然、人間を、互いが対等に語り合える個の集合体とみる、作者の思想を読み取ることができる。周造の墓の塔婆に絡まる枯れかけてもまだ十分赤いカラスウリを見て、桃子は「赤に感応」し「まだ戦える。おらはこれがらの人だ」と笑いながら思うが、枯れ枝のカラスウリの赤い輝きと生命を共有する彼女の幸福は、作者がいう「滅びの美しさ」（『文藝』二〇一七・冬号）、つまり残照の創造性を物語るものではないだろうか。

このようにしばしば現れる夢や幻想、又、想像の世界は、現実との連続性をもって語られ、桃子の得た自由を、時空間を越えた底知れぬ豊かで強靭なものに創り上げる働きを担っている。科学性、合理性を優先し、創造につながる想像力の弱体化が危ぶまれる今日、現代文明への鋭い警鐘としても注目される本作の独自性の一つである。

立春の前日に桃子は独り豆を撒き、叫んで、泣いた。

「マンモスの肉はくらったが。うめがったが」（略）「人を殺したが、殺されだのが」（略）「怒りに震えだが、いろんな時があったべな」（略）「それでも、まだ次の一歩を踏み出した（略）すごい、すごい、おめはんだちはすごい。おらどはすごい生ぎで死んで生ぎで死んで（略）つないでつないでつなぎにつないで今、おらがいる　そうまでしてつながっただいじな命だ、奇跡のような命だ　おらはちゃんとに生ぎだべが」（略）「んでも、なしてだろう。ここに至って　おらは人とつながりたい、たわいのない話がしたい。ほんとうの話もしたい」（略）「話し相手は生きている人に限らない。大見得を切っていだくせに伝えって。おらがずっと考えてきたごどを話してみってまだこの国に災厄が迫っている気がするも、どうしてもするも伝えねばわがね。それでほんとにおらが引き受けたおらの人生が完結するのでねべが　んだどもおら（略）」

人間のつないだ生命に寄せるこれらの言葉は、桃子の、時には笑いを飛ばしながら苦しい試行錯誤を重ねた思索の人生を振り返るものでもあったが、「独りでいい」「独りは気がそろう」と唱えていたその孤独の果てにほとばしり出たのは、「つながりたい」の言葉であった。「四十六億年ノート」の滅びと再生を繰り返す生命の鎖の中に自分を位置付けた時、その個の自由は、次の世代に受け継がれ「完結」し不滅のものとなり、老いの持つかけがえのない意味となる。桃子が自分の未来と決めた〝連帯〟への道である。

作品は桃子の最古層をなす東北の言葉が、直美にも、孫のさやかにもしっかり受け継がれていることを記し、彼女の人生の、「完結」と再生の可能性を知らせる結末となっている。

3　原点としての東北／自我への固執

桃子の自由を求める心は、故郷東北に淵源があるといえるだろう。祖母は、近所の娘に和裁を教え、桃子には生活の道理を教え、ことあるごとに「めんこい」「賢《さが》しい」と褒めて自信を植え付け、死してなお安心を与えた存在感のある人だった。母は「結婚なんてつまらね」と桃子の農協退職をなじり、少女時代つけた髪の飾りピンを「色気づく」と言ってもぎ取った。「何かが損なわれると思っているかのように」女性性に反感を持ち、家父長制との戦いを内在させて、夫亡き後二十三年間一人で立派に生き抜いた人[6]とされている。桃子の精神は、この二代にわたる女性の、自分の意志で生きようとする強い個性と、二人とのくらしから得た自我の通る喜びや、圧力への我慢や抵抗によって培われたものといえる。「親の言いなりにはならない」「新しい女」のつもりで故郷を棄てた彼女は、老いた今、あの青春の「エネルギー」はどこに行ったのかと自分に問う。東北は古代から中央権力に抵抗した〝順《まつろ》わぬ民〟の生きる地とされる。どこか違和感を持ちながらも懸命に自己投入した中央の都会生活を経て、胸の奥底に畳みこまれた東北の反骨精神が、独居の老年期に地道で強固な意欲となって復活し、旧弊からの自己解放、自由の獲得という形に開花したものといえるだろう。

そしてそのエネルギーは東北の言語と共にあった。作中は飾りのない底力のある柔らかな言葉で満ちている。そこには本心の息遣いが聞こえるリズムがあり、真実を語ろうとする粘り強い迫力があり、自分を顧みる含羞の優しさがある。深刻な状況をとっさに転化させて複眼を促すおおらかなユーモアがあり、「お申《も》さ訳《げ》なかったぁ」「まぶる」など美しい響きは印象深い。作者は、「私を根本から支えてくれるもの」は「土俗性」である、としてそれは「生活に密着した記憶の集積」であり「受け継がれた話し言葉」であり、「体を前後に揺すって拍子をとって話をしたい」と述べている。（「考えてきたこと」『すばる』二〇一八・三）使用される多様なオノマトペ、奇声や慟哭なども含めて、記憶や幻想や現実を行き来しながら内なる世界を掘り起こす生活的思索の記録は、作者の故郷遠野の、風土、日常の暮らし、その中の人々の語りを得て初めて構築された世界であろう。そこには、作者が「着飾ってちょっと体裁ぶった言葉」（『文藝』二〇一八年夏号における町田康との対談）とする共通語に均一化された、都会の疎外性への異議をも窺うことができる。「土俗性」そのものとされる東北の言語の持つ力が、作品全体に圧倒的な生命体としての力を吹き込んでいることを指摘しておきたい。

　さてこの作品と桃子の造形にもう一つ別の原点を考えてみたい。作者は四十三年ほど前、野間宏を取り上げ「『暗い絵』私論」[7]（『第三十五回岩手芸術祭県民文芸作品集』一九八一・一二）を発表している。『おらおらでひとりいぐも』とは異なる硬質で舌鋒鋭い文体であるが、この二作には本質的にある共通するものがあるのではないかと思うのである。『暗い絵』（真善美社、一九四七・一〇）は、日中戦争前夜治安維持法が強化される中で、非合法活動に向かう京大生達の、強靭な自我と観念の実践に苦悩する姿を追求したものである。時代における「仕方のない正しさ」（『暗い絵』より筆者引用）[8]に殉じて獄死していった仲間に慟哭しながらも、「自己の消滅を承認することは出来ない」（同前）として「自己完成の追求の道」（同前・傍線筆者）を、生きて未来へつなげようとした主人公深見進介の選択への支持を、論者若竹は精緻な論で表明した。

　若竹は『暗い絵』の文章に「試行錯誤を繰り返す思考の過程のリズム」（若竹「私論」より筆者引用）を読み取り、「執拗に解答を繰り返しより高次な解答を見出そうとする」（同前）貪欲なこだわりを深見に見ているが、この、時代も年齢もまるで違う青年は、どこか桃子の姿に重なり、その思考のリズムは〝あきらめない〟東北の言葉をも想起させる。自己完成への努力の堆積を重んじ、小さな人間の、醜くもある自己保存や、我執の「一つ一つに生存権を与えようとする深見」（同前）の生き方に、若竹は、『暗い絵』の独自性を指摘した。これも「自分より大事な子供なんていない」「自我どは結局、自分主権ってごどだべ。」と言い切った桃子の自己発見につながるものではないだろうか。大事な夫の死の悲しみの裏側に自由な余生を喜ぶ自分を「なんと業の深いおらだったか。それでもおらは自分を責めね。責めではなんね。」として彼女は「自分主権」を選択する。

深見進介の、生きてより良い未来の建設に向かおうとする自我への執着が、それから八十年以上も後の七十四歳の老女の悲願に重なって見えるのは私だけだろうか。若竹が「はぁ、自我とは何だ」「ガガガガ」と柔毛突起に揶揄させたほど自我という言葉は古物化し、溢れるうわべの言葉に民の心の言葉はかき消され、世界の貧困、分断、絶え間ない戦争を前にしていつの間にか非戦国日本は、大国の軍拡競争に巻きこまれそうな弛緩した暗い焦燥の中にある。同時に、果てしない科学文明のもたらした、地球温暖化から気候変動へ、さらには気候難民など地球、人類は存続の危機に直面している。桃子が切望した「連帯」の背後に忍び寄る「災厄」の二文字を私達は見過ごすことができない。若竹はこの論文で、

「生きることはやはり自分が最良と信ずる価値に向かって行動することなのだろう。そして文学はそうすることを志向する人間に「何か」を与えるものでなければならないと考える。」

と書いている。この第一作『おらおらでひとりいぐも』の一つの原点が、既にこの論文にあると思えてならないのである。

おわりに

本作品について作者は「人生の最終局面」「抗い難い状況であるなら、自らそれを選び取ったと言わんばかりに正面切って戦いを挑んでいく気概」で書いたと述べている（『文藝』二〇一七冬号）。日高桃子の気概は、一見、喪失の連続とも見える〝老い〟の長い時間を好奇心に満ちた思索的主体的自由時間に変え、実りあるものに変換して見せた。

旧来の老女文学の多くは、主人公が、封建的慣習やジェンダー的規範、身体的衰退や経済的非生産性などによる抑圧から、家族社会の人間関係の渦中でもがき脱出しようとする姿を描出した。しかし人物相関図もない本作は、ある独居老女が、老いの孤独に起因する精神的不如意と一人対峙し、思想的自己変革によってそれを超克する個人的戦いを記録したものである。桃子は自分の「原基」である「東北弁」で思索を重ね、自己欺瞞を孕む家族愛の呪縛を自ら壊し、科学文明の規範からも飛び出し、自分の欲するものが、自我を自分個人のために自在に、創造的に使って生きる自由であったことを発見する。が、しかし、個は孤のままで自己完成できるのかとさらに自己を問い詰める。そして、「おらは人とつながりたい」という切望と共に、連帯の実践に入る「これがらの人」として自分を規定した。個の多様性、重層性それぞれを、知的発見という形で、喜びと共に受容しながら他者との〝共生〟を願う、新しい老女の登場である。

この「奪うことも奪われることもない」自由な個の連帯とは、作者の「おばあさんの哲学」（「今年、初孫が産まれるんですよ」『文藝春秋』二〇一七・三）の開示であったとも思われる。奥泉光はこの作品を一人の老女の「記憶や思考をめぐる思想のドラマ」とし、その「思弁」による構成を「見事」（『文藝春秋』二〇一八・三）と評価している。

さて冒頭に述べた通り、超高齢社会を迎え、新自由主義的経済優先の日本において、老人を邪魔ものとする風潮が多々見受けられる。しかし桃子のような自他の虚飾を潔く摘発する筋金入りの自由老人こそ、効率、拝金主義を是とする軽佻浮薄な忖度社会の世直しに必要な存在ではないだろうか。豊かな経験知と思索の上に、既成の結婚制度の消滅から星同士の交流に至るまで未来を予見する溌剌とした老人力は、社会改革の原動力となることを思わせる。「伝えって。おらがずっと考えてきたことをはなしてみって　まだこの国に災厄が迫っている気がするも」という桃子の切迫した危機意識は連帯を必然化し、自分の言葉を語れという作者の思いと共にある。老いの孤独の内実を突き詰めて解放された老女が、ジェンダーや呪縛的家族愛をあっさり跳び越えて、人間の個の確立と連帯を「四十六億年ノート」につながる未来に据えたこの作品は、その強固な思想性と創造性において新しいフェミニズム文学の一つといえるだろう。

桃子が健康で経済力もあり老々介護などとも無縁であることは、日本の超高齢社会に普遍性を欠くかもしれない。作者が作中、主人公を「桃子さん」という敬称で通したのは「ある女性」の生き方という意味であり、一老女が前途を拓く実験小説的側面も考えられる。しかし現実の貧困や病いやしぶとく残存する家父長制的社会との戦いの中でも、個々の人権を守る共生社会の実現は、「これがら」へ向かう基本的かつ不可欠の突破口になるに違いないのである。

注

（1）「高齢化」「高齢」「超高齢」という社会別呼称はＷＨＯ（世界保健機関）と国連の定義によるとされている。

（2）総務省報道資料令和六年九月一五日「統計からみた我が国の高齢者」

（3）一九八〇年には、三世帯同居家族は総世帯の半数を占めていたが、二〇二一年には九・三％に減少。一方、女性の単独世帯は増え続け、二〇二五年には二三％を推計されている。（令和五年版高齢社会白書・内閣府）

（4）宮沢賢治の作品との関連は次の文献に詳しい論考がある。

①　大島丈志「若竹千佐子「おらおらでひとりいぐも」の「老い」と「個」――宮沢賢治「永訣の朝」「虔十公園林」の再創造の視点から――」（『文教大学国文』五一、二〇二二・三）

②　野坂幸弘「若竹千佐子『おらおらでひとりいぐも』の愉しみ」（『賢治学＋《プラス》　第一集』岩手大学人文社会科学部宮沢賢治いわて学センター、二〇二一・六）

（5）引用は『新修宮沢賢治全集』第一一巻（筑摩書房、一九八三・一二）による。

（6）若竹千佐子「母に会う」（『新潮』二〇一八・四月号）に、作品への実母の投影がうかがわれる。

（7）注4の②の論文で取り上げられている。

（8）　引用は『暗い絵　顔の中の赤い月』（講談社文芸文庫、一九八九・四）による。

〈付記〉本文の引用は、『おらおらでひとりいぐも』（河出書房新社、二〇一八・三）によった。

コラム

コロナ禍と女性

松田秀子

日本で新型コロナウィルスの感染が初めて確認されたのは二〇二〇年一月であったが、その後あっというまに感染が拡大し、同年四月には緊急事態宣言が発動され、学校の休校など行動制限が相次ぎ、様々な形で社会は変容を来していった。その中で今まで見えなかった（見えなくされていた）女性をめぐる問題が顕在化することになった。

特に、雇用・労働問題では「女性不況」という言葉が象徴するように、コロナ禍の拡大によってエッセンシャルワークといわれる飲食、小売、宿泊、観光業等で働く女性が打撃を受けた。その大半は非正規労働者で、休業要請を受けても、雇用調整助成金も支払われないケースも多かった。従来、女性非正規労働者は雇用の調整弁とされてきたが、男性（夫）が女性のセーフティネットになっているという構造にも変化が起きている。特にシングルマザーなど、非正規雇用の割合の高い「家計自立型」女性労働者への影響は深刻であった。二〇二〇年三月二日に出された学校・保育園の休業要請とも相俟って、多くの母親が仕事を休まざるを得ない状況になり、収入減に加え、その後の女性の就業にも困難を来した。また、新型コロナウィルスの感染拡大による労働環境の悪化は「被雇用者・勤め人」女性の自殺者増を招く事態まで引き起こした。

一方、コロナ禍の影響下で働き方の見直しも進み、テレワーク等自宅で仕事をすることも一般化したが、学校・保育園の休業下では多くの人にとってテレワークをしながらの子どもの世話が新たな負担になった。もともと性別役割分業意識が高く、家事・育児・介護等の多くが女性に担わされてきた日本では、コロナ禍が女性のケア負担をより増加させることになった。また、新型コロナウィルス感染症による経済的影響への緊急対策として支給された特別定額給付金でも日本の「世帯主《せたいぬし》主義」政策の問題点があらわになった。一律一〇万円の個人給付を世帯主への一括支給とした結果、単身女性世帯や母子世帯を除けばほぼ男性が受け取ることとなり、DVで家を出ている女性に支給されないという問題が生じた。この点は後に改善されたが、家庭内でDV被害や経済的モラハラを受けている当事者には届かないままであった。

新型コロナウィルス感染症がもたらした経済や生活への影響で、女性の貧困などの問題が悪化し、DV、虐待、性犯罪被害なども浮き彫りになった。こうした女性への支援は、従来、一九五六年に制定された売春防止法が根拠になっていたが、家庭関係の破綻、人身売買被害、ストーカー被害など、事業対象となる支援ニーズの多様化を踏まえ、二〇二二年五月一九日、「困難な問題を抱える女性への支援に関する法律」が成立し、二〇二四年四月一日に施行されることとなった。都道府県には「女性相談支援センター」の設置が義務づけられ、女性の立場に立っての相談、緊急時における安全の確保、医学的・心理学的な援助、自立促進のために就労・住宅の確保・児童の保育等の援助を行うとあるが、どのように具体化されていくのか、内容をしっかり見極めて行く必要がある。

また、二〇二〇年末から二〇二一年始に開催された「コロナ被害相談村」において女性の相談者が大幅に増加している実態等を踏まえ、年末年始の支援活動にあたった労働組合、日本労働弁護団、市民団体等の女性有志によって、二〇二一年春に「女性による女性のための相談会」という、女性に特化した相談会も立ち上げられた。そこでは、労働、生活、家庭／家族、心と体の健康、妊娠・出産などの相談を受けるだけでなく、生野菜や果物などの食料や、生理用品を含む生活必需品なども配付した。「相談会」の報告によると、何らかの疾患を抱えている相談者も多く、困窮し医者に行けないなどの医療相談が多く、また、一人の女性が複数の問題を抱えている事例が目立ったという。それぞれの境遇や思いを受け止める姿勢と環境、雰囲気、人が、困難を抱える女性の自立とその支援には大事だとの指摘もあった。一時的な支援と共に、継続的に悩みを相談できる相手や居場所が求められている。

コロナ禍の下、私たちの中にある差別意識が表出された事例も後を絶たなかった。全国の歓楽街は「危ない」という風評被害にさらされ、「新型コロナウィルス感染症による小学校休業等対応支援金」も、当初は「性風俗業」や「接待を伴う飲食業」関係者を排除しようとしていた。感染の不安を抱えながら医療に従事した医者や看護師の苦労、介護や保育に携わった人々の賃金の低さも浮き彫りになる中、医療従事者やエッセンシャルワーカーとその家族に対するタクシー乗車拒否や登園拒否、感染者に対する非難や攻撃、朝鮮幼稚園へのマスク不配布という行政による民族差別もあったことを忘れてはならない。企業の業績悪化に伴う内定取り消しも女性の方が多く、就職活動に絡むセクシャルハラスメントも見られた。

二〇二三年五月八日から、新型コロナウイルス感染症の位置付けが「５類感染症」に移行されたが、コロナ禍で顕わになった、女性たちを襲ったさまざまな困難や制度上の綻び、そして背景にある構造的な問題は決して過去のものではない。実態を把握し、解決に向けて継続的に取り組むことは今もなお残されている課題である。

コラム

ネオリベラリズムとプレカリアート

秋池陽子

ネオリベラリズム（新自由主義）とは、何よりも強力な私的所有権・自由市場・自由貿易を特徴とし、その中に個々人の企業活動の自由と能力が無制限に発揮されることにより人類の富と福利が最も増大すると考える政治的経済的実践の理論である。一九七〇年代、シカゴ大学のミルトン・フリードマン達により提唱された。経済は、何かをつくることよりも何かを買いたいという願望により成長し、貨幣があることが重要という。ネオと冠されるのは一八世紀の古典的なリベラリズムへの復古を掲げるからだ。

しかし、ネオリベラリズは成長を加速するが、それによって地球上の富を食い尽くし、貧富の格差を生んで労働者を分断し、大量のプレカリアート（非正規労働者）をうんだ。ＩＬＯ　二〇一五年年「世界の雇用と社会的展望」によると全世界の労働者の六割以上が雇用契約を結ばずに労働しているという。なかでも女性・青年・有色人種が多い。彼らは一定の収入がなく、将来設計もままならない。ネオリベラリズムが説いたトゥリクルダウンは効果的に作動せず、世界に貧困層を増加させた。

顕著な始りは一九七三年九月のチリ。選挙によって選出されたアジェンデ政権がクーデターで倒された。アメリカに支援されたピノチェトが統治するが、政策を主導したのは「シカゴボーイズ（シカゴ大出身・フリードマンの弟子）」達だった。チリはネオリベラリズムの実験場とされ、以後暴力と親和性の高いネオリベラリズムは、ラテンアメリカ、アフリカ、アジア新興国に波及していく。

八〇年代、アメリカはネオリベラリズム政策を採り独占禁止法の緩和、公共部門の民営化を勧めた結果、失業者が増加し国民の経済格差も進んだ。一方、資本家は国際金融資本や多国籍企業から集めた大量の資金を、半導体や巨大コンピューター開発研究費などにあてＩＴ産業の創出に成功する。他方、冷戦の緊張状態にあったソ連にはデタント（緊張緩和）を通し、資本主義（商品）が少しずつ浸透していく。計画経済を採用していたソ連は経済的停滞や東欧周辺諸国と紛争も抱え、ペレストロイカ（改革）が興っていた。八九年一一月、東ドイツの反政府デモ隊は雪崩を打って東西ベルリンを覆う壁を越え、「ベルリンの壁」が崩壊した。人々は自由・平等・公正・搾取のない社会主義の理念を手放したのではないが、ネオリベラリズムはこれを「資本主義こそ普遍的で永遠のもの、勝利だ」と宣伝した。資本が一気に国境を越え、社会主義圏をのみこみグローバリゼーションが進んだ。中国では鄧小平が共産党一党独裁のもと新自由主義経済を導入し、その非民主的な手続きに抗議する民衆を弾圧した天安門事件が起きている。

　日本はオウム真理教事件と阪神淡路大震災のあった九五年、経団連は「新時代の日本経営」で、日本的雇用（終身制）を止めA長期蓄積能力活用型、B高度能力活用専門型、C雇用柔軟型に分け、BとCの労働力を商品と見なし使い捨てる対策をとり、プレカリアートを創出した。彼らは、七一年から八三年生まれの団塊ジュニア世代であり、社会に出る九一年から二〇〇一年は就職氷河期になった。ロスト・ジェネレーション世代と呼ばれたプレカリアートは二〇〇一から一九年に三七・五％と増大し、七割を女性が占めていた。八五年の男女雇用機会均等法をはじめ、労働者派遣法、第三号被保険者制度（一〇三万円の壁）の創設に続き、男女共同参画基本法や女性活躍推進法が制定されたが、その地位や貧困は改善されていない。ネオリベラリズムは社会福祉に対する国の支出を減らし、その代わり一家庭につき、賃金労働時間を増やすように要求した結果、イスラエルの家庭での女性の負担は増大した。

　この頃、桐野夏生は『ＯＵＴ』（九七年）で深夜の弁当工場で働く主婦達の犯罪を、また『メタボラ』（〇五年）で自己喪失した若者を描いた。〇七年一月、プレカリアートという言葉を広めた雨宮処凛『生きさせろ！難民化する若者たち』がだされ、七月のＮＨＫスペシャル「ワーキングプア」は、貧困は自己の責任ではないと報道。赤木智弘は『若者を見殺しにする国』（一一年）を書き社会の変化を希望する。プレカリアートが主人公の小説は多く、小山田浩子『穴』（一三年）、村田沙耶香『コンビニ人間』（一六年）、今村夏子『むらさきのスカートの女』（一九年）と次々に芥川賞を受賞している。一〇年後、ロスト・ジェネレーション世代は、五〇歳代から六〇歳目前となり、日本の成長率が低迷するなか、彼らの老後が懸念される。

　一方、一一年にアメリカのウオール街で起きたオキュパイ（占拠）運動では、「私たちは九九％だ」と叫び金融支配に異議を申し立て貧困・格差の是正を求めた。こうした運動は世界に波及し、日本でもユニオンの結成、デモ、訴訟、ＳＮＳなどを通じて広がりをみせている。

　ナオミ・クラインは『ショック・ドクトリン』（〇七刊・邦訳一一年）を著しネオリベラリズムを「惨事便乗型資本主義」と呼んでいる。二二年、ウクライナ戦争が、二三年ガザ侵攻が勃発。自由市場経済の推進運動がイスラエルでは独自の形で展開したとクラインは警告した。ロシアもイスラエルも空爆と虐殺で惨状をつくり出し、すべてを破壊して、復興で利益を得るその忌まわしい手法にも、今、世界中から怒りの声が上がっている。

III

紡がれる記憶／記憶の継承

谷崎由依『遠の眠りの』――〈行きつ戻りつ〉する者の物語

上戸　理恵

はじめに

谷崎由依は、一九七八年に福井県で生まれた。京都大学文学部美学美術史学科卒業後、同大学の大学院に進学し、修士課程修了後は、英米文学の翻訳を手がけるようになる。二〇〇七年に「舞い落ちる村」で第一〇四回文學界新人賞を受賞し、作家デビューを果たす。二〇一五年から近畿大学文芸学部講師（二〇二四年一〇月現在、准教授）となり、翻訳や教育活動と並行しつつ、執筆を続けている小説家である(1)。

「遠の眠りの」（『すばる』二〇一八・六～二〇一九・五）は、谷崎が自身の生まれ故郷である福井県を舞台に、一九二〇年代半ばから一九四五年までの社会情勢の移り変わりに応じて、さまざまな〈職〉を経験する主人公・西野絵子の姿を描いた作品である。このようにまとめると、戦間期と戦争を生き抜いて苦難を乗り越えた女性の成長物語のように受け取られてしまうかもしれない。しかし、絵子の物語は、華々しく成功して人間的な成長も果たすというような「ビルドゥングスロマン」とは一線を画す。以下、梗概を示す。

物語は、十三歳の少女・絵子が乳飲み子である妹・ヨリを背負い、尋常小学校の同級生・まい子の「遊び場の小屋」に向かって、舟で川を渡る場面から始まる。読書を愛し、物語に没頭する絵子。農業を営む生家では農作業や家の手伝いの妨げになるものとして読書が非難されていたため、まい子と過ごす「小屋」で本を借りたり読んだりする時間だけが絵子の密やかな愉しみであった。ある日、弟だけを優遇し女を下に見る両親に抗議した絵子は、父親に頬を打たれて家を追い出される。高熱で倒れていたところをまい子に助け出された絵子は、回復後、まい子の生家が営む旅館・杉浦屋の手伝いをして過ごす。

その後、まい子の母から、絹織物に代わって勃興してきた人絹（レーヨン）の工場で女工をやらないかと言われ、工場のある佐佳枝（福井の中心部）で働き始める。そこで女工として働く吉田朝子と出会い、彼女に借りた『青鞜』に心を動かされるようになる。その一方で、絵子は工場での労働に不向きだと自覚しており、さらに工場で管理している帳簿の不正を明らかにしたことをきっかけに工場の経営者から冷遇されてしまう。

工場を去った絵子は、新しくできた百貨店「えびす屋」で、清掃係や食堂の手伝いをするようになり、そこに併設された「コドモの国」の少女歌劇団の「お話係」も担当するようにと支配人に言われる。少女歌劇団の一員であるキヨ＝清次郎（少年が少女に扮しており、そのことを絵子だけが知っている）との交流や女工たちと争議を起こしていた朝子との再会、村への一時的な帰郷、「嫁入り」先での姉や妹たちの苦労、清次郎の兄・清太に対するまい子の恋心――このような絵子の周囲の人々の様子が描かれるのと並行して、絵子が〈はごろも〉という一作目の「お話」をつくり上げる過程が描かれる。

その後、二作目となる〈遠の眠りの〉の脚本を書き上げて上演するが、この舞台に対する観客の少女たちからの反応は厳しく、絵子は「お話係」を辞めてしまう。その後はえびす屋内の食堂の仕事に専念するも、開戦により、百貨店自体の営業が困難となる。えびす屋が火災で全焼したのをきっかけに生家へと戻ったあと、絵子は、軍需工場の徴用工員の寮として使われていた杉浦屋の手伝いとして再び住み込みで働くようになる。ある日、絵子は、久しぶりに訪れた「小屋」で夢うつつのなかキヨ＝清次郎に再会して、清次郎が戦地へと向かうことを知る。

終戦を迎え、絵子は福井駅に何度も出向くようになる。戦地から戻ってくるであろう弟を、そして秘かに清次郎を探しに。その後、弟は生きて帰ってきたが、清次郎には会えなかった。ある日、えびす屋の跡地に赴いた絵子が「どことも知れないところへと、一歩ずつ歩いていった」場面で物語は結ばれる。

執筆のきっかけは、二〇一四年の秋、福井県立こども歴史文化館の館長に聞いた、昭和初期の福井の産業（人絹産業の勃興、百貨店「だるま屋」の少女歌劇部など）の話だったという[2]。福井県の郷土史や女性史を中心に資料を集め、史実をもとに構築した世界に虚構を織り交ぜた（「だるま屋」という店名を「えびす屋」に変えるなど）。主人公をはじめ、登場人物たちはすべて架空の存在である。

本作は、第四二回野間文芸新人賞候補作となったが、選者の一人である長嶋有は、「『遠の眠りの』は「陰気な朝ドラ」という形容が浮かんでから、そうとしか読めなくなった。作者には自分が選んだ素材（工場勤務、少女歌劇、織物など）が朝ドラ的な「俗」なものだ（そう読まれうる）という自覚がなさすぎる」と指摘している[3]。

なるほど、史実をもとにしたフィクションの設定、地方出身女性の移動や職業への注目、戦前から戦後にかけての激動の時代に翻弄される人々へのまなざしなど、「朝ドラ」（「NHK朝の連続テレビ小説」）と本作との共通項は多い。しかし、長嶋の指摘とは反対に、「遠の眠りの」を、「朝ドラ」的な物語や道具立てを自覚した上で、それを対象化・相対化しようとした作品として読むことも可能ではないか。

この作品においては、絵子の空間的な移動も社会的立場の上昇も直線的には進まず、〈行きつ戻りつ〉するというもどかしい展開が続いていく。江南亜美子が「この絵子という女性は小説の主人公として描かれるにしては、あまりに流れに乗じやすく、いわば成長もしない[4]」と論じるように、絵子自身の「成長」は前景化されない。また斎藤美奈子は、本書の文庫版解説で、絵子だけでなく他の登場人物たちも「自らに課したゴールに到達していない」という「道半ば感」を抱えていると指摘し、その点を高く評価している[5]。

江南と斎藤に共通しているのは、本作が「朝ドラ」的な物語で期待されるような「成長」や「達成」をあえて描かなかったことを評価する視点である。本稿もそれに同意するが、さらに本作では、絵子の友情や恋愛もはっきりとした形（親友という相互承認、社会運動のための連帯、恋の成就など）を取らない点を言い添えておきたい。

どこにも所属せずに〈行きつ戻りつ〉し、名前のつく関係によって他者を規定しようとしない絵子のあり方は、現代日本を生きる私たち読者をどのような場所に導くのだろうか。そのことを考えると同時に、絵子が「言葉」とどのような関係を結ぶのかという問いについても探究したい。本作における「言葉」は、自分の属する社会の問題やそれに対する意見を明確にするものであるだけでなく、目に見えないものに輪郭を与え、虚構（「夢」）と現実との関係自体をとらえ直すものでもある。「成長」や「達成」が明示されない本作において、言葉との関係もやはり単純なものとはなり得ず、〈行きつ戻りつ〉する絵子の動きの中で捉えられる。言葉やそれによって紡がれる物語の力にも着目して、絵子の軌跡の意味を考察する。

1　書物の言葉

絵子が家を出るきっかけとなったのは、弟ばかりを優遇する両親に対する抗議の弁だったが、その背景には女性から考えるための力を奪うものへの強い抵抗感がある。

絵子の育った村では、「頭を使い、考えて、それを言葉にする」ために勉強することが許されているのは男だけで、女は、結婚し、男児を育てることしか求められない。小学校を卒業してからの半年間、このことをおかしいと思っていた絵子だったが、「けれど言葉にしようとすると、この訛りの強い地方の、方言で声に出して言おうとすると、まるでうまく行きそうになかった」（三六頁）という。その理由については、以下のように語られている。

考えることは絵子にとって、本を読むことと繋がっていた。文字から成る書物の冷静な思考と地続きのものだった。いっぽう声は、ここの方言は、ここの生活そのものだった。訛りに乗せて話そうとすると、言葉は詰

まり、思考は崩れて、まるで煮すぎた餅のように、ぐずぐずとかたちをなくしていった。（三六頁）

人絹工場で出会った吉田朝子は、絵子にとっては「書物の言葉」を話す人であり、自分の言葉を聞いてくれる存在であった。他の女工たちには話せなかった「村に住む家族のこと、父に言われたこと、母の生き方。和佐のこと、弟の陸太のこと」について、「書物の言葉を、つっかえつっかえしつつ口に出そうと試みた」（六七頁）絵子の声に、朝子は耳を傾け、「西野さんは悪くない」と断言する。この経験を通じて、絵子は自分の思想や思考と言葉との結びつきを意識するようになる。

イプセン『人形の家』を読み、朝子に借りた『青鞜』に載っていた葉（上野葉子）の書いたイプセン評[6]に触れて、絵子は、「女というもののありかた」に疑問を抱いて変革を訴えようとした先人たちの言葉に共感し、「すでに終わってしまったはずのもの」から「これからはじまる何かの予感」を汲み取る。

このように、絵子は、思考や思想を人に伝えるものとして「書物の言葉」をとらえるのだが、「えびす屋」の劇場で「お話係」を務めることを契機に、「言葉」のもう一つの側面に向き合う。それは、想像をもとに物語を紡ぐというものである。

偶然に知り合った「えびす屋」の経営者・鍋川に「きみは何ができるんだい」と問われて、絵子は「お話が書けます」と勢い任せに口走ってしまい、「えびす屋」の別館に作られた劇場の「お話係」を任せられるようになる。「嘘から出たまこと」といった展開だが、「嘘」と「まこと」の関係は、「お話」を書くようになった絵子により複雑な問題としてのしかかってくるのである。

2 「お話」（虚構）の言葉を紡ぐこと

書物の言葉を通じて、自分が村の人々の生き方に感じていた違和感を表現し、女性解放の思想に触れることができた絵子だが、朝子のように〈行動する者〉にはなりきれず、自身の中途半端さに向き合うこととなる。

工場を辞めて百貨店で働くようになってから、労働争議を扇動していた朝子と偶然に再会した絵子は、「〈私には〉思想なんてひとつもない。でも、朝子にはそれがある。なんのために生きるのか、彼女はわかっているのだった。対して自分は、この街にいて、いったい何をしているのだろう？」（一三七頁、括弧内引用者）と考える。

このとき絵子が圧倒された朝子の闘う姿は、別の文脈で語られるロシアの浦塩（ウラジオストク）から日本へと逃亡してきたポーランド孤児の乗った難民船のエピソードと結びつけられ、絵子の「お話」づくりの際に想起される。「起きていても、夢を見ているみたい」な感覚の中で、「まい子が、和佐が、ミアケが、もう誰かもわからない女たちが」語りかけてくる。そこに、呼び込まれる「またひとつの景色」が、「朝子のストの様子や難民船の海」（二〇八頁）である。これらが混然一体となった「夢のようなその何か」は、文字によって輪郭を与えられ、「お話」へと姿を変えていったという。

かつて絵子の両親は、小説を「嘘のことばかり、ひとつも事実を述べていないくせに、だらだらと字がならんでいる」（一七頁）と批判して、絵子に読書を禁じた。これは舞台というものについて「ないものをあるように、あるものをないように見せなければならん」（二一一頁）と語った「えびす屋」の経営者・鍋川の言葉と重なり合うところがある。「ないものをあるように、あるものをないように」を否定的に受け止めると、「嘘」であり「ひとつも事実を述べていない」ということになるのだろう。「舞台」や「お話」の性質は、少年・清次郎が少女・キヨとして「えびす屋」の少女歌劇団の一員となっていたこととも連なって絵子にイメージされる。鍋川の語った「ないものをあるように、あるものをないように」という舞台の本質を「反転」というものにほかならないと考える絵子は、「反転」を体現する者としてキヨを意味づけていく。普段から「少女」を演じるキヨは、それゆえに舞台上で「ただひとりの少女」ではなく「あらゆる女」になることができるのだ、と。

「ないものをあるように、あるものをないように」という言葉は、人絹について絵子が当初思い描いた「何もないところから生まれた布」（二〇九頁）という空想とも接続する。[7] 実際にはそれは植物の繊維から作られた糸で織られているが、絵子にとっては「お蚕さんという生きものでなく、無、というものから紡がれた糸。それでもって織られた布は、やっぱり信じることをやめたら、透明になって消えてしまう」（二〇九頁）と感じられるのである。また、それは幼き日に手織りの真似事をしていたまい子の織る「透明なまぼろしの布」[8]（二四頁）とも通じる空想である。

「夢のような何か」から「お話」を生むということ。絵子は、夢うつつに聞こえたまい子や妹・ミアケの声、さらに想像された姉・和佐の声を「お話」に織り込んでいく。そのように生まれた第一作の〈はごろも〉は、書くことと織ることが重なり合う幻想的な物語として観客から概ね好評を得たが、絵子は、キヨが演じた作中のヒロインが「無力なまま」だったのではないかと反省する。「お話」を作るに先立って「まい子だけではなかった。かつて夢で、ミアケにも助けを求められた。和佐だってほんとうは、助けて欲しいのではないか」（二〇七頁）と感じたことがよりはっきりと表現されたのは、第二作〈遠の眠りの〉であった。〈遠の眠りの〉は、「身なりの汚れた」ある女の独白から始まる。

聞くに堪えない物語かもしれない。お話ではなくて現実だったから。お話のかたちを取っているけれど、それはじっさいに起きていることだった。彼女は彼女のいた場所で、女であり、ひととしては扱われず、ひたすらに影となり働いてきた。でももう限界だった。だから逃げることにしたのだ。この舟は、そのための舟だった。（二二九頁）

その後、独白する女性が次々に交代し、「たくさんの独白はやがて混じり合い、ひとつのおおきなうねりとなって波間を漂っていく」(二二九頁)。「女という難民たち」を運ぶ「難民船」は外海へと進み、荒れた海の上を「――長き夜の、遠の眠りのみな目覚め、波乗り舟の、音のよきかな」(二三〇頁)と歌う声が伸びてゆく。

上演されたこの劇は、「夢を購ひにきたはずだのに、現実を突きつけられた」(二三〇―二三一頁)という酷評を受けてしまう。絵子自身も「お話じゃなかったものを、お話にしたから。姉のことや、妹のことや、村にいる友だちのこと。それはほんとはお話じゃないです。ほんとのことです。なのに、うちはお話にしてしまった」(二三二頁)と鍋川に話す。「夢のような何か」を実体化する行為を主題とする〈はごろも〉とは対照的に、〈遠の眠りの〉は、現実(「ほんとのこと」)を夢の領域(「お話」)の中に引き入れて「目覚め」を促す物語である。しかし、絵子は、その「目覚め」に苦痛を感じる観客の少女たちの訴えを引き受けるような強さを持たない。

最終的に、「何のちからにもなれないというのに、まい子の、和佐の、ミアケの苦しみを、お話にしてしまったということ」(二三四頁)に後ろめたさを覚えた絵子は、二作品を上演しただけで舞台脚本の仕事を辞めてしまう。〈行動する者〉になれなかった絵子は、「お話係」としての覚悟を貫くこともなく、何者でもない自分に戻っていくのである。

3 〈往還〉の呪い(のろい/まじない)

何かに「目覚め」る気配を漂わせながらも、それにひたむきに邁進せず、もといた場所に戻っていく絵子は、場当たり的に〈彷徨〉しているように見えながらも〈往還〉の運動をくり返していると言える。

その一部が本書の(そして絵子による「お話」の)タイトルにもなっている和歌「――長き夜の、遠の眠りのみな目覚め、波乗り舟の、音のよきかな」は、「仮名表記で上下いずれからも同語・同文となる」という回文の構造を備えている。[9] 作品の冒頭で、絵子は、友人であるまい子と過ごす「遊び場の小屋」に舟で往来する際にこの歌を想起する。

このまじないのような歌を、まい子のところへ行って戻るとき、思い浮かべることがあった。こんなふうに、夜になるときにはとくに。ながきよの、とおのねむりの、と船出して、めざめ、で折り返して、戻ってくる。出発したその場所へ、ふたたび。（一二頁）

言葉が折り返して、始まりの字（「な」）に戻るという歌の構造に、ある場所から出発して別の場所に向かうも、また折り返してもとの場所へと戻ってくる自分の〈往還〉の道筋を重ねるのである。[10] もといた場所に引き戻される〈往還〉に対して、絵子自身は、「対岸へは戻らずに、このままどこかへ、船出してしまいたいと思った。川の流れるのに任せて」（一四頁）という願望を持つ。この願望の背景には、戻るべき「対岸」に「居場所」がないという感覚がある。

家を追い出された絵子がまい子の母に「ここにもいつまでも置いてあげられんでの」（四八頁）と言われたときに想起するのが「根無し草」という言葉である。「どこにも属さない。どこも自分の居る場所ではない」（四八頁）という感覚は、幼い頃から絵子の中に存在していたのだという。この「根無し草」の感覚は、物語の最後まで続く。

「根無し草」とともに絵子が抱く自己イメージの一つが「逃げる」者である。「逃げる」という言葉を想起したときの心情について、絵子は「自分が自分に水を浴びせられた気持ちがした」（六二頁）と説明する。「村から逃げて、人絹の工場からも逃げて、行き当たりばったりに暮らしている」（二〇六頁）とあるように、絵子は「逃げる」ことへの後ろめたさを常に抱えている。

一方で、「逃げる」という主題は、この物語全体を貫くものでもあり、それは次第に肯定的なものとしてとらえ直されるようになる。(11) 絵子が書いた〈遠の眠りの〉は、海の上に浮かぶ一艘の舟の上で、複数の女たちの独白が重なり合ってうねりとなる。「逃げる」ための舟に乗る無数の「女という難民たち」(二二九頁)。しかし、そこに重ねられた「現実」の女たち――嫁に行って久しいが子を授からない姉や十五歳で嫁に行った妹、先のない恋によってどこにも行けなくなってしまったまい子――は、「逃げる」こともせず(できず?)に、寄る辺ないままにひとつの場所を動けずにいる。絵子は「現実」の女たちの声にならない声をすくい上げて、彼女たちを「逃げる」存在として表現しようとしたが、先述したようにこの脚本は酷評されてしまう。

そして、「根無し草」の感覚を持ち続け、「逃げる」ことを続けてきた絵子もまた、戦況の悪化や「えびす屋」の全焼をきっかけに村へと戻ることとなる。もといた場所に再び戻る――絵子が〈彷徨〉した歩みの先に、かつての出発点であった村があることは深い意味を持つ。この〈往還〉は、かつて自分を苦しめ抑圧した場所に結局は引き戻されてしまうという呪《のろ》いのようでもある。しかしその一方で、どこに行っても(何に目覚めても)必ず帰ってこれるようにという呪《まじな》いの帰結とも言える。

村に帰った絵子はある日、幼い頃にまい子と遊んだ「小屋」に行き、そこで清次郎/キヨに再会する(成長により少女役が難しくなりつつあったのに加えて、戦局の悪化によりキヨは絵子の帰郷よりも前に歌劇団を辞めていた)。「ひとり芝居」(二六四頁)のように語られるキヨの幼少期、その後の生活、少女団員として舞台に立ったときの快さとその喪失。その記憶/語りは、〈遠の眠りの〉や〈はごろも〉の歌と入り交じり、絵子は魔法にかけられたような心地よさを感じる。そして、その歌が「お話係」として自分が生み出し、キヨと共有したものであることから、「かつて自分自身のかけた魔法が、長い時間を経過して、絵子のところへ帰ってきたのだ」(二六五頁)と感じるに至る。

「帰って」くるのは、人ばかりではない。物語もまた再帰し、別の物語や現実に接続する。「お話係」を辞めて何年も経ってから、かつて絵子が生み出した言葉や物語が舞い戻る場面は美しく、そして儚い。この場面のすぐあとで、青い女物の着物を身にまとったキヨはその着物を脱ぎ、国民服の青年兵士へと姿を変えて、絵子に出征することを告げる。

おわりに

性《ジェンダー》を越境し、現実と虚構を反転させてきたキヨは、自分の生きてきた世界についての語りに絵子の作った歌を混ぜ込み、絵子に「舞台」の時空を追体験させたのち、すぐに清次郎の姿になり「現実」を突きつける。戦地に赴く青年の姿こそが「現実」なのだと。

しかし、戦後になって絵子は、清次郎の方が「キヨという少女の生んだ、幻影だったかのよう」（二七四頁）だと考えるようになる。清次郎を虚構の存在として想起するというこの反転は、成長によって喪われたキヨの実在を想像の中で再生しようとする絵子の欲望を示している。キヨが清次郎へと姿を変えて顕現させた「現実」が、戦後の時空の中で再び反転して（虚構として）とらえ直されるのである。

本作の結末部では、弟が帰還したあとの家族との和解もキヨ＝清次郎との再会もなく、どこかへと向かおうとする絵子の姿がやや唐突に描かれる。絵子のこの出発には、「また、お話を作ろう。作りたいものを、思う存分。子どもたちをたくさん集めて――」（二七四頁）と、「書くこと」や舞台――現実と虚構が反転する世界――との出会い直しも重ねられている。

なぜこの出発にいたったのか、どこへと向かうのか、また故郷へと帰ってくるのか、それとも〈往還〉の呪い（のろい／まじない）から自由になったということなのか。これらの問いに明確な答えを示さず物語は終わる。

本書のタイトルが、初句の「長き夜の」でも、結句の「音のよきかな」でもなく、二句にあたる「遠の眠りの」になっていることは、どこにも腰を落ち着けず、常にどこかに向かう中途にある絵子の姿と響き合う。絵子の移動自体が、「遠の眠りの」という一つの織物の緯糸《よこいと》であり、他者を通じて、見たものや聞いたこと、読んだもの、そこから連想されるイメージ――これらは経糸《たていと》である。移動することが重要なのであり、なぜ向かうのか、どこへ向かうのかはさほど大きな問題ではない。

「はじめに」で確認したように、絵子は「親友」「同志」「恋人」という言葉で他者との関係を規定しない。特別な存在（「影響を及ぼしたい」相手）としてまなざされるキヨに対しても、そこに介在しているのがどういう感情なのかについて言及は避けられている。だが、それは他者との関係が希薄であることを意味しない。むしろ、移動していく中で、何度も出会い、出会い直し、自分の物語に他者の物語が織り込まれ、自分の現実や他者の現実が変容していくという経験を絵子は重ねる。それは、たとえ結末部において一人きりの出発であったとしても、絵子が複数の他者とつながっていることを示唆している。

これを読む私たちも、絵子自身と絵子が出会ってきた人々とが織りなす物語と出会い、その物語を自分の現実へと織り込んでいくことができる。今いる場所から逃げ続けながらも出発の場所に引き戻されてしまう（それでも再びどこかに向かう）絵子の姿は、時代も場所も超えて、この小説を読む現在の私たちの「生」と交差するだろう。過去／現在、虚構／現実を越境し、誰かと出会いつながっていくこと――「遠の眠りの」という織物＝物語は、読者をも一本の糸として自らの内に導いていくのである。

注

（1）「遠の眠りの」の絵子の造形には、自身が翻訳を手がけたコルソン・ホワイトヘッド『地下鉄道』（早川書房、二〇一七・一二）の主人公コーラが影響していると谷崎は述べている（集英社文芸・公式note「長編小説『遠の眠りの』のこと。著者の谷崎由依さんからメッセージ」https://note.com/shueisha_bungei/n/n8f3d4427ab0d、二〇二〇年一月三日更新、二〇二三年一〇月二七日最終アクセス）。主人公の造形だけでなく、「逃げる」というテーマにおいても両作品は通じており、谷崎にとっての翻訳が、小説を書くうえでも重要な役割を持っていることが伺える。

（2）注（1）のウェブサイトを参照。
（3）「第四二回野間文芸新人賞発表」（『群像』二〇二一・一）
（4）江南亜美子「物語られる、「ほんとのこと」――谷崎由依論」（『すばる』二〇二〇・二）
（5）斎藤美奈子「解説」（谷崎由依『遠の眠りの』集英社文庫、二〇二三・一）
（6）上野葉「人形の家より女性問題へ」（『青鞜』一九一二・一）。なお谷崎は、参考文献として、同論を所収した堀場清子編『『青鞜』女性解放論集』（岩波文庫、一九九一・四）を挙げている。
（7）前掲4の江南は、本作において「何もないところから何かが生まれる」という瞬間がいくつも描かれていると指摘し、人絹に絵子が託す「無から有が生まれる」イメージと、芝居を書いて演劇空間を顕現させる行為を結びつけて分析している。
（8）まい子の「手織り」への情熱や清次郎の兄・清太への恋愛感情、清太に乞われて「ポーランドのユダヤ人」が逃亡するのに必要な「地図」を織り上げたエピソードはいずれも重要だが、これらの考察については稿を改めて論じたい。
（9）小野恭靖『ことば遊びの世界』（新典社、二〇〇五・一二）。同書で小野は、「ながきよの、とおのねぶりの、みなめざめ、なみのりぶねの、おとのよきかな」の出典を中国明代の『全浙兵制考』附録『日本風土記』所収の「琴譜」としており、この回文歌が日本では初夢用の七福神の絵姿とともに摺り込まれたこと、その背景には、回文の歌謡に呪的な性格を感じ取った人々の存在があることを指摘している。
（10）件の回文歌を教えてくれた「お婆」も、「村で育ったけれど、飛び出していって、また戻ってきた」（一八九頁）人物である。この設定にも〈往還〉の主題を見ることができる。
（11）〈遠の眠りの〉を観劇したという朝子（の幻？）が、「この戦争が終わるまで、生き延びて、逃げ切りましょう」（二五一頁）と絵子に話しかけてくる場面がある。朝子のこの言葉は、ホワイトヘッド『地下鉄道』（前掲）の「訳者あとがき」で谷崎が、東日本大震災以降、これまで否定的に捉えられていた「逃げる」ことが、「生き延びるために必要なこと」として肯定的に意味づけられるようになったと述べている箇所を想起させる。本書では、他にもロシアの浦塩（ウラジオストク）から日本へと船で逃亡してきたポーランド孤児のエピソードなど、「逃げる」存在への着目が認められる。

〈付記〉本文の引用は、『遠の眠りの』（集英社、二〇一九・一二）に拠った。

須賀敦子「ふるえる手」論――ナタリアの帽子

山﨑眞紀子

はじめに

須賀敦子（一九二九年〜一九九八年）は、「父ゆずり」「父の鷗外」（『遠い朝の本たち』所収）で明かしているが[1]、父から文学の薫陶を受けている。一九五八年九月、須賀がローマに留学したとき最初に届いた父親からの小包は、森鷗外訳アンデルセン『即興詩人』（原文は一八三三〜四年、鷗外訳初出は『しがらみ草紙』一八九二・一一〜『めさまし草』一九〇一・二）であり、「父は、外国文学を勉強していた私のことを、日本語がだめになるといって、絶えず不安がった。『即興詩人』を読め、と何度言われたことだろう」「鷗外は、彼の国語であり、時には人生観そのものといってよかった。」と記している（「父ゆずり」）[2]。

森鷗外訳『即興詩人』について、川口朗は、「王朝文学のスタイル、伝統的な雅文雅語は優美ではあるが、力強さ、直接性等に乏しい。その欠点を漢語漢文の簡潔な力強さ、俗語の直接性によって補い、西洋文学の訳出に耐え得る文章をつくろうとした」と解説している[3]。

須賀の父にとっては鷗外の文章が規範であったが、須賀敦子が自らの文学的世界を著そうとした時には言文一致体が確立して半世紀以上が経過し、鷗外の文体を自らの模範とするわけにはいかない。須賀は文体確立の暗中模索のなかで「好きな作家の文体を、自分にもっとも近いところに引きよせておいてから、それに守られるようにして自分の文体を練り上げる」（「ふるえる手」）[4]ことを思い立つ。好きな作家とは『ある家族の会話』（Natalia Ginzburg, Lessico famigliare,Einaudi,Torino,1963）を著したイタリアの作家であるナタリア・ギンズブルグ（一九一六年〜一九九一年）のことである。[5]

須賀は一九五八年にイタリアに渡り、ローマの大学で聴講、一九六〇年にミラノ中心地にあるミラノ聖堂に隣接したコルシア書店を拠点にしたカトリック左派の仲間たちとの勉強会に参加、メンバーの一人であるジュゼッペ・リッカと一九六一年に結婚し、一一年間ミラノで翻訳の仕事に携わった。[6]一九六七年六月に七年間の結婚生活を共にした夫が病死し、一九七一年九月に帰国する。

須賀敦子は、一三年間のイタリア生活を送りながら、日本語で創作活動を行う夢を抱き続け、前述したようにナタリア・ギンズブルグに私淑し自らの文体を構築していった。翻訳家としての出発は、アツコ・リッカ名で発表した『Narratori giapponesi moderni（日本現代文学選）』（ボンピアーニ社、一九六五・九）である。[7]大岡昇平による序文を付し、森鷗外、夏目漱石、泉鏡花、樋口一葉、谷崎潤一郎、芥川龍之介、川端康成、太宰治、三島由紀夫、庄野潤三など二四名の作家の作品を収録している。[8]

帰国後は大学で教鞭を執り翻訳家として活躍しながら、オリヴェッティ社広報誌『SPAZIO』に連載していた文章を編んだ『ミラノ 霧の風景』（白水社、一九九〇・九）で女性文学賞を受賞し話題を呼んだ。選考委員の大庭みな子は「ミラノにしてもナポリにしても、トリエステにしてもそれらの町は、彼女の夫や、夫の親族、友人、自分の友人たちによって語り伝えられた、暖かな語感と吐く息が感じられるものである。」と評価している。

イタリアに渡る以前の一九五三年にパリ大学で二年間学び、フランス文学にも明るい。須賀が敬愛するフランスの作家、サンテグジュペリ『戦う操縦士』（一九四二年）のなかの言葉、「人間は絆の塊りだ。人間には絆ばかりが重要なのだ」を引き、「絆」を重視する文を綴った作品もある。[9]絆とはつなぎとめるもの、人と人とを離れ難くしている断つことのできない結びつきのことで、そうした人間関係をそのまま描くとすれば、ともすれば重い空気が漂ってしまう。

須賀による日本語翻訳書もあるイタロ・カルヴィーノは、四〇年間小説を生み出す上で「重さからの離脱」を重視してきたと述べている。[10] カルヴィーノはミラン・クンデラ『存在の耐えられない軽さ』を「生きることの避けがたい重苦しさについての苦渋にみちた確認」（傍点原文）である作品と捉え、「彼の小説が私たちに示してくれることは、人生において私たちが軽やかなものとして選び満足しているものがみな、どんなふうにして、たちまち本来の耐えがたいほどの重さを露呈させるようになるのかということです。恐らくはただ知性の活発さとしなやかさだけがこうした宣告を逃れることができるのです」と述べる。[11]

須賀も、大切な人を亡くしてしまった悲しみ、生きていくことの苦渋を、重苦しいものとして描くのではなく、知性としなやかさ、そして大庭の言う「暖かな語感」で表現している。本論では、私淑したナタリア・ギンズブルグとの出会いと別れ、その追憶を描いた短編「ふるえる手」に注目して、須賀敦子の表現技法を確認していきたい。

1

第1章に見られる技法――転調と焦点化

「ふるえる手」の作品内時間は、第1章が一九九一年四月、第2章が同年一一月である。『須賀敦子全集第八巻』（河出文庫、二〇〇七・四）所収の松山巖作成の年譜では、この年は一月末から三月末まで須賀敦子はローマ大学で日本文学の講義を週一回行い、一月末から四月二五日までローマに滞在している。だが、作中ではたった一〇日間の予定となっている。湯川豊は「過去に出会った人たちを、現在の意識のなかで多角的に見る。記憶によるかに見えて、ほとんどつくりあげている。」と須賀の持つ虚構性に注目している。[12]本作の場合は滞在時間を短く虚構化し、ローマにいる時間を濃密なものにしていると考えられる。

この年六二歳を迎えた須賀は、九月九日に『ミラノ 霧の風景』で女流文学賞を受賞した。「須賀敦子はほとんど登場した瞬間から大家であった」と関川夏央も言うように[13]、本書は世評が高く、須賀にとって記念すべき年であった。受賞三年後に発表された「ふるえる手」では、そうした一九九一年当時の自らの華やかな一面には一切触れられていない。

第2章では同年一一月に再度ローマに赴き、そこで一〇月九日に亡くなった[14]ナタリアを追憶するという構成がとられる。前述の須賀敦子年譜では一一月一三日にローマ入りして、サン・ルイージ・デイ・フランチェージ教会を訪ねカラヴァッジョの「聖マタイの召命」(作品中では「マッテオの召出し」)を見ており、その後ミラノに寄り、一一月二三日に帰国したとある(年譜同書、五五二頁)。

四月と一一月の間の一〇月には、ナタリア・ギンズブルグが亡くなっている。つまり、本作の1章と2章のあいだに大切な人の「死」を挟んでいるのである。あいだを繋ぐのがサン・ルイージ・デイ・フランチェージ教会の奥まった祭壇に掲げられた使徒マタイを描いたカラヴァッジョによる三枚の絵のうちの一枚、「聖マタイの召命」である。

キリストの一二人の使徒の一人であるマタイは、人に卑しまれる徴税人だが、イエス・キリストの召命を受けて、直ちに何もかも捨ててイエスに従った。絵はその呼びかけの場面を描いた一六〇〇年の作品で、使徒マタイの生涯の、特に劇的な場面を描いたものである。この絵に対し「たったいま、深いところでたましいを揺りうごかすような作品に出会ってきたという、稀な感動にひたっている自分に気づいた。しばらく忘れていた、ほんものに接したときの、あの確かな感触だった。」(二一五頁)とあるが、その「感動」の詳しい内実は明かされないまま余韻を残して第1章は終わる。

第1章冒頭では、「朝食をすませ、小雨のなかをホテルから歩いて五分ほどの銀行に行くと、いかめしく武装した警官がとりまいていて、近寄ることもできない。いましがた強盗事件があったのだという」とローマ滞在場面が始まっている。憂鬱な小雨が降り続き、物騒な強盗事件、「労働問題でも治安の面でも最悪と言われた社会状況」など気が重くなる書き出しではあるが、その重さに軽さを加え転調させている。「私」が銀行に行った際には事件はすでに解決したようであり、「鼻唄でもうたいだしそうな表情の警官」が「銀行は午後から」と教えてくれる。さらに、細かい雨続きの四月のローマの憂鬱さを、日本でいう夕立に似たアクワッツォーネというローマ名物の「豪快でどこか祝祭じみた」一時的な土砂降り雨のエピソードを挟むことで軽減しているのである。

そして、「私」はヴィア・ジュリアというローマの歴史ある美しい直線的な道路と迷路のような曲がりくねった道とを歩く。小雨―大雨、直線の道路―曲がりくねった道という二項対立は、やがてサン・ルイージ・デイ・フランチェージ教会祭壇にあるカラヴァッジョ「聖マタイの召命」に焦点化されていく。この絵については第2章で詳しく語られている。

2　第2章に見られる技法――黙説法

第2章では、同年の一一月に再度ローマに赴き、パンテオンに近いカンポ・マルツィオ三番地のアパートメントに住むナタリア・ギンズブルグの思い出がクローズアップされる。四月の時も彼女を訪れたとあるが、第1章でそれは語られず、第2章で中心に据えられる。ナタリア・ギンズブルグの自伝的な小説『ある家族の会話』をはじめて読んだのは三十年もまえのことで、ミラノで夫と暮らし、「私」が母国の言葉でものを書くことを夢見ていた頃に夫から手渡された本がそれだった。

第二次世界大戦に翻弄されながら、対ファシスト政府と対ドイツ軍へのレジスタンスをつらぬいたユダヤ人の家族と友人たちの物語が、はてしなく話し言葉に近い、一見、文体を無視したような、それでいて一分のすき

もない見事な筆さばきだった。（略）

しがみつくようにして私がナタリアの本を読んでいるのを見て、夫は笑った。わかってたよ。彼はいった。書店にこの本が配達されたとき、ぱらぱらとページをめくってすぐに、これはきみの本だって思った。

こうして、『ある家族の会話』は、いつかは自分も書けるようになる日への指標として、遠いところにかがやきつづけることになった。（二一六～二一七頁）

文体の模索期から脱出する契機となったナタリア作品との邂逅を、「私」の中核を理解していた今は亡き夫との時間を背景に忍ばせて描いている。[15] 戦中に経験したナタリアの凄惨な現実の計り知れない重さを取り払うべく、家族間で交わされた軽妙な会話で綴られた『家族の会話』は、まさに須賀敦子の文体の見本であった。

ナタリア・ギンズブルグは、トリエステ出身の解剖学教授でユダヤ系の父と、カトリック系であるミラノ出身の母、三人の兄と姉をもち一九一六年にシチリア島パレルモで生まれた。『ある家族の会話』は、この家族をもとにした物語である。一九三八年にレジスタンスのレオーネ・ギンズブルグと結婚、第二次世界大戦勃発とともにレオーネが南イタリアの小村に流刑され、ナタリアと子どもたちもそこで暮らした。レオーネは一九四三年一一月に休戦協定後のローマでドイツ軍に捕まり、翌年二月、ローマの刑務所で拷問死した。[16]

彼女の壮絶な戦中体験は筆舌に尽くし難いものであろう。『ある家族の会話』にそれをいかに盛り込むのか。ナタリアの取った方法は黙説法[17]であった。ナタリア・ギンズブルグ作品の校訂編集者のドメーニコ・スカルパは、彼女の文体の特徴を「故意に言わないこと、手で触れられるような細部、そして直線的な様式を保って感情と思考を事物や行為、会話の表層に吸収させる技量をもっている」と述べている。[18] ナタリアの短編集『不在』（みすず書房、二〇二一・九）の翻訳者・望月紀子も「『ある家族の会話』は自伝的小説であり、至るところに作者の声が満ちているが、彼女についてよく言われる《reticenza 意図的に言わないこと》という創作態度ゆえに登場人物が皆実名でありながら、実際には、彼女自身のことを主として多くのことが伏せられている。」と記す[19]。故意に言わないこと、伏せることで言った以上の効果を生む黙説法、この技量こそ須賀を魅了したのである。

「ふるえる手」では、初対面のナタリアと「私」は招待してくれた友人の存在を忘れるくらい長時間話し込み意気投合したさまが描かれている。別れ際にナタリアが立ちあがった時、「はじめて私は、彼女が、どうみても彼女らしくない、ひどく気どった黒い縁なし帽子をかぶっていたのに気づいた」と「私」は語る。この後、ローマに行くたびに、彼女の家をたずね親交を重ねるが、帽子のことは言及されない。

四月に続き同年に二度目のローマ行きが実現する一と月前の一〇月にナタリアは亡くなる。四月に訪れたとき、「十二月に大病をしたの。もうすっかり元気ですけど」とナタリアから言われた「私」は、痛恨の思いで回想する。

コーヒー沸かしの柄が熱いので、彼女は着ているカシミアの黒いセーターの袖をひっぱって、それを鍋つかみのようにして手をくるんでいた。縁なしの黒い帽子を思い出しながら、私は手伝おうか、どうしようかとためらっていた。（中略）

ナタリアのおぼつかない手もとから敷き皿にあふれたコーヒーの色までが惜しまれて、かなしかった。書くという私にとって息をするのと同じくらい大切なことを、作品を通して教えてくれた、かけがえのない師でもあったナタリアへの哀惜に、雨降りの歩道で、私は身も心もしぼむ思いだった。（二二〇〜二二一頁）

黒いセーター、黒いコーヒーは目の前にあるが、黒い帽子は「思い出した」のであり、このときナタリアがかぶっていたわけではない。目の前にあるものの中に、ないものをさしはさむことにより、帽子がナタリアとの出会いの記念碑的なものだったことがわかる。最初に紹介された時には気がつかず、夢中になって数時間話し込んだ後に気づいたナタリアがかぶっていた帽子。右に引用した場面でその帽子を蘇らせ、出会うや否や意気投合しかけがえのない存在となったナタリアを瞬時に現前させている。黙説法で表現しているのだ。

3 カラヴァッジョの光と闇

須賀がナタリアの文体から学んだ黙説法、語らないことで意味を強める技法は左記の引用文にもみられる。

レンブラントやラトゥールに先立って、光ではなく、影で絵を描くことを考えついたとされるカラヴァッジョの絵を見ていて、私は、キリストの対極である左端に描かれた、すべての光から拒まれたような、ひとりの人物に気づいた。男は背をまるめ、顔をかくすようにして、上半身をテーブルに投げ出していた。どういうわけか、そのテーブルにのせた、醜く変形した男の両手だけが克明に描かれ、その手のまえには、まるで銀三十枚でキリストを売ったユダを彷彿させるような銀貨が何枚かころがっていて、彼の周囲は、深い闇に閉ざされている。

カラヴァッジョだ。とっさに私は思った。ごく自然に想像されるはずのユダはあたまになかった。画家が自分を描いているのだ、そう私は思った。（二二二〜二二三頁）

左端にいる醜く変形した手をもつ男を、なぜカラヴァッジョだと思うのかの説明はない。彼の周囲に「深い闇」があることだけが強調されている。光よりも影が表現効果を持つ。

異様に変形した手がすべてのような男を、カラヴァッジョが安易に性格的な自画像としてえがいたはずがないようにも、私には思えた。もしかしたら、顔に光をあつめたような少年も、おなじふうに自画像なのではないか。ふたりの人物のあいだに横たわる奈落の深さを知っているのは、画家自身だけだ。

左端にえがかれた人物は闇に閉ざされていながら、ふしぎなことに、変形した、醜悪なふたつの手だけが、光のなかに置かれている。変形はしていても、醜くても、絵をかく手だけが画家に光をもたらすものであることを、カラヴァッジョは痛いほど知っていたにちがいない。（二二三〜二二四頁）

周囲は闇に包まれていても光が当てられた絵画の中の醜い手は、ナタリアのコーヒーをいれるふるえる手と重ねられ、カラバッチョとナタリアという、「奈落の底」を知っている創作者という存在をクローズアップする。作中で明確に語られることはないが、夫・レオーネ・ギンズブルグの拷問死を経験したナタリア。そして、彼女自身の家族も含めた戦中体験は「奈落の底」に等しいものであろう。しかし、作家にとって書くことだけが闇を光に変える。カラヴァッジョの絵にある中央の光を浴びた若者とイエスの対極に位置する左端の闇にいる男。「私」はこの男に「己の芸術の極点」に立つことができた存在を見ている。

祭壇画は窓に取り付けられ暗闇の中にある。「私」はコインを入れて灯を点ける。小学生の一群を引率した教師が「私」の入れるコインを待っていることに気づき、私はその場を離れることにする。すると子どもたちから、「おばさん、ありがとう」と礼の言葉が発せられる。「知らんぷりをしつづける教師と、ていねいにお礼をいう子供たち」の対立項は、カラヴァッジョの絵に見られる光と闇、中央の顔に光を受けた若者と左端の闇に閉ざされた若者の対立項とも重なり、聖と俗を浮上させる。「どちらもが、人間には必要だし、私たちは、たぶん、いつも両方を求めている。」と「私」は語る。闇の中にある人生の苦悩、重み、それはそのままではあまりに受け入れがたいものである。そこに光を当てる。書くという行為の極点を、「私」はナタリアのいるローマで出会った一枚の絵を通して理解したのである。

4 マタイは誰か――須賀敦子の慧眼

ところで、カラヴァッジョの描く「マタイの召命」の絵の中では三人の登場人物が帽子をかぶっている。この絵に関しては、主人公のマタイが作中の誰であるのか議論が揺れており、その経緯を整理し詳細をまとめた美術史家の宮下規久朗の言を紹介したい。

宮下規久朗は、この絵におけるマタイが絵の中央にいて自分を指さしている髭の男か、左端にいて金銭を前にしてうつむいて座っている若者なのか、はっきりしていない珍しい絵だと言う。キリストに呼びかけられてそれまでの徴税人という仕事を捨て、キリストの弟子となり福音書記者になったマタイ。ユダヤにおいて、徴税人というのは罪人と同義で、ローマの手先となって同胞から税を取り立てる彼らは、憎むべき卑しい存在であった。そうした憎まれものをキリストは弟子にした。マタイはキリストに呼びかけられて従うまでは、都会で酒食におぼれて蕩尽する放蕩息子と同じとみなされていたという。[20]「マタイの召命」の向かい側におかれている「聖マタイの殉教」や、正面の祭壇におかれている「聖マタイと天使」でもマタイは髭の壮年男性として描かれていることから、自らを指差す真ん中の髭の男がマタイであると一七世紀にカラヴァッジョの詳細な伝記を書いたベッローニも記しているという。[21]だが、宮下は、左端のうつむく若者と、その後ろにいる眼鏡の老人のみが最初から室内にいたためか帽子を被っていないことなどから、徴税人であり、面左でうつむく若者こそがマタイではないかという一九八〇年代後半から出始めた見解を支持している。そして、帽子をかぶった身なりの良い紳士である髭の男よりも、蓬髪で血走った目で金銭を凝視する若者が主人公の方が劇的効果を与えると強調している。

また、「召命（作中では召出し）」は職業や職務、広く仕事という意味を持っていて「マタイの召命」とは、「マタイの仕事」という意味にもとれ、その背景には、人間の仕事とは自分で選んで従事するのではなく神から与えられた使命であるという考え方があることを宮下は述べている。[22] 宮下は、本作品で真ん中の髭の男がマタイであるとしながらも左端のうつむく若者に注目し、彼はカラヴァッジョ自身だと直感したという須賀敦子の言説も紹介している。[23] 近年の絵画にX線を当てた研究結果を踏まえ、画家自身が、若者でも髭の男でもどちらでもよいと、見るものに委ねたのかもしれないとの結論を導いている。[24]

須賀敦子は、マタイは中央の帽子をかぶった髭の男性であるという定説はそのままで、中央の光を受けた若者と、左端の闇に置かれた若者との両方をカラヴァッジョ自身、カラヴァッジョの自画像と見なしている。「マタイの召命」という一枚の絵に「私」が目を奪われ魂を揺り動かされたその心の動きを解釈すれば、創作行為には光だけでなく闇も必要である、これを小説という創作行為に置き換えれば語ることと語らないこと、その両方があって人の魂を動かす芸術を生むのであると、ナタリアの創作表現の中核を一枚の絵の中に読み取り、「私」は魂を動かされたのではないか。

光ではなく影で描くと言われたカラヴァッジョ。前述のように、光のなかの醜い手はナタリアのふるえる手に重ねられ、奈落の底を知る創作者としてカラヴァッジョはナタリアに重ねられている。本作は文体の確立という創作行為に導いてくれた師、ナタリア・ギンズブルグへの敬愛と哀惜の思いを、カラヴァッジョの描く一枚の絵を通して表現した作品と言えるのではないだろうか。

終わりに

サンテグジュペリの代表作『Le Petit Prince』（一九四三年）の冒頭は、子どもがもつ感受性と想像力が大人によって往々にして摘み取られてしまうことが警句的に記されている。語り手「ぼく」が六歳のときに書いた大きな蛇が象を呑み込もうとしている絵を、大人たちは「帽子の絵」だという。仕方がないから「ぼく」は内側にある、蛇が象を消化しているところを描いて見せると、大人たちは蛇の絵を描くのをやめて、地理と歴史と算数と文法をしっかり勉強しなさいと答える。「ぼく」は画家になるのをあきらめて、飛行機のパイロットになった。飛行士になった「ぼく」はサハラ砂漠に不時着し、そこで小さな男の子に会う。大人が「帽子の絵」と言った絵を、その男の子は蛇が象を呑み込んだ絵だと看破する。大人には見えないものが、その子には見えるのである。見えないもの、隠されているものを一瞬のうちに見抜く力を星の王子さまはもっていた。

初めて会ったときナタリアがかぶっていた縁なしの帽子。その中には何が潜んでいたのだろうか。第2章には女性芸術家同士の師弟愛を主軸に据えた川端康成『美しさと哀しみと』(『婦人公論』一九六一・一〜六三・一〇)の須賀のイタリア語訳草稿にナタリアが時間を割いて手を入れてくれたとある(二一九頁)。疲れたよわよわしい震えた手で私のために入れてくれた珈琲は、須賀への愛情を示すようにカップを満たし敷皿にあふれている。ナタリア・ギンズブルグへの哀惜を描いた本作は、〈書く〉その手に焦点が結ばれて閉じる。

注

(1)『遠い朝の本たち』(筑摩書房、一九九八・四)、本論での使用テキストは、ちくま文庫(二〇〇一・三)による。

(2) 注(1)『遠い朝の本たち』同書、三七頁

(3) アンデルセン(森鷗外訳)『即興詩人』(ワイド版岩波文庫、一九九一・一)二八〇頁

(4)「ふるえる手」初出は須賀敦子『トリエステの坂道』(みすず書房、一九九五・九)所収の書下ろし短編。本論での引用は『トリエステの坂道』(新潮文庫、一九九八・九)を使用。ルビは省いた。引用部分は二一七頁

(5) 日本語版は須賀敦子訳でオリベッティ社の広報誌『SPAZIO』No 22〜30に連載を経て、一九九五年に白水社から刊行されている。

(6) 須賀敦子『コルシア書店の仲間たち』(文藝春秋、一九九二・四)に詳しい。

（7）薬師寺美穂「須賀敦子の翻訳――『Narratori giapponesi moderni（日本現代文学選）』に見る暮らし――」（東京女子大学『日本文學』一一九巻、二〇二三・三）に詳しい。

（8）十三編は須賀敦子編『須賀敦子が選んだ日本の名作60年代ミラノにて』（河出文庫、二〇二〇・一二）として刊行されている。

（9）須賀敦子「星と地球のあいだで」（『遠い朝の本たち』（ちくま文庫、二〇〇一・三）一二四頁、『戦う操縦士』引用部分は、病の弟が今や死に向かおうとする二一章にある。

（10）イタロ・カルヴィーノ（米川良夫、和田敦彦訳）『アメリカ講義』（岩波文庫、二〇一一・四）一七頁

（11）注（10）同書、二四～二五頁

（12）「須賀さんについてのノート」（須賀敦子『トリエステの坂道』巻末解説、新潮文庫、一九九八・九）二六三頁

（13）注（12）同書・同解説二六三頁に引用されている関川夏央の言葉。

（14）前出の松山巖作成年譜では「十月八日、ナタリア・ギンズブルグ死去。享年七十五。友人からの電話で亡くなったことを知る。」とあり、一日ずらして作中にある（五五一頁）。

（15）若松英輔は、「彼女にとって書くとは、亡き夫に送る手紙だった」と述べている。（『霧の彼方 須賀敦子』集英社、二〇二〇・六）二一頁

（16）ナタリア・ギンズブルグ（望月紀子訳）『不在』（みすず書房、二〇二一・九）「訳者解説」三三三頁～三四四頁参照。

（17）《reticenza》は修辞学では「黙説法」と訳される（池田廉ほか編『伊和中辞典』小学館、一九九九・三）。一二七二頁

（18）ドメーニコ・スカルパ「編者解説――ひとつの声の変遷」注（16）同書、二九一頁

（19）注（16）同書、三二四～三二五頁

（20）宮下規久朗『一枚の絵で学ぶ美術史カラヴァッジョ《聖マタイの召命》』（筑摩書房・二〇二〇・二）六五～六八頁

（21）注（20）同書八八頁
（22）注（20）同書一一一～一一二頁
（23）注（20）同書一〇二頁。「作家の須賀敦子氏は真ん中の髭の男がマタイであるとしながらも、左端のうつむく若者に注目し、彼はカラヴァッジョ自身だと直感したと随筆『トリエステの坂道』に書いています」と紹介している。
（24）注（20）同書一〇四頁

【参考文献】

若松英輔「言葉とちから」（『日本経済新聞』二〇二四・一・六）三〇面
アントワーヌ・ド・サンテグジュペリ（池澤夏樹訳）『星の王子さま』（集英社、二〇〇五・八）
宮下規久朗『闇の美術史　カラヴァッジョの水脈』（岩波書店、二〇一六・五）

柳美里『ＪＲ上野駅公園口』——トラウマの語りから「世界文学」へ

真野　孝子

はじめに

柳美里は一九六八年、神奈川県に生まれた。高校退学後、東由多加が率いる「東京キッドブラザーズ」に入団、一九八六年、演劇ユニット「青春五月党」を結成。一九九三年、『魚の祭』で第三七回岸田國士戯曲賞を最年少で受賞し、これが「書くこと」への本格的出発となった。一九九四年以降は主に小説家として創作活動を続けており、３・11後には、福島に移住し書店経営や演劇活動にも携わって、地域のコミュニティにおいても活動している。

柳美里は、自分の子供時代の家族を、在日コリアンという立場から、また、家族の営み方からも、いわゆる普通ではないと自他ともに認識していた。(1)家庭では父母からの過大な期待が虐待へと転化しかねない状況であるとともに、家の外の世界である学校でもイジメを受け、「声」を発することさえ出来ず、本だけが自分が生きている実感を得る世界であったという。(2)柳美里は、書いていかなければ正気を保って生きていけなかった自分について次のように語っている。「そして、「書くこと」だけが残された。そう、わたしの好きなこと、小学生の頃からずっと手放さなかった「書くこと」です。わたしに「書くこと」を教えてくれたのは本でした。横浜の家の本棚にズラリと並んだ文学全集です。(3)」このように「書くこと」は彼女にとって生きるために必要であった。

本稿では、移住前から書かれた「山手線シリーズ」の内の一つである『JR上野駅公園口』を中心に取り上げ、この小説が「世界文学」と言われるのはなぜか探ってみたい。また彼女の作家としての歩みが、「書くこと」によって自身のトラウマを語ることでそのトラウマからの寛解を経て、自己の物語から他者の物語へと展開されていることを跡付けてみたい。

1　『JR上野駅公園口』の成立

本作品は「山手線シリーズ」の第五作目である。シリーズはまず『山手線内回り』(二〇〇七年)から始まった。この本には「JR高田馬場駅戸山口」と「JR五反田駅東口」も含まれている。第四作目は『JR品川駅高輪口』(旧題『まちあわせ』二〇一二年)、そして、『JR上野駅公園口』(二〇一四年)が出版された。[4] シリーズのテーマについて柳美里自身が次のように明らかにしている。

「山手線シリーズ」の核となるテーマは、二つある。／一つは、日本国憲法第一条で「日本国と日本国民統合の『象徴』と規定」されている天皇と天皇制である。／もう一つは、二〇一一年三月に東京電力福島第一原子力発電所が起こしたレベル七の事故である。／中心があれば、中心は波紋のような幾重もの圏域を広げ、そこから貧富、運不運、幸不幸という格差が生み出される。／「山手線シリーズ」の主人公たちは全員生き死にの瀬戸際に追い詰められ、プラットフォームに立つ。[5] (二五六頁)

彼女はさらに続けて、『JR上野駅公園口』をどのような視点で書いたのかを次のように語っている。「死の向こう側を書いてみようと思った。過去の存在したものが現在に無い、と感じるのは、わたしたちの感じ方の習慣に過ぎない。過去は現在と共にこの世界の内部に潜在し続ける。だとしたら、どのような形で存在するのか──」（二五七頁）。本項の作品分析では以上の柳美里の執筆視点も参考にして読み解いていく。

先行研究では現在の日本社会に存在する矛盾を作品の中に見出したものとして、川本三郎「同時代を生きる視点出稼ぎ労働者から見た経済成長─柳美里『ＪＲ上野駅公園口』」(6)、佐藤泉「「犠牲地域」のオリンピック─柳美里『ＪＲ上野駅公園口』」(7)がある。また、著者のテーマに沿った分析をしたものには、石井正人「話題作を読む　死者の幻影─柳美里『ＪＲ上野駅公園口』」(8)、山崎正純「天皇・ホームレス・浄土真宗─柳美里『ＪＲ上野駅公園口』試論」(9)がある。私はトラウマの語りから「世界文学」への展開という立ち位置において批評をするものである。本稿と関連すると思われる山崎正純の論文については後述する。また、原武史「解説　天皇制の〈磁力〉をあぶり出す」(10)からは天皇制について、「影」と「光源」というメタファーなど多くの示唆を得た。

2　「死の向こう側」までの経路

主人公が、どう生きて、どのように世界と切り結んでいったのか。本作は彼のモノローグと、その間に挟まれた多声（ポリフォニー）の文体から成り立っている。時間軸は直線的ではなく、彼のモノローグによる記憶によって過去と現在が混ざり合いながら進んでいく。しかも、小説結末と繋がる冒頭部分の告白的モノローグとプラットフォームの「黄色い線」への注意喚起放送は、既に彼がこの世に存在しないことを読者に暗示的に予告している。死んだ主人公が過去を回想する語りになっていて、過去の出来事が現在形として描かれ、死亡したと推定される平成一八年一一月二〇日までとその後の展開となっている。

例えば、天皇との偶然の接点として現在の「山狩り」が、過去の天皇の行幸を想起させる場面がある。晩年に上野公園でホームレスになった主人公は、一ヶ月で五度目の「山狩り」にあう。「あの日は十一月二十日、一ヶ月間で五度目の「山狩り」だった。上野公園内や周囲には美術館や博物館が多く、天皇家の方々が訪問されるような展覧会やイベントがたてつづけに行われることもある。」（一五二頁）。彼はこの訪問のために悪天候の中、「コヤ」を畳んで公園の外を彷徨わなければならなかった。しかし、偶然にも「自分と天皇皇后両陛下の間を隔てるものは、一本のロープしかない。」（同、一六六頁）という位置関係になったとき次のような思いが突然に湧き上がった。「飛び出して走り寄れば、大勢の警察官たちに取り押さえられるだろうが、それでも、この姿を見てもらえるし、何か言えば聞いてもらえる。／なにか――。／なにを――。」（一六六－七頁）

天皇の御料車を眼前に迎えようとしていた刹那に彼はこれまでの人生における天皇一家との縁を想起していたのだろう。そこには天皇一家に対する愛着がある故に、このように声をかけたいという思いに駆られたが、「声は、空っぽだった。／自分は、一直線に遠ざかる御料車に手を振っていた。」（一六七頁）という結末であった。しかし、柳美里が言及したように「過去は現在と共にこの世界の内部に潜在し続ける。」のである。なぜならば、この時、彼は数十年前の情景とともに存在し、彼は二万五千人の声の一つになっていたからである。その情景とは「昭和二十二年八月五日、原ノ町駅に停車したお召し列車からスーツ姿の昭和天皇が現れ、中折れ帽のつばに手を掛けられ会釈をされた瞬間、「天皇陛下、万歳！」と叫んだ二万五千人の声――（一六七頁）である。[11]このような思いにとらわれたのは、彼の人生と天皇一家の偶然的一致と、天皇家と名付けの縁からである。彼の出生は一九三三（昭和八）年で当時の天皇（現上皇）と同じである。一九六〇（昭和三五）年は長男が生まれるが、当時の皇太子（現天皇）と同じ誕生日であった。妻の節子という名前も大正天皇の皇后の諱である。

こうして天皇一家への親近感を庶民が抱くのは珍しいことではないだろう。彼は天皇一家になぞらえて家族の形を保ってきたように思える。「象徴」とはなぞらえられるべき存在である。しかし天皇は「光源」であり周縁に行けば行くほど「影」が濃くなり、柳美里が指摘したように「貧富、運不運、幸不幸という格差が生み出される」。彼は東北という周縁で地方格差による貧しさのために人生の多くを出稼ぎとして送らなければならなかった。一九六三

（昭和三）年三十歳のとき東京へ出稼ぎに出た。一九八一（昭和五六）年四十八歳で長男の浩一が二十一歳の若さで突然死するという不運に遭い、一九九三年（平成五）に六十歳になり帰郷した。やっと故郷での家族との晩年の暮らしが迎えられたかにみられたが、二〇〇〇年（平成一二）六十七歳のときに妻が突然死した。「自分は酒に酔って熟睡し、隣で妻が息を引き取ったことに気付かなかった。自分が殺したも同然だ」（一二八頁）と思う。人生における度重なる不運と不幸に見舞われて生き続ける気力が失われてしまい、次のように吐露する。「……死が、自分が死ぬことが怖いのではない。いつ終わるかわからない人生を生きていることが怖かった。全身にのしかかるその重みに抗うことも堪えることもできそうになかった」（一二九－一三〇頁）。妻の死後、孫娘の麻里による彼への思いやりを受けながらも自分の犠牲にしてはいけないという決意と、今後の人生に対する深い諦念から、彼は上野公園内でホームレスとして人生を送ることとなった。

3　「上野」という「トポス」

彼が上野を選んだ明確な理由は小説の中では語られていないが、知り合いのホームレスが上野という土地の「トポス」を語っている。それを考慮すれば必然性が浮かび上がる。江戸時代には寛永寺の広大な境内であり、幕末には戊辰戦争で彰義隊の陣地であった。明治以降は日本で最初の都市公園となり、文明開化・殖産興業を象徴する施設が建設され、博覧会などが開催された。また、上野駅ができると、東北・北信越からの人流の拠点になった。さらに、関東大震災の避難所、敗戦後のバラック小屋地帯、そして、昭和・平成・令和時代のホームレスというように、中心から追いやられた周縁の人々の記憶が染み込んでいる土地なのである。上野は地理的には中心の位置にありながらも、歴史的にも社会的にも中心と周縁という構造が浮かび上がる「トポス」で、集まる人々の周縁性を土地が帯びているのである。

彼にとってこの世界の内部に潜在していたのは、現在と共にある過去だけではなく未来でもある。二〇一一（平成二三）年三月の東日本大震災と東京電力の原発事故である。二〇〇六（平成一八）年、彼は人生の最後の瞬間にも、孫娘の麻里が二匹の犬と車ごと津波にのみ込まれ、海中へと沈んでいく様を幻視するという形で、家族の不運と不幸を予知のごとく目撃してしまう。


孫娘の車が闇に融けて見えなくなると、水の重さを背負った闇の中から、あの音が聞こえてきた。

プォォン、ゴォー、ゴトゴト、ゴトゴトゴト、ゴト、ゴト……

様々な色の服を着た人、人、男、女の姿が闇の中から滲み出し、ゆらゆらとプラットフォームが浮かび上がった。（一七七頁）

このように、彼の自死は津波の幻視と同時に、プラットフォームの「黄色い線」への注意喚起放送によって暗示され、この結末は冒頭の語りと同調してメビウスの輪のように無限の輪廻を示唆する。「黄色い線」は「山手線シリーズ」における生死の境界線であるともいえる。

天皇一家と家族構成に共通性がある主人公は、中心にある光源の影として描かれている。影にすぎないので天皇にかけようとした「声」は「空っぽ」だった。彼は高度経済成長期には資本主義経済システム末端の労働者として家族を支えた。歴史的に見ると、常に東北は中央から収奪・支配される存在である。作中では、彼の先祖は江戸時代に真宗移民として不毛とされていた土地に移住してきたので真宗門徒の風習が根付いていたとされる。[12] その門徒の大事な役割である「位牌持ち」に象徴される家父長制家族の長男として、また天皇一家の似姿の家族として彼自身を意味ある生につなぎ止める縁が作中で無化されていく。これらの縁は彼の人生に何か「富、運、幸」をもたらしたことがあったのか。彼は妻を突然に亡くした後にその故郷を捨てた。宗教も孫娘の彼への思いも引き留めることが出来なかった。やがて孫娘すらも津波に襲われ未来まで奪われてしまう。世界の何ものも彼の救いとはならない絶望と疎外感だけが死んでも主人公に永遠に残されるのだ。

柳美里は本作において『8月の果て』と同じように、周縁の人々の生き様によって不条理な世界の構造が人間の苦悩を生み出すのを浮き彫りにしたが、本作では共同体からの疎外と、さらには、それへの拒否をも描いたことは特記すべきである。主人公は自らを語ることも聞いてもらうことも出来ない「サバルタン」の属性そのものであるが、故郷を棄てた彼は、鉄道自殺という人生の終わり方によって死んでも共同体の供養を拒否する、ある種の抵抗を体現したと読み取れるのではないだろうか。

4　「世界文学」としての『ＪＲ上野駅公園口』

『ＪＲ上野駅公園口』はモーガン・ジャイルズ訳で、二〇二〇年全米図書賞を受賞し、『8月の果て』も同翻訳者により、二〇二一年イギリスＰＥＮ翻訳賞を受賞したように、両作品は世界的に評価されている。世界で流通する文学作品を「世界文学」と名指したとき、どのような作品であると考えられるのだろうか。文学批評の視点から「世界文学」として『ＪＲ上野駅公園口』を読み解いた山﨑正純は、「世界文学」と明示的には名指していないが、国文学（日本文学）と日本語文学という枠組みを設定し、「国家・国文学的言説、閉鎖空間の政治性」とその対立的存在の日本語文学が「世界文学」を含意すると指摘している。それは「「国文学」は「国語」由来の性質を天皇制と共有」し、「場の無根拠性を不問に付し、死者の死の意味を現世の共同性、場の閉鎖性内部に収奪することで成立する」[13]（九五頁）からだという。デイヴィッド・ダムロッシュの「世界文学」の措定、「世界文学とは、正典のテクスト一式ではなく、一つの読みのモード、すなわち、自分がいまいる場所と時間を越えた世界に、一定の距離をとりつつ対峙するという方法である。」[14]（四三二頁）と通底しているのではないだろうか。山﨑は国文学への批判から日本語文学の可能性を『JR上野駅公園口』に見出したのである。

『JR上野駅公園口』が「世界文学」として成立していると述べたが、では、この作品はどのようにして生み出されるに至ったのだろうか。それはトラウマを文学の文脈で捉えることによって読み解くことができるのではないかと考える。

ジュディス・L・ハーマン[15]は心的外傷（トラウマ）とは言語化出来ない画像中心の記憶であり、これを言語に翻訳変換する作業は非常な苦痛困難を伴い、記憶の底に封印して意識に上らない場合もあると捉える。すなわち、原理的にはトラウマを正確に言語化して分析することは不可能であるが、他者への語りや他者の物語は想起と服喪追悼を体験することによってトラウマが寛解するという。また、ショシャナ・フェルマン[16]が言及しているように、トラウマの語りは、自分自身のみでは語ることができないが、他者の言葉を通してならば、あるいは、他者の物語を通してならば共同的になされうる。では、柳美里の作品をトラウマの寛解までの道程として見ていくとどのような様相になるのであろうか。

一九九四年、柳美里は『石に泳ぐ魚』の初の小説で八年間の裁判を経て敗訴になった。小説のモデルとされる女性からの訴えであった。この裁判が彼女にとって「書くこと」に対するある種の転換になっていたのではないかと考える。その後、対象が自分自身へと向いていく。日比嘉高[17]が指摘するように時代の変化がモデル小説の執筆を困難にしたこともあるだろうが、対象が自分自身へと向かざるを得ない柳美里の生き様があると推察できる。

5　オートフィクションという方法

ここで、私はアニー・エルノーに代表されるオートフィクション[18]のスタイルとの類似性を指摘したい。エルノーの『事件』では、作者自身と思われる作中の声「わたし」が、トラウマとなっている違法中絶の経緯を、現在と過去を往還しながら、自身の感情に流されることなく詳細に、かつ客観的、徹底的に解剖していく。その作業によってエルノーは違法中絶の経験が自分の人生にとって必要不可欠な決断であったと納得し、さらに女性にとっての決定的な権利であると他者にも理解されるのを望んだ。

そのような小説として『フルハウス』（一九九六年第二四回泉鏡花文学賞、第一八回野間文芸新人賞）、『家族シネマ』（一九九七年第一一六回芥川賞受賞）が挙げられる。両者とも小説の登場人物が柳美里自身と家族を読者に想起させ、オートフィクションとして認識されうる。そして、自分自身を明確に対象としたと指摘できる小説が、二〇〇〇年からの『命　四部作』である。柳美里の実人生での出産と人生のパートナーの死が描かれた小説は、実録に近いものであった。固有名詞も実在であり、あまりにも生々しい描写とともにスキャンダラスな印象を醸し出した。元恋人の癌の闘病介護と看取り、不倫となってしまった現在の恋愛の結果、全ての責任を一人で担った出産と育児など短期間に人生の大事件が集中していた。「書くこと」は自身を保つために、また、生活のためにも必至であった。『命　四部作』の前三作（『命』『魂』『生』）は記憶を拠り所として書いたものであるが、『声』[19]は違うという。元恋人というより生涯の実質的な伴侶の死に際から弔いまで大半の記憶が隠れてしまったと告白している。それにもかかわらず、この小説には、彼女の時間軸の中で混じり合いながら、東由多加との過去の多くの出来事と現実の死に対応する詳細が書き込まれている。そこに俯瞰し客観的に解剖するような「書く文体」を認めることができる。この作業がエルノーの『事件』が彼女の人生における破滅と再生であったように、柳美里にとっても人生の伴侶の喪失というトラウマからの「生き延び」へとなったと思う。

さらに自分自身を対象とした先には当然の帰結として、家族の歴史を内包化した小説『8月の果て』（新潮社、二〇〇四・八）が生み出された。柳美里自身、二〇二一年九月の時点で代表作と述べている。[20]この小説は『命　四部作』と比べて時間軸も空間軸も広がりを見せている。モチーフには日本の植民地支配下における創氏改名などの家族が関わった歴史的出来事から、慰安婦問題など政治・社会問題までも射程に入っている。さらに、家族の出来事を旧植民地の社会的な受難と絡み合わせて、個々人のトラウマから文化や社会のトラウマまでをも浮かび上がらせたと認められる。その際、文体においてはポリフォニックな声、ハングルと日本語を組み合わせる表現などはその効果を高めている。また、土地の伝説による処女霊の語りと狂言回し的役割が近代的合理性の相対化をも示し、尚かつ服喪追悼の背景を支えている。柳美里は『8月の果て』において文学的想像力によってまさに文化や社会のレベルにおけるトラウマの寛解を果たすことができたと考える。(21)

おわりに

これまで述べてきたように自分自身のトラウマの寛解の延長線上に、他者の物語の形をとった「山手線シリーズ」、特に『JR上野駅公園口』が位置づけられるといえよう。ホームレス、東日本大震災、原発これらの被害当事者の物語を聞くことによって、他者のトラウマ、言い換えれば、文化や社会のトラウマを引き受けて文学を切り拓いていくことになる。柳美里は小説を書くことによってトラウマからの「生き延び」を遂げることが出来た。書くこと自体が手段でもあり目的でもあり、このような書き方は必然的にオートフィクションのスタイルから出発する。さらに生き延びることとは、社会や文化のトラウマを他者の物語として語ることへと発展していったのである。

二〇二〇年に彼女は洗礼を受け、「わたしは、キリスト者として、死者の名前とその人生を自分のものとして背負っていきます。(22)」と決意を述べている。また、「コヘレトの言葉」(旧約聖書の一文献)に触発されて「死はわたしを知っている。わたしは死を知らない、と思っていたけれど、わたしは既に死なのではないか」(二四頁)と悟ったという。ここには「山手線シリーズ」特に『JR上野駅公園口』に通じる柳美里の死生観が見られる。彼女は「死者の死の意味を現世の共同性、場の閉鎖性内部に収奪」(九五頁)する日本の社会を描きながら、そのような死を拒否し、共同体の供養によって成仏をしない主人公を造型した。『8月の果て』でも救われなかった多くの無念の死を描くことによって、文学的想像力による服喪追悼を果たしたのである。この意味から現在でも積み重ねられ続けている不条理な死、無念な死を前にして、柳美里のこれらの作品は成仏しない死を描くということ、死の向こう側を描くということによって「世界文学」として受け入れられたのだと言えるのかもしれない。

注

（1）北田幸恵「在日、家族、居場所探しの物語」（水田宗子　小林富久子　長谷川啓　岩淵宏子『現代女性文学を読む山姥たちの語り』アーツアンドクラフツ、二〇一七・一二）
（2）柳美里『人生にはやらなくていいことがある』（ベスト新書、二〇一六・一二）
（3）父は日本語の読み書きができなかったが、その代償かのようにあらゆる文学全集を買い集めていたという注（2）参照。
（4）柳美里『ＪＲ上野駅公園口』（河出書房新社、二〇一四・三）
（5）柳美里「新装版あとがき　一つの見晴らしとして」（『ＪＲ品川駅高輪口』河出書房新社、二〇二一・二）
（6）ＴＢＳメディア総合研究所編『調査情報・第3期』五一八号（ＴＢＳテレビ、二〇一四・五）
（7）叙説舎編『文学批評　叙説Ⅲ』一九号（花書院、二〇二一・四・一〇）
（8）『民主文学』五八九号（二〇一四・一一）
（9）『昭和研究』（二〇一九・三）
（10）『ＪＲ上野駅公園口』（河出書房新社、二〇一七・二）
（11）原ノ町駅は福島県原町にあり、かつては関東大震災で活躍した無線塔がシンボルであった。
（12）江戸時代の真宗移民については小説中に詳細な記述がある。主人公の先祖は江戸時代の後期に加賀越中から六十日ほどかけて移動したという。

(13) 注(9)と同じ。
(14) デイヴィッド・ダムロッシュ(秋草俊一郎他訳)『世界文学とは何か?』(国書刊行会、二〇一一・四)
(15) ジュディス・L・ハーマン(中井久夫訳)『心的外傷と回復〈増補版〉』(みすず書房、一九九九、一一)
(16) ショシャナ・フェルマン(下河辺美知子訳)『女が書く時、女が読むとき　自伝的新フェミニズム批評』(勁草書房、一九九八・一二)
(17) 日比嘉高『モデル小説の黄昏―柳美里「石に泳ぐ魚」裁判とそれ以後』(『金沢大学国語国文』34巻、二〇〇九・三)
(18) フィリップ・フォレスト「オートフィクションと自分」(『立教大学フランス文学47』二〇一八・三)。私小説との違いについても言及。
(19) 柳美里「あとがき」(『声　命　四部作 第四幕』新潮文庫、二〇〇四・二)
(20) 二〇二二年九月三〇日、バークレイ日本賞受賞スピーチにおいて言及。
(21) 水田宗子『大庭みな子　記憶の文学』(平凡社、二〇一三・五)では、社会・文化のトラウマと個人のトラウマについて関連性を探究している。
(22) 柳美里・城戸朱理「わたしは既に死なのではないか」(『現代詩手帖』二〇二一・四、一二三頁)
〈付記〉本文の引用は『JR上野公園口』(河出書房新社、二〇一四・三)に拠った。

高山羽根子『首里の馬』——〈「拡張」する人類〉の指針としての物語

山田　昭子

はじめに

高山羽根子「首里の馬」は『新潮』二〇二〇年三月号に掲載、同年七月新潮社より刊行され、第一六三回芥川賞を受賞した。選評において、島田雅彦が「高山羽根子の『首里の馬』は沖縄のもうすぐなくなる資料館という装置を通じて、世界の孤独者との緩やかな連帯を謳う」作品であるとし、奥泉光が「孤独なもの、孤立したものへの愛惜を、リアリズムを基本に、そこからはややずれた虚構でもって描いた一篇」と評したように、本作では「孤独」なものたちのつながりをめぐって物語が展開する。(1) 一方で、同選評において小川洋子が「人間が生きている痕跡を選別せず、平等に尊ぶ意味を問い掛けてくる」作品であるとしたように、先行論の多くでは人間が残した「痕跡」にまつわる〈モノ〉や〈記憶〉に焦点があてられている。西田谷洋は本作の特徴を「モノを重視する思考」、「既存のフレームを用いて人々や現象を理解するのではなく、具体的な現象それ自体を見つめる姿勢」、「それがいかに複合しているのかを解き明かそうとする姿勢」の三点にあるとした。(2) 小川公代はこれまでの高山羽根子作品との比較を踏まえたうえで「高山羽根子文学には、いのちの儚さ、肉体の儚さ、モノの儚さを記憶やことばに繋げ、未来から現在、あるいは現在から過去を俯瞰するなかに救いを認めようとする態度がある」としている。(3)

本作は「孤独」な境遇にある人物たちで形成されたコミュニティの中で、未名子という一人の人物が、人々の生きた痕跡である〈モノ〉と〈記憶〉を引き継ぎ、受け渡していく物語であり、初出誌から単行本になる際、ほぼ全ページにわたって加筆修正が行なわれている。本論ではまず、先行論では着目されてこなかった初出誌『新潮』二〇二〇年三月号と同年七月新潮社刊行のテキスト異同のいくつかを比較し、本作における〈モノ〉、〈記憶〉、〈言葉〉の関係性について確認していく。そのうえで、本作の中心人物である未名子が示すものについて考えてみたい。「未名子」という名前をめぐっては、槐木野衣が「この小説の舞台となる沖縄、もう少し限定すれば首里の名が、未だ定まらないことと一致している」と指摘しているが[4]、未名子という名には、首里の名の象徴としてだけではない意味合いも込められているのではないか。それを考えるには先行論で明確な解釈が与えられてこなかった最後のクイズについて検討する必要がある。未名子はなぜ〈モノ〉と〈記憶〉を引き継ぎ、受け渡そうとするのか、という理由とともに以下考えたい。

1　アーカイブ化される〈記憶〉――沖縄及び島嶼資料館

本作は沖縄県浦添市の牧港で暮らす未名子を中心に展開していく。未名子は二十代半ばと思われる女性で、父母は他界し、沖縄で一人生活を送っている。パソコン画面の向こうの相手にクイズを出題する通称「問読者（トィヨミ）」の仕事をこなす傍ら、順《より》さんの管理する「沖縄及び島嶼資料館」で資料に対応したインデックスカードの整理と確認作業をしていた。順さんは民俗学の研究者で、かつては日本各地を回るフィールドワークを行なっていたが、最終的に沖縄にやってきた年老いた女性だ。

接近中の双子台風の一つが去ったある日、未名子は家の庭に得体の知れない生き物がうずくまっているのを見つけ、宮古馬であるらしいことが判明し警察に届ける。双子台風の二つ目が去った四日後、順さんの娘である途《みち》さんから、資料館を手放すことにしたと連絡が来る。高齢である順さんには、もう資料館を維持することはできなかったのだ。「問読者」の仕事も辞める決意をした未名子は上司であるカンベ主任にそのことを伝え、クイズの通信相手であるヴァンダ、ポーラ、ギバノに資料館のデータを送り、最後のクイズを出して別れを告げる。未名子はギバノとの雑談を通して得た知識を思い出しながら、ヒコーキと名付けた宮古馬を、保護されていた動物公園から連れ戻す。順さんの死、資料館の取り壊しを経て、資料館にあったデータを入れたリュックを背負い、首にウェブカメラをつけた宮古馬ヒコーキの背に乗り、自身もメガネ型のカメラをかけ揺られていく、というのがこの物語の筋だ。

本作の冒頭は、時に補強され、補修されながら現在に至る首里城と、その周辺の建物の描写から始まる。それらを守り、引き継ごうとする人々の意志は、血縁関係にあるわけでもない順さんの資料を受け継ぎ、アレンジを加えながら、自分と血のつながりのない次世代へと受け渡そうとする未名子の姿勢と重なる。

次の（改稿1）は、「人間というものに興味が持てないのだ」と思い込んでいた未名子が、順さんの集めた資料を見ることで新たな視点を得ていく様子を描いたものだ。

（改稿1）

自分自身、人間というものに興味が持てないのだと思いこんでいた未名子は、でも、順さんの集めた資料を見ることで、現在自分のまわりにいる人たちも、いつしか古代の欠片、新しい人たちの足もとの、ほんの一粒になれるのだと思えたら、自分は案外人間というものが好きなのかもしれないと考えることができた。（『新潮』二〇二〇年三月　六五頁）

↓

そのとき、人間というものに興味が持てないのだと思いこんでいた未名子は、でも、順さんの集めた資料を見ることで、自分のまわりにいる人たちや人の作った全部のものが、ずっと先に生きる新しい人たちの足もとのほんのひと欠片になることもあるのだと思えたら、自分は案外人間というものが好きなのかもしれないと考えることができた。（『首里の馬』新潮社、二〇二〇・七　一五頁）

傍線部の改稿では、「自分のまわりにいる人たち」の存在だけではなく、「人の作った全部のもの」の重要性が加筆されている。「沖縄及び島嶼資料館」は、見学者を入れて見せる観光施設ではないため無収入で、国や自治体からの補助金も出ていない。未名子が資料館に出入りするようになったのは今から十年ほど前で、中学生の頃である。資料館にあるものはほとんどが「紙の資料」で、「内容は地域の新聞や雑誌の記事の切り抜き、聞き書きのメモ、子どもが授業で、または大人が趣味で描いたかの水彩スケッチ、一般的にはそうと判別しがたい記号で書かれた特殊な楽譜」といったものだ。未名子は資料館で「資料に対応したインデックスカードの整理と確認」をしているが、給料をもらっているわけではない。最初は順さんが行なっていた仕事を教わり、引き継いでいたが、「しばらく作業していくうちにひとりで約束ごとを見つけていき、そこに細かな約束ごとを追加しつつ」やっている。次第に自分のスマートフォンで資料の写真を撮り、インデックスと対応させ、画像データを保存するようになっていくが、端末の買い替えによって上がるデータの精度は、未名子のアーカイブ化がより洗練されたものになっていく様を示している。

資料館に収められた品物の数々は、（改稿2）において、次のように書き換えられている。

（改稿2）

長い時間をかけて集めてきて、そうして増やしたもので、順さんの人生すべてでもある。（『新潮』六二頁）

↓

長い時間をかけて根気強く集めて増やしてきたもので、現在のところ順さんの全財産でもある。（『首里の馬』九頁）

この改稿は、いずれも順さんのものであるとしながらも、後者の方がより〈所有物〉、そして〈引き継がれるモノ〉としての存在感を主張している。資料館に収められた〈モノ〉たちは、未名子にとって「案外人間というものが好きなのかもしれない」と考えるきっかけになった。〈モノ〉はそれぞれ〈記憶〉を持つということを知ったからである。中学生当時、学校にも通わず資料館のそばに立ち尽くしていた未名子に、順さんは館内に入る許可を与え、掌に小さな人骨の欠片を乗せてその来歴を話して聞かせた。それは未名子にとって〈モノ〉と〈記憶〉が結びついた瞬間であった。資料に対応したインデックスカードがしまわれた抽斗の棚は「どこかのつぶれた古い個人病院で使われていたものらしく」、「昭和八年　愛陽内科」と刻印された真鍮製の板が貼られていた。棚がどういった経緯でここにあるのか、詳しい情報は不明だが、そこにあるのはその棚が誰かによって〈使われていた〉記憶である。だが、〈使われなかった記憶〉もまた、〈モノ〉と〈記憶〉を結びつけるものとして機能する。

（改稿3）
ヒコーキを乗せた台車は、平地を運ぶにはすごく重い。（『新潮』一一五頁）

↓

ヒコーキを乗せた台車は、嘘みたいに楽に動いた。それにしても、この台車はなにに使うために置いてあったものなのか、大きいうえに車輪も太かった。未名子はこんなに大きな生き物を乗せた台車を、動かすことができている。父はいったいこの台車を使ってなにを運んでいたのだろうか、と考える。どう思い返しても、父がこの台車でなにか巨大なものを運んでいた記憶が、未名子にはなかった。（『首里の馬』一二六頁）

（改稿3）では台車にまつわる描写が大幅に加筆されているが、それは父の〈使わなかった〉記憶である。父が〈使わなかった〉台車を使うという行為は、「つぎ、同じことが起これば、なにか、役に立つ」というギバノの助言を受けて通販で商品を購入したものの、忘れた頃に届いた品物の数々を未名子が「偶然の贈り物」として受け取る行為と重なる。資料館に収められた〈モノ〉は、今すぐに役に立つわけではない。だがアーカイブ化された〈モノ〉はすべて〈使われていた〉記憶、あるいは〈使わなかった〉記憶を内包するものであり、それはやがて「この資料がだれかの困難を救うかもしれないんだ」という未名子の実感へと結びついていく。未名子にとっての資料館が〈モノ〉を〈記憶〉とともにアーカイブ化する場所であるならば、次に述べるクイズの仕事は、アーカイブ化された〈記憶〉を〈言葉〉によって引き出させる場であるといえよう。

2　〈言葉〉によって引き出される〈記憶〉——問読者

未名子が携わっている通称「問読者（トイヨミ）」の仕事は、正式名称を「孤独な業務従事者への定期的な通信による精神的ケアと知性の共有」という。定められた時間に、登録された遠方の解答者にクイズを読み、答えさせるというものだ。大抵の問題は二つか三つの単語で成り立っている。たとえば「小さな男の子、太った男。——そしてイワンは何に？」という問いについての答えは「皇帝《ツァーリ》」となる。相手とは一対一で、いつも同じとは限らず登録名も本名かはわからない。だが、未名子は何人かいる解答者のうち、頻繁に通信がつながる数人の名前を覚えていた。それがヴァンダ、ポーラ、ギバノである。ヴァンダはコーカソイド系の男性で、宇宙ステーションで暮らしている。ポーラは極地の深海に住む東欧系の女性、ギバノは戦場のシェルターに住む中東あるいは中央アジア系の青年である。いずれも様々な事情を抱えながら、帰る居場所を失った孤独な状況に置かれている。

カンベ主任は、未名子の職場であるビルの一室を「スタジオ」と呼び、この仕事を「交流」であると表現している。次の（改稿4）はポーラとの通信時のもので、ポーラが質問に対し言い淀んだ際、言葉が重ならないよう、慎重にタイミングをはかる様子が加筆されている。未名子はこの仕事に就く前はテレフォンオペレーターであった。「耳が比較的良」く、「ノイズに溶けにくい特徴」の声を持っている未名子は、自分の声を相手に伝えること、相手の声を聴くこと、そして〈言葉〉そのものに注意深い人物である。

（改稿4）

この問題に答えるのに彼女は若干時間がかかる様子だった。無理もない、問題の出題は完全なランダムなので、日本語がネイティブでなく、日本の文化に詳しくなさそうな彼女のような解答者にも、日本の文化に寄ったローカル性の高い問題が出題されてしまう場合がある。（『新潮』七六頁）

←

今日、ポーラと未名子の通信には若干のタイムラグがあった。この問題に答えるのに時間がかかっているのか、うまく聞き取ることができずに沈黙しているのかはわからない。こちら側から追加でなにかをいうと発言が衝突してしまう気がして、未名子は黙ってポーラの発言を待つ。ここでの通信にはこういった沈黙がしばしば起こる。問題の出題は完全なランダムであるためか、日本語がネイティブでなく、日本の文化に詳しくなさそうな彼女のような解答者にも、日本の文化に寄ったローカル性の高い問題が出題されてしまう場合がある。（『首里の馬』三八頁）

次の（改稿5）では「健康食品などの販売」が「レビュー」という〈言葉〉に書き換えられ、それが商品を使った、あるいは使わなかった〈記憶〉に関わっているものだという点に、未名子が自分の仕事との共通点を見出している様子がうかがえる。

（改稿５）

今の自分の仕事は、こんなふうに特殊な仕事のうちのひとつなのかもしれないと未名子は思う。たとえば探偵や手紙の代筆業、また、ひどくだますような表現をぎりぎりで避けた健康食品などの販売、それに謝罪業やエンバーミングといったもののような。（『新潮』八〇頁）

←

今の自分がやっているのは、こんなふうに特殊な仕事のうちのひとつなのかもしれないと未名子は思う。たとえば探偵や手紙の代筆業、また、健康食品などの、ひどくだます表現をぎりぎりで避けた、個人の感想をたくさん盛り込んだレビュー、それに謝罪業やエンバーミングといったもののような。（『首里の馬』四八頁）

遠隔クイズの解答者の多くは日本語を母語としていないが、意思疎通にあたって問題はなかった。彼らの話す言葉、クイズの解答はカンベ主任の言う「人生の反映」によってもたらされ、「脳の端にあった経験」でもある。クイズである二つか三つの単語、つまり〈言葉〉は回答者一人一人の〈記憶〉を引き出すためのトリガーであるといえよう。彼らと言葉のやりとりをする未名子もまた、クイズの出題や雑談の中から知識を得ており、それは後に家の庭に迷い込んできた宮古馬ヒコーキの扱いや、ヒコーキを動物公園から取り戻す時に役立っている。未名子はたびたびギバノの言葉を反芻しているが、それはギバノの〈言葉〉を〈記憶〉として取り込み、自身のものとして使いこなしていくことへとつながっている。

3　最後のクイズが示すもの

資料館閉館の知らせを受け、クイズの仕事も辞めることを決意した未名子は、ヴァンダ、ポーラ、ギバノにそのことを告げ、資料館のデータを送信したあと、最後のクイズを出題する。それは「にくじゃが　まよう　からし」であった。この問いを解くヒントは、次の描写の中にある。

未名子は、この世界の、あるひとつの場所をみっつの単語で紐づけて示すやり方があることを、しばらく前に知った。地球上の場所を数平米ずつに区切って、文字で構成された意味のある単語を、一見意味のない羅列として割り当てるやり方は暗号にも使うことが可能だった。（『首里の馬』一五二頁）

「この世界の、あるひとつの場所をみっつの単語で紐づけて示すやり方」とは、英国のwhat3words社によってつくられた「what3words」という位置情報システムのことである。これによると未名子の示したかった場所は、作品中では明らかにされないのだが、「首里城」であることが分かる。what3wordsはそれぞれの区画に三つの単語で構成する固有のアドレス（3ワードアドレス）を割り当て、住所を示すことができる。3ワードアドレスは短く、一般的に使われていて覚えやすい単語を選んで使用している。(5) 大森望は未名子の残した三つの言葉が「what3words」によるものだと指摘したうえで、「とはいえ本書は、実際の地理に縛られているわけでもない」としている。(6) だが、未名子が三人に伝えようとした場所が首里城であることの理由は重要であろう。

本作の冒頭は、「このあたりの民家」、「首里城周辺の建物」、「港川と呼ばれている一帯」の三種類の建造物の話からはじまっている。「このあたりの民家」の中には「古くからのきちんとした家」もあり、「南国特有の景色」に溶け込んでいて、「気候に適応してきた歴史の連なり」を思わせる。その一方、資料館の建物がある「港川と呼ばれる一帯」は、「先祖代々、ずっと長いこと絶えることなく続いている家というものがない」場所で、地名のみが英祖王統のあった昔からあまり変わらないでいる。そうした〈続く歴史〉と〈分断された歴史〉のはざまで、「焼け残った細切れな記憶に、生き残った人々のおぼろげな記憶を混ぜこんで再現された」のが首里城と建物群である。

未名子は資料のアーカイブ化を通して「どんなにか世界が変わったあとでも、この場所の、現時点での情報を、自分であれば差し出すことができるという自信」を抱くようになる。未名子が資料館から持ち出しリュックに詰めたマイクロSDカードは、この島のすべての歴史が収められているわけではない。役に立つかどうかも今は分からない。しかし、「みんなが元どおりにしたくても元の状態がまったくわからなくなったときに」その情報が「みんなの指針」になる可能性はある。(7)「焼け残った細切れな記憶」と、「生き残った人々のおぼろげな記憶」を混ぜこんで再現された首里城はその象徴であるといえる。

では未名子はなぜ「what3words」という方法でそれを伝えようとしたのか。未名子がこれまで出してきたクイズは彼女が独自に考えたものではなく、三つの〈言葉〉からなり、それらは一つのものを連想させるつながりを持つものであった。だが、ヴァンダ、ポーラ、ギバノに出した最後のクイズは、アルゴリズムによって組み合わされた何のつながりもない三つの〈言葉〉であり、これまでのクイズとは性質が異なる。これまでのクイズと同様の答え方をするのであれば、回答者は「にくじゃが　まよう　からし」という三つの〈言葉〉に対し、自身の〈記憶〉を元にそこから連想されるものを導き出そうとするだろう。それぞれに独立して意味を持つ単語の組み合わせを見た時、人は言葉と言葉のつながりに物語を読むからだ。what3words の存在に辿り着かない限り、人は三つの単語、言葉のつながりに物語を読もうとし続ける。一見関係のない言葉と言葉で物語を紡ごうとする力こそ、カンベ主任の言う「その人自身の、人生の反映」なのであり、それはこの物語自体を内包する〈小説〉という世界そのものが構築される過程とも重なるものである。それは〈記憶〉の集積を単なるアーカイブで終わらせることなく、人の〈言葉〉と〈記憶〉が新たな物語を生み出すことへの希望を指し示していると言える。

4　「未名子」が示すもの

未名子は最後、宮古馬ヒコーキの背に揺られている。「ヒコーキ」は、かつてあった琉球競馬の名馬の名前だ。琉球競馬は馬の美しさを競う競技であり、現在は廃れてしまっている。その背景には、戦争、それに伴う軍馬に適した大型改良（雑種）化などがあり[8]、宮古馬はかつてのような姿形ではなくなった。未名子のところにやってきた宮古馬は名馬ヒコーキとは似ても似つかないが、「ヒコーキ」という名前は、その昔、琉球競馬に用いられた宮古馬と、姿形を変えた現在の宮古馬が一続きのものであることを示すものだ。それはまさに首里城や名称のみを残して全く違う建物で構成された「港川と呼ばれている一帯」のようである。未名子は次第にヒコーキと親密になるが、その様子は次の二つの改稿からもうかがえる。

（改稿6）

ただ、ヒコーキが興奮しているのを未名子は見たことがないけれど、連れ出すための準備は万全でありたかった。（『新潮』一一五頁）

↓

ヒコーキが興奮しているのを未名子は見たことがなかったので、この薬の必要があるのか、とても悩んだ。ヒコーキを信じられなかったのか、それとも、どうしてもやりとげたかったのか。（『首里の馬』一二五頁）

（改稿7）

念のためもう一度洗面器に鎮静剤を注いで置く。（『新潮』一一六頁）

↓

念のためもう一度洗面器に鎮静剤を注ごうとして、やめた。（『首里の馬』一二六頁）

未名子はヒコーキに対し鎮静剤の使用をためらった。それは、未名子のヒコーキに対する信頼度が高まりつつあったからである。ヒコーキに乗る練習を重ねた未名子は次第に「その境目をあいまいなもの」にしていき、「自分とヒコーキがひとかたまりの生き物になって、お互いの能力が拡張していくみたいな気持ち」を感じるようになる（傍点論者）。

資料館のアーカイブ化を終えた未名子は、ヒコーキの背に揺られながら今度は自らメガネの形をしたカメラをかけ、外界を撮影することで新たなアーカイブ作りをしようとする。それはいわば順さんが行なっていた作業のリフレインとアップデートである。本作は様々な場面においてこのリフレインとアップデートが行なわれている。順さんは初めて博物館を訪れた未名子に資料館の近くで採集された骨を手渡したが、順さんの娘である途さんは未名子に順さんの骨を手渡している。未名子は仕事を始めた当初、カンベ主任に「クイズってご存じですか」と問われているが、未名子はのちに途さんに対し「クイズって好きですか」と問いかけている。未名子が最後に出したクイズも、形式はこれまでと同じものを踏襲しながらも、性質は異なるものとなっていた。このように本作では、同じような場面の一方を変化させることで、世界という外界が絶えず変容し続けている様を描いているといえる。

だが、世界を生き抜く未名子という存在そのものもまた、やがて変容する可能性を内包しているのではないか。ヒコーキと「ひとかたまりの生き物」になって、「拡張」しつつある未名子の肉体は、のちに人類そのものの姿が変容し、異なる存在となりゆく未来を象徴するものであるとも読めるからだ(9)。未名子は、世界が失われた時のよりどころとしてデータを保管しているが、失われるのは世界ではなく、自分たち人類の可能性もある。人類という存在を規定する肉体、記憶が失われてしまったとき、頼みとなるのは、未名子という一人の人間が見ていた風景、景色、視点なのだ。世界のよりどころとしての〈記憶〉は、同時に人類のよりどころとしての〈記憶〉でもある。変容した人類は果たして「人類」と称するべきなのか。未名子という名前は、変容した人類が持つ新しい姿に未だ名前がないことに通じているといえよう。

注

（1）「芥川賞選評」（『文藝春秋』二〇二〇・九）
（2）西田谷洋『物語の共同体』（能登印刷出版部、二〇二一・六）
（3）小川公代「未知なる〝生〟をことばで再現する――高山羽根子「首里の馬」論」（『文学界』二〇二〇・九）
（4）椹木野衣「未だ名がない世界――高山羽根子『首里の馬』を読む」（『新潮』二〇二〇・九）
（5）小川フミオ「三つの単語で位置を特定する「what 3 words」創業者ＣＥＯインタビュー」（朝日新聞 DIGITAL https://www.asahi.com/and/article/20230612/423835873/、閲覧日二〇二四・一〇・一七）
（6）大森望「解説」（高山羽根子『首里の馬』新潮社文庫、二〇二三・一）
（7）又吉栄喜『人骨展示館』（文藝春秋、二〇〇二・六）では、発掘された人骨から自分の祖先の栄光を証明しようとする小夜子が登場するが、もとは個としての所有物であったものを「みんなの指針」として保管しようとする未名子の行動はそれとは対照的であるといえる。
（8）梅崎晴光『消えた琉球競馬　幻の名馬「ヒコーキ」を追いかけて』（ボーダーインク、二〇一二・一一）
（9）二〇二〇年一月、「第四八回総合科学技術・イノベーション会議」において、内閣府が立案した「ムーンショット計画」が議論された。「ムーンショット目標１」では二〇五〇年までに身体、脳、空間、時間の制約から解放された社会の実現を目指すことが掲げられており、望む人は誰でも「サイバネティック・アバター生活」への切り替えが可能となる。サイバネティック・アバター生活とは、「身代わりとしてのロボットや３Ｄ映像等を示すアバターに加えて、人の身体能力、認知能力及び知覚能力を拡張するＩＣＴ技術やロボット技術を含む概念」のことである（傍点論者）。（「ムーンショット目標１　２０５０年までに、人が身体、脳、空間、時間の制約から解放された社会を実現」内閣府ＨＰ https://www8.cao.go.jp/cstp/moonshot/sub1.html、閲覧日二〇二四・一〇・一七）

コラム

3・11とディストピア小説
――多和田葉子『献灯使』

北田幸恵

二〇一一年三月一一日、東日本を襲った大地震・津波は甚大な被害をもたらし、さらに福島第一原発事故を引き起こす歴史的大惨事となった。大江健三郎はただちに「私らは犠牲者に見つめられている」(「東日本大震災・原発災害・特別編集　生きよう!」『世界』二〇一一・五、『ル・モンド』三・一七に加筆)を発表し、「近い将来の大災害を防ぎうるかどうかは、私ら同じ核の危機のなかに生きて行く者らみなの、あいまいでない覚悟にかかっています」と、「あいまいでない覚悟」を訴えた。翌年には、三・一一を反映したアンソロジー『それでも三月は、また』(講談社、二月)や、女性作家・評論家による日本ペンクラブ編『いまこそ私は原発に反対します』(平凡社、三月)などが相ついで刊行された。新・フェミニズム批評の会も緊急企画『〈3・11フクシマ〉以後のフェミニズム　脱原発と新しい世界へ』(御茶の水書房、七月)を刊行した。

三・一一以後、大災害に由来するすぐれた作品が多数生み出されたが、今日も引き続き大きな話題を呼んでいるのが、多和田葉子のディストピア小説『献灯使』(講談社、二〇一四・一〇)である。本書には「不死の島」(『それでも三月は、また』収録)と「献灯使」(『群像』二〇一四・八)、他三編が収録された。二〇一八年にはマーガレット満谷により英訳され、同年の全米図書賞翻訳文学部門賞を受賞し、国際的な注目を集めることになった。

ドイツで書かれた「不死の島」では、三・一一以後の日本は、事故後も原発を止めず、再度、大地震で爆発し、政治も生活も縮減し世界の小国となっている。政府の民営化、鎖国による世界との断絶。放射能汚染のための食料不足。何よりも不思議なことに、若者は老人に介護を受け、原因不明の病で次々と亡くなっているが、老人は百歳になっても死なず「不死の島」となっている。

ディストピア小説としての骨格は「不死の島」でほぼ出そろっているが、次作「献灯使」では「不死の島」から大きな変貌を見せる。「不死の島」続編のため福島を訪れた多和田は、仮設住宅で暮らす避難住民の日常に接し、「別の立ち位置から」「若者が弱っていて、年寄りが死ねない時代」を目撃し、「見たもの、聞いた話、すべてショック」を受ける。子供の食べ物への警戒、配慮。外に遊びに行く時間三十分以内の制限、花に触ったら危ないなど自然からの疎隔。「日常生活の中に隠れたつらさや苦しさのひとつひとつに驚きました」と、ロバート・キャンベルとの対談(二〇一四・一一・一五)で多和田は語っている。

巨大な外部機構、非人間的な制度、暴力による支配など、人間が恐怖に支配されるのがディストピア小説の定型だとしたら、多和田はディストピア小説の概念を、人間の日常の生の細目（食べる、運動する、会話するなど）を通して、抱える痛みや辛さをかばい合い、いたわり合うものに、変換している。百歳を超える曾おじいちゃんの義郎と曾孫の無名《むめい》を、極限状況の中でも人間らしく繊細にかかわり、配慮し、必要ならば困難に身を挺していく存在として描き出している。

義郎の孫である無名の父は重度の依存症で施設に収容中。母は鶴のように痩せ無名を出産直後亡くなり、無名の祖母は沖縄に移住。義郎しか無名を養育する家族はいない。東京郊外から山梨に向けて並ぶ二間の仮設住宅に住み、義郎は毎朝、「駆け落ち」（外国語使用禁止のためジョギングという表現は廃止、駆けると血圧が下がるので）に出かけ、帰ると汗が噴き出しているが、七歳の無名は鶴のように首が細く、足は蛸のようにグニャグニャして野原を駆けた経験を持たない。にもかかわらず無名は、清々しい朝を迎えている。物価統制で一つ一万円のオレンジを曾孫に栄養をとらせるため食べさせようとする義郎に無名は、子供はいなくても大人は生きていけるけど、大人がいないと子供は生きていけないよ、とかえって曾おじいちゃんに配慮しオレンジを勧める。

子供に生じた異変研究のため、日本から海外に使者を送ろうとする献灯使の会の人々、義郎の別れた妻も会の重要なメンバーである。使者に選ばれて、決然と難事に立ち向かおうとする無名。曾孫を全力でかばい支えようとする曾おじいちゃん。この作品が圧倒的感銘をもって受けとめられたのは、ディストピア小説として苛酷な未来を警告的に客観的に俯瞰して提示するのではなく、生活者として日常を生きる細部を、曾おじいちゃんと曾孫との生きる営みの中で発露される情愛、辛苦の分ち合いとして丁寧に捉え、言葉の遊びもふんだんに使い、表現を拡げ活性化し深化させていることがあげられる。共生、知恵、配慮、いとおしむ愛の力、言葉の力を信じ、照らし出したところに「献灯使」の切り開いた新しさがある。

作品の結末で無名は十五歳になり、いよいよ献灯使として出発の日を迎えようとしているが、少女睡蓮への未練、突然無名に訪れた性転換、そして結末には無名を待つ苦境、試練が暗示されている。日常の些細な人間の営みと同時に、未来に起こりうる危機や悲劇も洞察し、回避し克服していく見通しなしには、現代を生き延びることができない。多和田葉子のディストピア小説「献灯使」はこのように痛切に読者に語りかけてやまない。

コラム

少女マンガと現代女性文学

小林美恵子

少女マンガと女性文学を直線で結ぶことは難しいが、間に少女小説の存在を挟み込むと、両者の繋がりが見えやすくなる。「少女マンガと現代女性文学」について考えるに先立ち、まずは少女マンガと少女小説の関係を振り返ってみたい。

明治二〇年代以降、長く大人たちから教訓本として与えられるものであった少女小説が、西洋文学の流入や少女雑誌の相次ぐ創刊、吉屋信子の登場で、少女たちに夢や憧れを提供するものに変容していき、それは戦後に至っても、貸本屋の普及で一層読者層を広げていった。一方マンガの方は、戦争の時代を抜けるまで、コミカルなコママンガが大勢を占め、まだ少女たちを夢中にさせるというレベルに達するには時間を要していた。両者の序列が逆転するのは一九六三年一月の『少女フレンド』創刊を契機とする。月刊が定型であった少女向け雑誌が週刊誌化・長編連載化し、対象読者の年齢層が一〇代半ばまで引き上げられる中、少女小説の多様なストーリー性を取り入れて充実した内容となった少女マンガは、圧倒的な勢いを持って少女たちの人気を集め、以後続々と少女マンガ雑誌が創刊されていく。

一方、少女小説は対象を一〇代後半の少女に引き上げ、異性との恋愛関係を中心に据えてこれに対抗した。このような小説はジュニア小説と呼ばれ、一つのムーブメントにはなったが、書き手の年齢層が高くなり、〈今〉に敏感な思春期の読者層との乖離を食い止められなかった。一九七〇年代に入ると少女マンガは黄金期を迎え、萩尾望都（『ポーの一族』）・竹宮恵子（『風と木の詩』）ら「花の二四年組」、それに次ぐ池田理代子（『ベルサイユのばら』）・山本鈴美香（『エースをねらえ！』）らによる壮大なスケールの長編マンガが次々と発表され、熱狂的な少女ファン層を形成していく。打つ手なしと見えた少女小説界に現れた救世主がコバルト文庫（集英社）の創刊とそこを舞台にスターダムにのし上がった氷室冴子や久美沙織ら「コバルト四天王」である。彼女たちは熱心に少女マンガを読み継いで大人になった書き手たちであり、その読書経験を糧として一九八〇年代に新たな少女小説の時代を築く。

次なるトピックが吉本ばななの登場である。一九八〇年代後半に村上春樹『ノルウェイの森』と並んで吉本の『キッチン』『TUGUMI』は、社会現象とも言われるほどの記録的な売り上げを見せた。吉本の作品は当初から「少女漫画の模倣」と表現され、一見するとヒロインは「乙女ちっく」（大塚英志）でかわいい感じがし、語りは彼女のつぶやきを写し取ったような文体で綴られていく。このように「表現はライトで優しい感じの文章」だが、「内容はラディカルで、伝統的な家族観、家族に対する考え方を解体し、新しい関係のあり方を示す」（菅聡子）新しさは世間を驚かせたが、吉本本人ならびにその読者層たる女性たちにとっては既に少女マンガで読み慣れたモチーフであった。「九〇年代以降の現代女性文学の流れを考えるとき、さかのぼるべきは、どのような系譜なのだろうか。それは、文学史の教科書に出てくる、主に男性作家によるいわゆるカノンの流れとは全く別のものだ」（同前）。つまり、少女小説が少女マンガと相互に影響を与え合いながら発展を続け、日本の現代女性文学の源流を成したのだという捉え方である。説得力のある指摘であろう。

現在の日本文学界は女性作家の活躍が目覚ましく、三浦しをん・川上弘美・小川洋子ら人気作家たちは次々と新作を発表し続けており、芥川賞・直木賞が女性作家で占められることも珍しくなくなった。少女小説作家出身の唯川恵・角田光代・桐野夏生らを含め、みな少女小説や少女マンガを中心に据えた少女文化の中で育った世代である。彼女たちの書くものは〈女性向け〉ではないが、男性には描き得ない独自の視点・感覚・表現が活き、女性読者の高い共感を得ている。女性の読みたいもの、書いて欲しいところを敏感に察知しているに違いない。そこに少女小説・少女マンガの書き手と読者との関係が息づいていると言えよう。

従来、小説にくらべマンガは一段低いサブカルチャーと見られがちだったが、現在マンガに対してはその発祥から歴史的変遷、魅力について次々と研究の手が加わり、日本を代表する重要な文化の一つとして地位を獲得したといえる。絵の豪華さ緻密さ、コマ割りの斬新さ、人間やその生き方を描く内容の充実ぶりは「哲学的」とも言われ、何をとってもマンガは既に子どもの玩具の類ではない。

今、小説とマンガには様々なボーダーレスが生じている。若者の支持が高いライトノベルは、マンガの表紙で始まり、本文は若者ことばをそのまま書き写したような文体で綴られ、絵のないマンガを読むような手ざわりを感じる。小説の描く対象は恋愛・家族から貧困・病・孤独・障害等々無限の広がりを見せており、それはマンガも同様である。マンガ界では「紙の雑誌が減り、デジタル媒体が増えてきた現在、少年／少女漫画の境界線はますます不明瞭になってきている。漫画を性別で分けることに意味はあるのか」（『読売新聞』二〇二三年八月八日）という問いに、マンガ家側からは「全部、ただの『マンガ』でいい」との答えが寄せられており、ジェンダーレス化が予見されている。少女小説の世界にも同様の移行は起こり得よう。少女小説から少女マンガ、そして女性文学へという女性表現の系譜は、どこへ向かうのだろうか。その先に、より豊饒な表現の世界が広がることを期待したい。

Ⅳ

短歌・演劇表現から探る現代

高木佳子の短歌世界——沈黙の構図に抗するために

遠藤　郁子

はじめに

高木佳子は、一九七二（昭和四七）年、神奈川県川崎市に生まれた。一九九五（平成七）年から高校の国語教師の職に就き、その在職中に短歌創作を始めた。一九九七（平成九）年には『朝日新聞』「ふくしま歌壇」に投稿し始め、当時の選者であった波汐《なみしお》國芳と出会い、二年後に短歌結社「潮音」に入社した。(1) 第一歌集『片翅《かたはね》の蝶《ちょう》』（短歌新聞社、二〇〇七・九）には、この「潮音」入社から二〇〇七（平成一九）年までの三六二首が採られている。この歌集は第一四回日本歌人クラブ新人賞（二〇〇八）、第五回短歌新聞社第一歌集賞などを受賞した。そして、第二歌集『青雨記《せいうき》』（いりの舎、二〇一二・七）へと、高木は着実に創作の幅を広げ、結社の枠を超えた活動を展開している。

「ふくしま歌壇」での出発が示すように、高木は福島県いわき市在住である。二〇一一（平成二三）年三月の東日本大震災とそれに付随する福島原発の事故により、原発周辺の自治体は避難指示区域に指定された。隣接するいわき市では、それらの地域から多くの避難者が受け入れられた一方で、住民の一部には自主避難を選択するケースも見られた。震災後のいわき市は地震と津波の被害に加え、目に見えない放射能汚染の不安を個々人で引き受けて判断することを余儀なくされた境界領域のひとつとして、立場の異なるさまざまな人々の想いが交錯する場となっている。

高木の第二歌集『青雨記』には、第一歌集刊行後から二〇一二（平成二四）年五月までの歌が、ⅠからⅤまでの五部構成で収められているが、とくにⅤに震災からの約一年間にわたる不安定な日々が詠われている。つづく第三歌集『玄牝《げんぴん》』（砂子屋書房、二〇二〇・八）にも、原発事故の影響がその後もさまざまなかたちで生活を侵食する様子が、ところどころに描き込まれている。『現代短歌』八四号（二〇二一・三）の特集「記憶に残る歌集／残すべき歌集2011・3〜」[2]に『青雨記』と『玄牝』が選ばれているように、短歌界において、高木の震災詠に対する評価は高い。歌集としても、『青雨記』は第一三回現代短歌新人賞などを、『玄牝』は第二回塚本邦雄賞を受賞している。

震災以後、震災詠が注目されることも多い高木だが、山田航『桜前線開花宣言』（左右社、二〇一五・一二、p．28－29）は、高木を葛原妙子の流れを汲む「幻想的作風の歌人」のひとりと位置づけ、『片翅の蝶』の育児詠や『青雨記』の震災詠に幻想性を指摘する。その上で、震災後にいわき市に留まった選択について、「幻想の空への憧れを振りきって、自らの両足で地上に立ち続ける決意だった」と、幻想から現実への変化を読み取る。たしかに、『片翅の蝶』をはじめとする高木の歌は、現実の風景をありのままに映し出す写実主義的表現とは異なる性質を持つ。しかし、その表現は、幻想では片付かない現実社会に接続された格闘の痕跡を色濃く留めてきた。本論では、そうした格闘に着目し、高木の歌の読み直しを試みる。それにより、いわゆる写実的な短歌とは異なるかたちで現実世界と切り結ぶ独自の位置取りを明らかにする。

1　『片翅の蝶』――葛藤のうちにとどまる決意

第一歌集『片翅の蝶』は、「Ⅰ片翅の蝶」「Ⅱ乳母車の轍」「Ⅲわが白地図」「Ⅳ薄荷の香り」「Ⅴ翼持つものへ」の五章からなる。まずは、歌集の特質について考えるにあたり、タイトルに採られた巻頭歌と、終章Ⅴの巻末の三首から検討する。

翅もつを羨むやうに蟻たちが掲げて運ぶ蝶の片翅（「片翅の蝶」）
わが肩につばさ附けたし針をもて刺しゆく刺繍は春の雲雀ぞ（「小鳥発つ」）
ひとひらの羽根あつたなら飛べるとふおまへのやうにわれも飛べるか
荒野より小鳥発つなりそれぞれの翼に明日の匂ひをさせて

これらの歌には前掲論で山田が指摘した「幻想の空への憧れ」が顕著である。ただし巻頭歌で、羽をもつ蝶ではなく、借り物の羽を掲げて地を這う蟻の方が焦点化されている点には注意する必要がある。ここに、空ではなく地に身を置く歌人の姿勢が象徴的に表れている。引用歌に限らず、歌集に所々に表現された飛翔願望はあくまで願望に留まり、ほとんどの場合、翼を持つものと地上に取り残される〈私〉とは対照的に描かれている。

巻末の三首においても、雲雀の翼に憧れて、その羽根を借りて飛ぶ夢想に対置するかたちで、地上で刺繍する〈私〉の姿が描出されている。引用の三首目は、自身は飛べないことを重々自覚した上での反語表現と読める。巻末歌では〈私〉がどの立場から詠っているかを明確に読み取ることは難しいが、飛び立つ小鳥たちを荒野で見送る構図と捉えると、『片翅の蝶』全体の基調にも適うと考えられる。(3)

では、彼女が留まる荒野とは、どのような場所なのか。この歌集について、東郷雄二は自身のウェブサイトの「短歌コラム」（「橄欖追放」二〇一三・一・二一）で「読み進むうちに息苦しくなり、途中で巻を閉じ」たと告白している。(4)

『片翅の蝶』の主旋律は出産と子の成長という女性の物語なのだが、妻の座に安住する自分への不安、子を持つことへの畏れ、父との根深い確執など、負の感情が横溢する歌集だった（「第113回　高木佳子『青雨記』」http://peta

lismos.net/tanka/kanran/kanran113.html)。

たしかに、この歌集に表現された〈私〉は妻、母、娘のどの立場にも充足し得ない不満を胸に抱えている。彼女の「負の感情」と向き合うのは、必ずしも心地よい作業ではないかもしれない。しかし、東郷の言うように、歌集の「主旋律」が「出産と子の成長という女性の物語」であるなら、なぜこの「主旋律」は「息苦しく」奏でられるしかないのか。

キャロル・ペイトマン『社会契約と性契約』（中村敏子訳、岩波書店、二〇一七・三、p・vi）が「社会契約が〈性契約〉を前提とし、市民的自由は家父長制的権利を前提としている」と指摘したように、近代国家における家父長的社会秩序は、女性の性的従属を前提としてきた。高木の歌にある「息苦し」さは、一個人の問題に還元されるべきものではなく、妻となり母となることを女性に当然のように要請する近代社会に対して、女性たちが感じてきた「息苦し」さそのものと考えられるのではないか。

子の生《あ》るる日の近づきてちりちりとささくれ痛むを誰に告げむか（「吾子の手」）
産み終へて子をもてあますわれはまだわれにしあれば独り詩をいふ
こころにて詩《うた》をいふとき母といふ響きにわれはもつとも遠し（「母たちの列」）
子のあるを昏き芯とし笑むわれは母とふ言葉に唇を噛む
それぞれの個をひた隠し乳母車押す母たちの列に加る

これらの歌だけでなく、「Ⅱ乳母車の轍」には、子供の誕生を単純には喜べない〈私〉が、隠すことなく表現されている。この拒否感は、前掲で東郷も触れた「父との根深い確執」と無関係ではないだろう。(5)父との軋轢については主に第二歌集で前景化されるため、次節で踏み込んで考えるが、ここではむしろ五首目の「それぞれの個」を殺す「母たちの列」のイメージに着目したい。

「列」とは「母たち」をひとつの集団としてだけでなく前後の秩序を保つ連なりと捉えた言葉である。母という存在をめぐるこの窮屈な枠組が、歴史的にも今現在においても社会構造の内に機能し、一定の場を占め続ける現実の一端を、この言葉は照射している。現代では、母をめぐる規範や意識の多様化が指摘されることも多いが、母性愛を自然化し、育児を母が担うことを望ましいとする「近代的母親規範」は未だに根強い。(6) オルナ・ドーナト『母親になって後悔してる』（鹿田昌美訳、新潮社、二〇二二・三）においても、女性が「母になるのが不幸なことだと感じたり考えたりすることは、期待も許可もされていない」（p・13）現実が、「義務感から規範的な母の感情や行動を模倣している」（p・72）という母親たちの葛藤に満ちた証言によって裏付けられている。

そうした母親たちと同様の苦悩が、高木の歌にも読み取れる。「唇を噛む」仕草は、他の誰でもなく彼女が自ら沈黙を選んでいる状態を表す。しかし、沈黙自体に痛みがなければ、「唇を噛む」という身体的な痛みを伴う仕草で発話を封じる必要はないはずだ。

高木の歌は、そのような規範に沈黙を余儀なくされた痛みの表現である。規範からはみ出す彼女の肌感覚は、引用二首目と三首目にあるように「詩」、つまり短歌にのみ行き場を与えられている。「独り」で「こころにて」詠う声は、現実に聞き遂げられる術はない。しかし、沈黙を強いられた自己を語る言葉を、少なくとも彼女は手に入れた。

生《あ》れたるはわれかもしれず眠る子を腕《かひな》に抱く母として今（「再生」）

「再生」と題してここに詠われているのは、個を殺す「近代的母親規範」からの解放といえる。このような「再生」は、短歌との出会いひとつによって簡単に達成され得たものではないだろう。しかし、自己を語る言葉の獲得は、自身と社会の関係性を再規定し、更新していく力となるものだ(7)。従来の規範やステレオタイプに同一化できない自己を肯定し、自分なりの「母」となって新たに社会との関係を結び直すために、その過程を語る言葉が切実に希求された。そうした格闘の軌跡を、これらの歌に見出すことができる。

ここで、この節の最初に取り上げた巻末歌「荒野より小鳥発つなりそれぞれの翼に明日の匂ひをさせて」に立ち戻るなら、短歌の内に表現された飛び立つ小鳥たちを、彼女の想いを託された短歌のひとつひとつと捉え直すことも可能だろう。「小鳥発つ」には、葛藤を内に秘めながら孤独に沈黙する女性が、静かに刺繍する光景が浮かび上がる。その一針一針が形作る刺繍は徐々に雲雀の姿をなし、地に留まる彼女に代わって飛翔する(8)。この雲雀を彼女の短歌の隠喩と捉えることができる。飛び立った歌がどこかの誰かに届くとき、その歌に込められた沈黙の声は聞き遂げられる契機を得る。それこそが、ままならない現実に抵抗する彼女なりの手段である。

アーサー・W・フランク『傷ついた物語の語り手』(鈴木智之訳、ゆみる出版、二〇〇二・二、p・5)が述べるとおり、自身の生を語る語り手は、単に自らの声を取り戻すだけでなく、「他の人々からその声を奪い取っている状況についての証人となる」。荒野に黙す女性の孤独を詠った短歌は、彼女の声を簒奪する社会を告発する証人でもある。この証言の内実が聞き遂げられることは、彼女ひとりでなく、同じように声を奪われた人々の存在とその声が掬い上げられる明日の可能性へとつながっている(9)。

2 『青雨記』――モノローグからダイアローグへ

以上のように、第一歌集『片翅の蝶』は、沈黙の表現として捉えられる。前節では、彼女を沈黙させる社会構造の問題を中心に考えてきたが、ここで個人的な側面についても確認しておきたい。『青雨記』「雪が止まない」(Ⅲ)

には、父の死に際し、火葬場で骨上げを待つ間に想起された故人との根深い確執が表現されている。

右耳の鼓膜がふるへすぎゆきに父に割られし鼓膜がふるへ
不可逆の内なる吾ら　そのうちのいちにんが死に、雪が止まない

一首目には、父による暴力が直接的に書き込まれており、(10) 両者の関係性の一端を物語る。耳の鼓膜は音波の振動を内耳に伝達する。しかし、彼女の鼓膜がその出来事の後に捉え続けたのは音の波ではなく、父に振るわれた暴力の衝撃波ではなかったか。骨上げを待つこの場面で再現される鼓膜のふるえのリフレインは、そのトラウマ的出来事が痛みとともに彼女の中でたびたび再現されてきたであろうことを示唆している。

死別というかたちで父との葛藤に満ちた日々にはひとつの決着がつけられた。しかし、死という時間の断絶の一方に配置された震え続ける鼓膜、降り続ける雪という動的なモチーフは、残された者の動揺を表す。一方が死者となった今、過去を清算し、和解する未来の直接的契機は失われた。彼女だけが葛藤の内にひとり取り残されている。

雪の結晶は、その複雑な形状の中に空気の振動を閉じ込め、音を吸収する。彼女が抱き続ける激しい葛藤の痛みは、降り続く雪に閉じ込められている。誰にも聞き留められない声、かき消された内なる声、宛先のないモノローグの表現には、第一歌集でも指摘した沈黙の内に依然として留まる歌人の姿が映し出されている。

しかしその一方で、『青雨記』には、自身の沈黙の内に自閉するだけでなく、他者との対話の姿勢が垣間見える歌が増えており、その点に大きな変化を見出せる。『片翅の蝶』では、〈私〉自身の沈黙と呼応するかのように、他者の言葉もまた全くといっていいほどに排除されていた。例えば、「感傷に浸るなどと言はれたる夕べよ温きスープをつくらむ」（「光あるうち」）のような第三者の発言が直接的に引かれた歌は、三五〇首を超える収録歌のうち、わずか五首に留まっていた。会話によるコミュニケーションが多くの場面で成立せず、断念された状況を象徴的に示す

ものと捉えられる。

それに対し、『青雨記』に収録された三〇〇余りの歌には、他者の言葉の直接的な引用や会話の場面自体が三〇首以上で詠われる。内容的には円満なコミュニケーションよりも想いのすれ違いが浮かび上がる歌がほとんどではあるが、誰にも聞き遂げられないモノローグ的な表現から、他者との対話に身を置く状況への変化は、少なくともコミュニケーションを志向する姿勢の表れとして読み取ることが可能である。(11)

この変化は最終章V「見よ」における対話性の獲得、より社会性を帯びた表現への脱皮を用意するものと捉えていいだろう。「2011. 03. 11　東日本大震災」の詞書とともに「見よ、それが欠伸をすればをののきて逃げまどふのみちひさき吾ら」から始まるVでは、以下のような対話の場面によって震災体験が伝えられる。

逃げないんですかどうして？下唇を噛む（ふりをする）炎昼のあり
それでも母親かといふ言の葉のあをき繁茂を見つめて吾は
高いなと言ひたる男の右足の踵踏まれしままのコンバース
何が高いのかと問へば内部のですよと答えぬ鱶のごとくに

前述したように、震災に付随して発生した福島原発の事故により、高木が住むいわき市では、安全性に対する懸念が払拭できない中、住民の多くが避難するかしないかの判断を〈自己責任〉でなすよう迫られた。ここに挙げた一首目と二首目には、避難をすべきと考える立場から発せられたであろう言葉と対峙する「吾」が表現されている。この二首目の歌の直後には、「2011. 10. 12　ホール・ボディ・カウンターで測定」という詞書とともに、事故から約七カ月が経ち、内部被曝量を測定する様子を詠んだ三首目と四首目のような歌が並び、避難しない選択に伴う不安が描出される。何が「高い」のかが明示されないこれらの歌は、一首だけでは具体性を欠く。しかし、そのように不完全で曖昧な言葉が氾濫し、まとまった像を結ばないままに人々を翻弄して心を掻き乱させる状況こそ、震災後のこの地を覆った現実であったろう。目に見えない内部被曝に対する不安に揺らぐ日々は、点描をつなげた連作というかたちで初めて実態を表現し得るものだった。

『青雨記』各章には小見出しで分けられた歌群が並ぶ。(12) そうした構成にあって、「見よ」というひとつの小見出しで四九首に及ぶ歌を収めた終章Ｖの異質性は際立っている。Ｖの冒頭歌は、前掲のように「見よ」という言葉で始まる。そして巻末歌「魚《うろくづ》よ、まばたかざりしその眼もて吾らが立ちて歩むまでを　見よ」で閉じられる。「見よ」で始まり「見よ」で閉じられる四九首の円環構造は、この不安定な円環の内に閉じ込められて堂々巡りしながらも目の前の現実を見据えて格闘する〈私〉の姿を、現在進行形で描き出している。

分節化されずに四九首が並ぶ構成は、ここに語られる出来事や想いが簡単に切り分けて整理し得ない複雑さを持つことをもまた浮き彫りにする。ところどころの詞書から知れる一年を超える月日の内に、曖昧なままに連環し合い、整理がつかないままに降り積もっていった数々の言葉と身内に抱え込まれた葛藤があったことを、それまでの精緻な構成が棄てられたＶは体現する。簡単に分節化したり一言に還元したりできない出来事と想いの存在を、せめてそのままに「見よ」というメッセージと捉えられる。

『片翅の蝶』では、「唇を噛む」仕草に象徴的な沈黙を見出した。一方、『青雨記』前掲歌には「下唇を噛む（ふりをする）」という表現がある。「ふり」という言葉は、仕草と内実との相反を示す。沈黙し続ける代わりにその沈黙を詠い、短歌に結晶化することで、彼女の沈黙は初めて他者に聞き遂げられ、簡単には言葉にし得ずに飲み込まれた想いが共有される可能性へと開かれる。「見よ」という呼びかけは、彼女が沈黙の内に見据える景色の共有を読者に対して突きつける言葉として機能している。

おわりに──震災詠の問題系

長谷川櫂『震災歌集』（中央公論新社、二〇一一・四）に始まり、短歌は震災を言葉で表象する試みの先駆けとなった。さまざまな歌人が震災を詠み、歌集を編んだ。ここまで、沈黙の表現とその共有という観点から高木の短歌を検討してきたが、最後に、震災詠を巡る問題系から、『青雨記』から『玄牝』へと繋がる高木の表現の展開に触れておきたい。阿木津英「フクシマの沈黙の闇に届く歌をもとめて」（金井淑子編『〈ケアの思想〉の錨を』ナカニシヤ出版、二〇一四・四）では、震災直後から氾濫した震災詠について、そこに尽くされ得ない痛みに自覚的かどうかを糺す文脈で「沈黙」という言葉が使われる。

怒りのエネルギーさえ持てない、言葉を発することさえできない闇に沈んでいるこころ──そこに届かないような歌なら、われわれの歌に何の価値があろう。せめてその痛みに不調和なひびきを発しないような歌でありたい。（p・253–254）

沈黙を強いられた痛みに歌はどのように寄り添い得るか、というこの問いには、今後も真摯に向き合い続ける必要があろう。ただし、この震災によって人々が抱いている痛みはひとりひとり異なっている。どの痛みに寄り添っても異なる痛みとの間に「不調和なひびき」は生じかねない。それと同時に、沈黙の内にも「不調和なひびき」が存在している可能性がある。もしそうであるならば、「調和」こそが幻想である可能性に立ち止まるべきではないか。(13) 高木の第三歌集『玄牝』に収録された以下の歌では、福島に留まり続ける人々の間にもその立場や想いに相違がある現実が、明確に映し出されている。

しかたなく此処にゐる女どうしても此処にゐる我が同じ土を掻く（「夏の藁」）
ねえちゃんは帰れ分がンね奴は帰れと言はれつつわが併走す（「今日」）

同じ土地に住んでいても、それぞれの人の想いがすれ違う事態は当然に起こり得る。不協和音は生じざるを得ないのだ。だからこそ、不協和音の中には「調和」からはみ出した声の行き場、聞き遂げられる契機が逆に潜んでいるのではないか。すれ違いは織り込み済みで、それでも「同じ土を掻く」協同を実現し、諦めずに「併走」する希望が、高木の歌の中では模索され続けている。

『片翅の蝶』から『青雨記』に至る高木の短歌は、女性たちに沈黙を強いる社会構造を歌の内に見つめ、沈黙の側に立って切り結ぶ姿勢を表現してきた。その独自の位置取りが、東日本大震災という未曽有の出来事の内に潜む同種の構図を敏感に察知させ、沈黙を強いられた声、不協和音をなす声のひとつひとつを注意深く拾い上げる表現を可能にした。現代日本社会における、そうした暴力的構図によってもたらされる葛藤の内に自ら留まり、抑圧された声を粘り強く掬い取ることによって新たな対話と協同の糸口を模索する姿勢が、高木の歌には表現されている。

『青雨記』のタイトルに採られた「あをいろの雨はしづかに浸みゆきて地は深々と侵されてゐる」には、理不尽な沈黙を強いる世界を批判的に捉えてきた高木の視線が、物言えぬ自然に対する共感へとつながる方向性が示されていた。人間の営みと自然の営みを無言の内に受け止める「地」と共闘する覚悟は、『玄牝』においてより鮮明となる。

紙幅の関係上、『玄牝』についての詳しい検討は別の機会に譲るが、タイトル「玄牝」は「老子」第六章から採られている。歌集「後記」には「玄牝とは原初の世界であり、万物を生む母である。女の陰門は豊饒も混沌も、あらゆるものを生む」とされ、「震災以降、混迷する世の中の状況は、まさに玄牝のそれに似ている」と説明されている。原初の世界を「無」と定義する「老子」の世界観に照らせば、震災以降すべてが「無」に帰した一方で、その「無」にこそ新たなものを生み出す力は内包されていると考えられる。

鈴木大拙「東洋文化の根底にあるもの」（「毎日新聞」一九五八・一二・二二）では、西洋近代的な二項対立的価値観の脱却に向けて「玄牝」の混沌と無に立ち返る必要性が説かれた。高木の短歌に捉えられた「母」をめぐる規範や震災と原発事故をめぐる言説は、そうした西洋近代的な価値観に追従してきた現代日本社会のひとつの帰結といえる。『玄牝』という題名には、そうした価値観を内面化して対立を生み出し続けている日本社会に対する批評性と、そうした価値観からの脱却の希望が込められている。

注

（1）短歌創作の経緯は、第一歌集『片翅の蝶』（短歌新聞社、二〇〇九・七）の波汐國芳「跋――瑞々しい飛翔願望の歌」と高木自身の「あとがき」などに詳しい。

（2）この企画では、高木を含め二八人の歌人が東日本大震災をテーマとした歌集からそれぞれ三冊ずつ選んでコメントしている。久我田鶴子、楠誓英、斎藤芳生、本田一弘など、複数の歌人が高木の歌集を取り上げている。

（3）（1）前掲の波汐國芳「跋」では、巻末歌を「自らも小鳥に変身してゆく著者自身の心象」表現とする。しかし、「それぞれの翼」という複数形の使用からも、「著者」という単数に単純に同一化することはできないと考えられる。

（4）Ⅳ章には「わが荒野」一一首の歌群が採られ、自身が今いる場所を「荒野」と認識する表現がなされている。

（5）「吾子の手」には「みどり児の重さ腕に感じつつ血の生み継ぐを嘆くわれをり」など、血の繋がりに対する拒否感も表現される。

（6）井上清美「母親規範・母親意識の現在」（『川口短大紀要』二〇一一・一二、p・103‐114）参照。

（7）野口裕二『物語としてのケア』（医学書院、二〇〇二・六）などを参照。

（8）ここでは飛翔する鳥の刺繡と飛翔する歌の詩集のイメージを二重に表現している。

（9）「子守歌低く歌ふはみづからのためかもしれず明日思ひつつ」（「にがき綿飴」）、「叛かるる日を予感する酷薄の母が唄ひし子守歌聞け」（「母たちの列」）のように、Ⅱには「詩」とは異なる「子守歌」という言葉が登場することにも注目する必要がある。母と子の両方に向けて歌われるそれに、歌集中の育児詠を重ねることも可能だろう。

（10）高木自身、第一三回現代短歌新人賞受賞のインタビューにおいて、「父は今で言うところのＤＶ（ドメスティックバイオレンス）で、母や子どもを抑圧する人でした」（『ミセス』二〇一三・三、p・203）と語っている。

（11）高木は、第一歌集と第二歌集の間の二〇一〇（平成二二）年一〇月に個人誌「壜」を発刊した。創刊号には「願わくば、誰かの手に拾われて／そして繋がってゆかんことを」（「創刊にあたって」※／は改行）という、見知らぬ誰かに拾い上げられて想いがつなげられるメッセージボトルに重ねた想いが語られている。また、この創刊号には東海村の訪問記が記され、「被爆者・ヒバクシャ・被曝者と書くそれぞれはちがひますからよく注意して」などの短歌が収録されており、震災以前から原発問題に関心を寄せていたことも分かる。

（12）『青雨記』各章の小見出しの数は、Ⅰ、Ⅱ、Ⅳで九、Ⅲで一一となっており、ひとつの小見出しの中には二〜一六首が採られている。例えば、「このをんな」で始まる一連の八首を集めた「鏡像」（Ⅰ）や、鶏やたまねぎなど、ポトフの材料を順に詠いあげる「poule au pot《鶏のポトフ》」（Ⅱ）一〇首など、構築性が明確な連作も存在する。

（13）高木自身「『震災詠』という閉域」（『短歌』増刊号、二〇一三・一、p・196）で、「現状の「震災詠」においては、実作者がことさらに読者を意識する作歌環境が存在する。（略）作歌行為自体が委縮して、作者個々の内省にまで客観視し、踏み込んだものが少ない」（p・196）と、倫理的な姿勢と表現の「委縮」のつながりを指摘する。

〈付記〉高木佳子の短歌は、それぞれ『片翅の蝶』（短歌新聞社、二〇〇七・九）、『青雨記』（いりの舎、二〇一二・七）、『玄牝』（砂子屋書房、二〇二〇・八）に拠った。

【謝辞】本研究はJSPS科研費21K00286の助成を受けたものです。

美智子皇后の短歌——「平和祈念」「慰霊」の短歌を中心に

内野　光子

はじめに

平成期における美智子皇后（一九三四〜）の短歌に着目し、皇后の短歌は、どのような形で発信され、どのように読まれ、鑑賞されていたのかを確認し、あわせて、「リベラル」と称される歌人や論者たちはどのように読み、評価していたのかにも触れたい。

まず、平成期の皇室全般について、昭和期・令和期と比較してみると、とくに天皇夫妻の露出の拡大が顕著であったこと、それに伴い、夫妻の短歌のメディアへの登場頻度も非常に高くなったことがわかる。平成期の天皇夫妻の活動として特徴的なのは、平和祈念、戦没者慰霊および災害地の訪問・被災者の見舞いに格別の熱意を持って積極的になされたことである。とくに、その「平和への祈り」を捧げる姿と「国民に寄り添う」振る舞いの数々が映像として拡散され、それが遺族や被災者たちへの慰藉となり、同時に、政府の防衛政策への批判や災害・福祉対策への不満解消の一つの受け皿になり、国策の補完機能を果たしてきたと言えよう。この機能を「天皇にアウトソーシングする」と指摘するコメントもあった（西村祐一「象徴天皇のあり方」『朝日新聞』二〇一六・八・九）。結果的に、天皇の生前退位表明が「譲位を是とする国民の圧倒的支持をさらってしまった現天皇の象徴としての『力』」（加藤陽子「はじめに」『天皇はいかに受け継がれたか』績文堂出版、二〇一九・六）となったことと無関係ではない。さらに、昭和天皇の「戦争責任」という負の部分を担う役割もあった。

令和期に入ると、COVID19の流行期と重なり、天皇夫妻はじめ皇族の活動は狭められ、メディアへの露出自体も減少した。一方、代替わり関連の報道とともに、秋篠宮家の長女の結婚、長男の進学、新居建設などをめぐって、週刊誌、テレビ、インターネット上では醜聞めいた情報があふれる事態も生じた。そうした状況の中で、政府及び立法府は天皇家とともに、平成から令和の代替わりを機に、「天皇制」持続のための「天皇の退位等に関する皇室典範特例法」という弥縫策に走った。マス・メディアは、その「天皇制」の根本問題から目をそらし、従来通りの皇室称揚の基本的な姿勢を変えなかった（「改元で騒ぎ『天皇制』論じないメディアの〝思考停止〟」『毎日新聞』二〇一九・五・二〇）。二〇二三年度には、宮内庁に広報室が新設された。そのことにより、皇室報道の規制がさらに強化されないか、政府・宮内庁による情報操作につながらないかの疑念が表面化した[1]。

重ねて、COVID19が二類感染症から五類へ移行する二〇二三年五月八日に前後して、天皇夫妻はイギリスのエリザベス女王国葬に、秋篠宮夫妻はチャールズ国王戴冠式に参列、二〇二三年六月天皇夫妻のインドネシア訪問、九月秋篠宮夫妻のベトナム訪問、一一月秋篠宮次女のペルー訪問と続き、国内への行事参加も活発となり、一気に皇室報道が増加した。

筆者は、平成期の天皇夫妻が平和・福祉・環境・災害などに寄せた短歌を中心に検証したことがある[2]。本稿では、とくに美智子皇后の「平和祈念」「慰霊」にかかわる短歌がどのように発信、鑑賞されたかに焦点をあて、そこから波及するものをも注視したい。

1　天皇・皇后の短歌はどのように発信されていたのか

1. 天皇・皇后の短歌と国民との接点

天皇・皇后の短歌と国民との接点として、一般に、つぎのような場面が考えられる。

① 元日の新聞――前年の短歌から、天皇五首、皇后三首が天皇家の写真とともに公表される。類似の記事は昭和期にもあったが、令和期には、この種の記事は見当たらない。

② 歌会始――毎年、一月中旬に開催される歌会始では、天皇・皇后の短歌が、皇族、選者、召人、入選者一〇人の歌とともに披講され、その模様はNHKでテレビ中継される。(3) 応募歌数は、「ミッチーブーム」を経て、一九六八年には約四万五千首に及ぶピークを迎えたが、現在は、一万五千首前後で推移している。歌会始直後の新聞報道のほか、後日、宮内庁のホームページには、皇族の短歌と解説、選者、召人、入選者、佳作入選者の氏名と短歌などが公表される。

③ 歌会始の詠進（応募）の入門書・鑑賞書――応募の手引類の出版は盛んで、宮内庁が公表した過去の歌会始の皇族はじめ入選者らの氏名と短歌なども収録される。(4)

④ 歌集の出版――昭和期に、明仁皇太子・美智子皇太子妃合同歌集『ともしび』（婦人画報社、一九八六・一二）、「皇太子殿下美智子妃殿下の御歌」（『アサヒグラフ・昭和短歌の世界』臨時増刊号、一九八六・一二）、平成期に、美智子皇后の単独歌集『瀬音』（大東出版社、一九九七・四）がある。

⑤ 記念出版・特集など――明仁天皇在位の一〇年ごとに記録集『道』が宮内庁編集でNHK出版から刊行された。在美智子皇后の短歌の一部が「陛下のお側にあって」の章に「御歌（みうた）」として暦年順に収録されている。在位記念・退位・代替わりの節目には、テレビ・新聞・雑誌などマス・メディアが組む夥しい特集番組や記事、写

真集などにも、天皇夫妻の短歌が紹介、登載される。[5]

⑥　歌碑――訪問先やゆかりのある場所に建立され、関係者に見守られ、人々の目に触れることになる。平成期の天皇・皇后の歌碑について、断片的な報道はあるが、全容は不明である。美智子皇后の歌碑について、わかった範囲でまとめておきたい。以下、短歌の小題・詞書・作歌年は、歌集などから転記した。

・かの町の野にもとめ見し夕すげの月の色して咲きゐたりしが（「夏近く」二〇一二年）

この歌は、平成の天皇夫妻とは関係が深い軽井沢のある病院の敷地内に、二〇一三年一二月に建立された美智子皇后の歌碑に刻まれた一首である。

・耕耘機若きが踏みて草原の土はルピナスの花をまぜゆく（「宮崎県伝修農場」「草原（歌会始）」一九六三年）
・花曇《はなぐもり》かすみ深まるゆふべ来てリラの花房ゆれゐる久し（「花曇」一九七四年）

右二首は、美智子皇后の生家の正田邸跡地の公園「ねむの木の庭」に設置されたプレートに記された皇后の短歌である。草木にちなんだ短歌のプレートが十基建てられている。[6]

・春風《はるかぜ》も沿ひて走らむこの朝女川《あしたおながわ》駅を始発車いでぬ（「石巻線の全線開通」二〇一五年）

右は、二〇一五年三月二一日、宮城県のJR石巻線の全線開通（小牛田〜女川）の報に接し、美智子皇后が詠んだ一首である。二〇一一年三月一一日の東日本大震災後、天皇夫妻は、被災者の避難所、被災地への訪問を続けていた。石巻線開通から一年後には、女川を訪ねている。さらに一年後の二〇一七年三月、女川駅近くに、この短歌の歌碑が建てられ、除幕式が行われている（『石巻日日新聞』二〇一七・三・二一。宮内庁編『道　天皇陛下御即位三十年記念記録集』NHK出版、二〇一九・三、四〇〇頁）。

・野蒜《のびる》とふ愛《いと》しき地名あるを知る被災地なるを深く覚えむ（「名」二〇一七年）

右の一首は、二〇一九年三月、東松島市に建つ歌碑に刻まれた。宮内庁の解説では、被災地の中に「御所のお庭でよく摘んでいらした野蒜と同じこの地名を見出され、お心に留めていらした」とある（前掲『道　天皇陛下御即位三十年記念記録集』四〇八頁)。

天皇・皇后の短歌と国民との接点は、今後も宮内庁の意向とともにマス・メディア、インターネットなどを通じて、より多様化、拡大の一途をたどるであろう。

2. 皇后の短歌の出発点

美智子皇后の短歌が初めて国民の目に触れたのは、一九六〇年、皇太子と結婚の翌年、歌会始に「東宮妃」として、御題「光」を詠んだつぎの歌であった。

・光たらふ春を心に持ちてよりいのちふふめる土になじみ来

皇太子との婚約後の、いわゆる「お妃教育」は、一九五九年一月一三日に始まった。一〇週間合計九七時間、憲法、宮中関係七科目、語学(英語、フランス語)、和歌など一二科目であった。五島美代子担当の「和歌」は、週一回、二時間一〇回の日程だった(『入江相政日記三』朝日新聞社、一九九〇・五、二六一頁)。また、五島美代子のエッセイによれば、開講に先立って、三つの目標、本当の心もちをありのままに詠む、毎日、古今の名歌を一首暗唱する、一日一首を百日間作り続けることを約し、彼女はすべてクリアしたという(五島美代子「妃のきみ」『花時計』白玉書房、一九七九・四、三二一〜三二五頁)。なお、美智子皇后の子どもの頃の短歌が、祖母の正田きぬ(一八八〇〜一九七〇)が会員であった『心の花』に掲載されていたと話題になったことがある(ANNニュース 二〇一九・四・二七)。一九四六年七月号から数回、佐佐木信綱選「(その三)欄」に掲載された七首から一首を引く。恵まれた環境で、短歌は身近な存在であったことが伺える。

・露深い草の小路をおばあ様と野菜かごさげてお畠へ行く(一九四六年九月)

ちなみに、雅子皇后の「お妃教育」は、語学や外交関係などの科目が減り、六週間五〇時間に短縮され、岡野弘彦担当の「和歌」は一〇時間と半減した(『朝日新聞』一九九三・三・三)。いずれの場合も、「和歌」の占める割合が高く、宮中の伝統的な文化の一つとされ、さらに、国民への発信のツールとして重視していることがわかる。

2　皇后の短歌はどのように鑑賞され、広められていったのか

皇后は、天皇とともに国の内外への訪問を重ね、戦争や災害による犠牲者への慰霊の旅を続けた。沖縄には、皇太子妃時代を含め、一一回訪問し、その都度の目的とは別に、毎回「平和の礎」をはじめ戦没者の慰霊碑へ参拝するのが恒例となった。

・雨激しくそそぐ摩文仁の岡の辺に傷つきしものあまりに多く（皇太子妃）（「五月十五日沖縄復帰す」一九七二）

天皇夫妻は、各都道府県への訪問は二巡しているが、沖縄県への訪問回数は突出している。このこと自体、一つの政治的役割を持つ証とも言えるが、夫妻の沖縄への思い入れは格別で、天皇は、沖縄に古くから伝わる八・八・八・六を基調とする琉歌も発表している。すでに別稿（「天皇の沖縄の短歌は何を語るのか」『社会文学』四四号、二〇一六・八）で触れているので、ここでは詳述しないが、加えて、昭和天皇の二つの「負の遺産」と深くかかわっていると考えている。一つは、一九四五年三月から六月にかけて、昭和天皇は、本土決戦の防波堤、捨て石として、沖縄地上戦を続行させ、二〇万人の戦死者を出し、沖縄の軍人・軍属二・八万人、県民九・四万人が亡くなっていること（「沖縄県における戦災の状況」総務省のホームページによる）。一つは、一九四七年九月、寺崎英成を通じてＧＨＱに琉球諸島の長期占領（「琉球諸島の占領継続を長期租借の二国間条約」）を願い出ていたこと。後者は、「天皇メッセージ」と呼ばれる文書により明らかになった（進藤栄一「分割された領土」『世界』一九七九・四）。

一九九四年二月、天皇夫妻は、六月のアメリカ訪問に先立って小笠原諸島を訪問、硫黄島の戦没者の碑、鎮魂の碑に参拝、天皇は「精根を込め戦ひし人未だ地下に眠りて島は悲しき」とやや公式的に詠んだが、皇后はつぎのように詠む。

・慰霊地は今安らかに水をたたふ如何《いか》ばかり君ら水を欲《ほ》りけむ（「硫黄島」一九九四年）

硫黄島は、アジア・太平洋戦争末期、一九四五年二月一六日に米軍の砲撃が始まり、三月二六日制圧され、日本軍「玉砕」の島として知られる。戦死者は、日本軍約二一九〇〇人、米軍六一四〇人に達した。生き残った兵士たちや島民たちの生の証言は、筆舌に尽くしがたい凄惨を極め、NHKアーカイブスの「戦争証言・硫黄島の戦い」、厚生労働省の「硫黄島証言映像」などで知ることができる。兵士たちは、水や食料、武器を絶たれた中での戦いであった。(7) 大岡信は、この短歌を「立場上の儀礼的な歌ではない。豊かで沈痛な感情生活が現れている。（中略）最新作まで一貫して気品のある詠風だが、抑制された端正な歌から、情愛深く、また哀愁にうるおう歌の数々まで、往古の宮廷女流の誰彼を思わせる」と絶賛している（「折々のうた」『朝日新聞』一九九七・七・二三）。だが、この一首は、死の間際に水を求める兵士たちの壮絶な姿を兵士たちに呼びかける形で情緒で包み込み、美化してはいまいか。

・被爆五十年広島の地に静かにも雨降り注ぐ雨の香のして（「広島」一九九五年）

一九九五年、広島を訪問した皇后は、「雨の香」に着目、右の一首を残した。二〇〇四年より歌会始選者を務めている永田和宏は、「雨に雨の香がする。それ自体感覚の冴えの感じられる歌であるが『被爆五十年』という初句がこの一首を単に感覚の歌として鑑賞することを許さない」（『象徴のうた』文藝春秋、二〇一九・六、一〇一〜一〇二頁）としているが、原爆投下後に「黒い雨」に打たれた被爆者たちの心情には酷なものではなかったか。(8)

つぎは、天皇夫妻が、二〇〇五年、初めての海外への慰霊の旅、サイパン島を訪問した折の皇后の一首である。

・いまはとて島果ての崖踏みけりしをみなの足裏《あうら》思へばかなし（「サイパン島」二〇〇五年）

つぎつぎと崖から飛び降りて自決した日本の女性たちの映像は、幾度か報じられてきた。永田和宏は、「崖を踏み蹴って、海へ身を投げた女性の『足裏《あうら》』を思っておられるところに、繊細な感性を感じとることができます。悲しく、しみじみと身に沁みる歌であります」とも述べている（「両陛下の歌に見る『象徴』の意味」『NHK視点・論点』二〇一九・三・六）。比較文学者の芳賀徹は、「皇后陛下」の短歌の中で、一番痛切で、忘れることのできない一首だとした上で、「強烈で、よくここまで思い浮かべて、それを言葉になさったと感嘆しました」と発言している（「座談会・両陛下のお歌を鑑賞する」『短歌研究』二〇一九・一）。しかし、彼女たちの自決の経緯や背景を思うと「かなし」として収め切れるものではないだろう。皇后の短歌において、「かなし」は、しばしば使用される心情表現だったのである。

つぎの短歌には、海外の戦争や内乱における加害・被害の認識について、やや屈折した思いが詠み込まれている。

・慰霊碑は白夜に立てり君が花抗議者の花ともに置かれて（「オランダ訪問」二〇〇〇年）

二〇〇〇年五月二三日、オランダを訪問した天皇夫妻が、アムステルダムにおいて、戦没者の遺族や戦傷者たちの抗議活動に出会うも、ダム広場の戦没者記念碑に花輪を供えた夜のことを皇后は詠んでいる。アジア・太平洋戦争下で日本軍は、インドネシアでオランダ軍捕虜四万人とオランダ系住民九万人を強制収容所に抑留、多数の犠牲者を出していたので、戦後、反日感情は高まっていた。一九七一年、昭和天皇夫妻が訪問したときも、二〇〇〇年のときも、アムステルダム、ハーグなど天皇夫妻の行く先々で、戦争被害の補償と謝罪を求める人々がいた（『日本経済新聞（夕）』二〇〇〇・五・二六）。宮内庁の解説によれば、天皇の供花と戦争被害者の一群が供えた白菊が「白夜の光の中に浮かんでいる様を感慨深くご覧になって詠まれた」という（宮内庁編『道　天皇陛下御即位二十年記念記録集』NHK出版、二〇〇九・九　四八四頁）。この解説では、たんなる「戦争被害者」としか示されず、加害者としての日本という認識は消し去られている。

・知らずしてわれも撃ちしや春闌くるバーミアンの野にみ仏在《ま》さず（「野」二〇〇一年）

二〇〇一年二月、アフガニスタンの首都カブール近郊にある古代遺跡群の中の巨大な石仏が、タリバンにより破壊されたとの報道を受けての作である。宮内庁の解説では「人間の中にひそむ憎しみや不寛容の表れとして仏像が破壊されたとすればしらずしらず自分も一つの弾を撃っていたのではないだろうか、という悲しみと怖れの気持ちをお詠みになった御歌」と記す（前掲『道　即位二十年記念記録集』四八六頁）。画家の安野光雅は、知らずして弾を撃つ立場にいたのではないかと「かなしまれるおもいは、痛切である」と綴る（安野光雅『皇后美智子さまのうた』朝日文庫、二〇一六・一〇、一三頁)。

さまざまな形で、発信されてきた皇后の短歌は、宮内庁の解説や歌人、ジャーナリストらの見聞によるエピソードなどを背景に鑑賞されることが多い。その大半は、天皇を支え、祭祀に勤しみ、天皇の後継者を生み育て、象徴天皇制の維持に寄与することを前提とした枠からはみ出すことをしない。そして、それらの短歌は最大限の称揚をもって、拡散され続けている。

とくに、「平和祈念」「慰霊」の短歌は、沖縄や硫黄島、海外の激戦地での遺骨収集も進まず、また、原爆・空襲被害者の補償についていまだに法廷闘争が続けられている中、犠牲者や遺族のいっときの「慰霊」や「慰藉」にはなったかもしれない。しかし、問題の解決には結びつかないまま、戦後政治の歪みから国民の目を反らさせ、行き届かない政策を受忍させる役割さえ果たしてきたのではないかと考えている。

3 天皇制維持への皇后としての意欲——「リベラル」な論者の支持を追い風として

美智子皇后の短歌による平和祈念というメッセージは、明仁天皇の短歌と種々の「おことば」と相俟って、天皇制維持への意欲の一端を国民に受け入れ易い形で示している。近年は「リベラル」と言われる論者たちの皇后の短歌への評価も高まってきたのである。

前述の歌人、永田和宏は、平成期の天皇夫妻について「国内外の慰霊の旅が、平和を希求される両陛下の強い思いから出ている」とし、「平成という時代は、近代日本の歴史のなかで、唯一戦争のなかった幸せな時代でした」と述べた(前掲「両陛下の歌に見る『象徴』の意味」『NHK視点・論点』二〇一九・三・六)。その楽天的な歴史認識は、多くの国民の間でもかなり定着しつつあるといえよう。平成の晩期には、天皇夫妻の短歌に焦点をあてた多くの図書が出版されている。美智子皇后の短歌を対象とした安野光雅の前掲書のような図書の出版も相次いだ。皇后の短歌の

愛読者、愛好者が多い証ともいえるのではないか。(9)

さらに、二〇一六年八月八日の天皇の生前退位の表明直後や二〇一九年四月三〇日退位前後の平成回顧報道は、昭和天皇の重病・死去報道時と同様に、まさにステレオタイプの天皇夫妻称揚報道が溢れ出し、早々に、書籍として出版された。(10)しかし、昭和からの代替わりと若干異なる傾向を見せたのは、いわゆる「護憲派」「リベラル派」と称される中堅の歌人、研究者や評論家たち、それまで天皇制からは距離を置いていたと思われる人々の称揚発言が活発になったことである。そして、天皇への親近感が醸成され、男女平等思想とは全く相容れない天皇制維持、温存のための女系天皇・女性天皇を可とするような世論の形成の一翼を担ったのである。(11)

たとえば、『永続敗戦論――戦後日本の核心』（太田出版　二〇一三・三）の著者、白井聡（一九七七～）は、天皇の沖縄訪問に触れて、沖縄が「永続敗戦レジームによる国民統合の矛盾を押しつけられた場所だからでしょう。天皇はこうした状況全般に対する強い危機感を抱き、この危機を乗り越えるべく闘ってきた。そうした姿に共感と敬意を私は覚えます」と述べる（「天皇のお言葉に秘められた〈烈しさ〉を読む（国分功一郎との対談）」『東洋経済新報（オンライン）』二〇一八・八・二）。『東京新聞』の社会部記者で、政府はじめ権力と闘うイメージの強い望月衣塑子（一九七五～）は、作家の島田雅彦との対談の中で、コロナ禍でこそ、天皇や皇后のメッセージが欲しいと期待を寄せている（「皇后陛下が立ち上がる時」『波』新潮社、二〇二〇・五）。憲法学者の木村草太（一九八〇～）は、「そもそも天皇制自体、憲法の立て付けとして少しおかしい」とし、人権制限を受ける皇族が「『お気の毒』と考えるなら、天皇制をやめた方がいい」としながら（「天皇制と人権（河西秀哉と木村草太が語る）」『Aera』二〇二一・一一・一、一七～一九頁）、天皇制の「積極的な意義」は「政治の場に品格や公共性を示すこと」であり、「消極的な意義」は「その地位を利用されないために、ある程度の人権」などが制限されることにあるとして、天皇制を容認している（「視標」『沖縄タイムス』二〇一九・五・三）。

さらに、右の論者たちの上の世代の「リベラル派」と称される人々の発言にも注目したい。作家で、『週刊金曜日』の編集委員の落合恵子（一九四五～）は、新天皇の大嘗祭での「おことば」を評価し、「お二人に願うことは、お言葉で繰り返された平和を、ずっと希求される『象徴』であっていただきたい」と述べる（「両陛下へ」『沖縄タイムス』二〇一九・一一・一二）。また、内田樹（一九五〇～）は、天皇の役割は祖霊の祭祀と国民の安寧・幸福を祈願することだとし、「（明仁天皇）陛下はその伝統に則った上でさらに一歩を進め、象徴天皇の本務は死者たちの鎮魂と苦しむ者の慰藉である」と述べる（「私の天皇論」『月刊日本』二〇一九・一）。作家で、さまざまな場での発言も活発な高橋源一郎（一九五一～）は、憲法の天皇条項について「削除するのがいちばんいいと思う。要するに、天皇制を廃止するのだ」とまでいうが、それでは、日本国民の多くの賛同を得難いので、天皇条項は憲法の「後ろの条文に回すか、第一章を皇室典範に拡大して収納する」のがいいと思うと着地する（『楽しい知識　僕らの天皇（憲法）・汝の隣人・コロナ時代』朝日新聞社、二〇二〇・九）。憲法学者の長谷部恭男（一九五六～）は、二〇一五年六月衆議院憲法審査会において、自民・公明党推薦の参考人でありながら集団的自衛権の違憲を表明して話題になったが、日本国憲法は身分制秩序の破壊を大部分は貫徹したが「最後に天皇制という身分制の飛び地を残してしまった」という形で現状を追認している（「天皇って人権がなくてヤバくないですか?」『高橋源一郎×長谷部恭男「憲法対談」（文春オンライン）』二〇一八・八）。加藤陽子（一九六〇～）は「前（明仁）天皇は『原子力発電所の状況が予断を許さぬ』と言い切った。この人は危機のときに本当のことを言ってくれるはずという人々の信頼に応えた」（「天皇代替わりを振り返る」『毎日新聞』二〇一九・一二・一七）と述べ、上野千鶴子（一九四八～）の「加藤陽子さんは（中略）前天皇の信任が厚く何度も御進講に招かれています」との発言は、「ご進講」が研究者の権威でもあるかのように読めるのである（保阪正康・上野千鶴子対談「ファッショの構図を読み解く」『世界』二〇一九・一二、一四三～一四四頁）。

　日本共産党は、「綱領（二〇〇四年）」に定める「天皇制度」について「一人の個人が世襲《せしゅう》で『国民統合』の象徴となるという現制度は、民主主義および人間の平等の原則と両立するものではなく、国民主権の原則の首尾《しゅび》一貫《いっかん》した展開のためには、民主共和制の政治体制の実現をはかるべきだとの立場に立つ」と明記している。しかし、議会において、二〇一五年一二月、新憲法以来、天皇が「開会の言葉」を述べる国会開会式への出席を拒否してきたが、突然出席を表明、二〇一六年八月、天皇の生前退位表明後、違憲の可能性がある前述の皇室典範特例法に賛成した。二〇一九年五月、衆議院での天皇即位慶祝の「賀詞奉呈」にも賛成したが、その文言は「令和の御代の末永き弥栄をお祈り申し上げます」という大時代的なものであった。

おわりに

平成期後半から末期には、直接ないしは間接的であれ、天皇・皇后へのエールが高まった。美智子皇后の情感に訴える短歌による発信と「平和祈念」「慰霊」というパフォーマンスが繰り返され、国民の皇室への親近感を高め、ときには、カリスマ性さえも発揮してきた。

令和期に入っても、皇室においては、美智子皇后が残した発信の形は、一部ながら受け継がれるだろう。政府は、天皇制が持つとされる伝統的、文化的要素を強調し、戦略の一つとして、天皇制を維持することに腐心するのではないか。とくに若年層の皇室自体への関心が薄れる中で、差別の根源とも言われる天皇制の行方を注視しなければならない。(12)

注

（1）広報室長に警察庁外事課経済安全保障室長を務めた藤原麻衣子が就任した。雑誌、イーンターネットメディア関係、皇室の名誉を損なう不適切な出版物などへの対応を担うとする。新設の「渉外専門官」や「広報推進専門官」を含め十人規模でスタートした（「宮内庁が『広報室』新設」『毎日新聞』二〇二三・四・一）。

（2）拙稿「天皇の短歌、環境・福祉・災害へのまなざし」「天皇の短歌、平和への願いは届くのか」（『天皇の短歌は何を語るのか』御茶の水書房、二〇一三・八）。「天皇の沖縄の短歌は何を語るのか」（『社会文学』四四号　二〇一六・八）。

（3）ＮＨＫのテレビ中継が始まったのは、一九六二年一月一二日の歌会始からであった（「年表」『日本放送史　別巻』日本放送協会編刊、一九六五・一二、一七四頁）。

（4）入江相政・木俣修・坊城俊民編著『宮中新年歌会始　ご詠進の手引き』（実業之日本社、一九七九・九）、菊葉文化協会編『宮中歌会始』（毎日新聞社、一九九五・四）、宮内庁編『宮中歌会始全歌集　歌がつむぐ平成の時代』（東京書籍、二〇一九・四）などがある。

（5）永田和宏『象徴のうた』（文芸春秋、二〇一九・六）。短歌総合誌でも以下の特集が組まれた。「平成の大御歌と御歌特集」（『短歌研究』二〇一九・一）、三枝昻之「ひまわりと薔薇〜平成三十一年宮中歌会始の御製と御歌を読む」（『短歌』二〇一九・四）。

（6）正田邸は、皇后の父正田英三郎の死後二〇〇一年に相続税の一部として物納後、品川区が国から公園用地として取得、二〇〇四年八月「ねむの木の庭」として開園している。

（7）「硫黄島戦没者の碑」は、一九六六年三月建立、二万一九〇〇人が、「鎮魂の碑」は、一九八三年八月建立、一四五連隊の約二五〇〇人が祀られている。厚生労働省社会援護局、小笠原村ＨＰによれば、遺骨収集は、二〇一六年現在、戦没者の半数にも至っていない。

（8）被爆者たちは、一九七〇年代から、「黒い雨」の被爆による援護区域の拡大、被爆者健康手帳の交付を要請していた。二〇一五年集団訴訟に踏み切り、二〇二一年七月、広島高裁での原告全員の被爆者健康手帳交付を認める判決に対して、国は上告を断念している。長崎においては、援護区域外の被爆体験者による同様の訴訟が続けられている。

（9）秦澄美枝『皇后美智子さま全御歌』（新潮社、二〇一四・一〇）、割田剛雄ほか『皇后美智子さまの御歌』（バイインターナショナル、二〇一五・一）、田中章義『母のうた　美智子さまの御歌』（徳間書店、二〇一九・三）、山口謡司ほか『美智子さま　心に響くすてきな御歌100選』（宝島社、二〇一九・四）、濱田美枝子『祈り　上皇后美智子さまと歌人五島美代子』（藤原書店、二〇二一・六）などがある。

（10）朝日新聞社会部『祈りの旅——被災地への想い』（朝日新聞出版　二〇一八・二）、毎日新聞社会部『象徴として―天皇皇后両陛下はなぜかくも国民に愛されたのか』（毎日新聞出版、二〇一九・四）。写真集に、宮内庁監修『天皇陛下御即三十年・ご成婚六十年記念　平成を歩まれて』（共同通信社、二〇一九・三）、宮内庁侍従職監修『御即位30年ご成婚60年　国民とともに歩まれた平成の30年』（毎日新聞出版、二〇〇一九・一）などがある。

（11）加藤元宣「平成の皇室観」『放送研究と調査』（二〇一〇・一〇）によれば、二〇〇九年九月調査では、「ある程度親しみを感じる」「とても親しみを感じる」をあわせて六一％。荒牧央「新時代の皇室観」『放送研究と調査』（二〇二〇・三）によれば、二〇一九年九月では、同様の質問に七一％であった。

（12）（11）の二〇〇九年調査では、皇室への関心の有無の質問に、二〇代で五一％、三〇代で三八％が「関心がない」と回答している。また、皇位の継承問題への国民全体の無関心を指摘する論者もいる（河西秀哉「若き皇族　苦しめる無関心」（『毎日新聞』二〇二三・一〇・二七）。

永井愛「見よ、飛行機の高く飛べるを」論——〈新しい女〉たちの絆と岐路

有元　伸子

はじめに

現代日本を代表する劇作家・永井愛（一九五一年〜）は、舞台俳優として出発した[1]。一九八一年に大石静と劇団「二兎社」を旗上げして、二人で交互に脚本を執筆し始め、役者としても出演した。十年後に大石がテレビドラマの脚本に専念するために退団。これが大きな転機となり、以後、二兎社は永井の作・演出によるプロデュース劇団となる。「戦後生活史劇三部作」と呼ばれる作品群が高評を得、さらに一九九七年、「見よ、飛行機の高く飛べるを」と「ら抜きの殺意」の二作により芸術選奨文部大臣新人賞を受賞。「ら抜きの殺意」は、ら抜き言葉、方言、過剰な敬語など、現代日本の言葉の諸相を提示した良質の喜劇である。ことに自宅では男言葉を使っていたという永井による、女言葉には命令形がないことをめぐる日本語とジェンダーに関わる問題追究はきわめて興味深い。

その後、「萩家の三姉妹」（二〇〇〇）ではチェーホフの「三人姉妹」を現代日本に移しかえてジェンダーを問うた。さらに、卒業式での「国家斉唱」をめぐる「歌わせたい男たち」（二〇〇五）、メディアの同調圧力や記者クラブ制度を描いた「ザ・空気」（二〇一七）のシリーズなどで、社会問題に鋭く切り込んでいる。文学を扱った作品としては、夏目漱石の未完作を現代に移しかえた「新・明暗」（二〇〇四）、樋口一葉の評伝劇「書く女」（二〇〇六）、官僚と文学

者という二つの世界を生きる森鷗外を描いた「鷗外の怪談」（二〇一五）、『青鞜』に集う女性たちを描いた群像劇「私たちは何も知らない」（二〇一九）などがある。

永井は三十歳近くで劇作を始めた遅咲きの作家であるが、その後目ざましい活躍をしている。多くの賞を受賞し、女性初の日本劇作家協会の会長も務めた。先行する劇作家・秋元松代への敬愛の念をよく口にする永井について、演劇評論家の扇田昭彦は、永井は秋元と同様に「一般庶民としての感覚」を描き、「一九九〇年代以降になると、しだいにフェミニズム色を鮮明にしていく」と述べ、「見よ、飛行機の高く飛べるを」「ら抜きの殺意」「萩家の三姉妹」を「日本におけるフェミニズム戯曲の優れた成果」だと高評価する。(2)

永井愛がフェミニズムを根本にすえた劇作をしているという評価は動かないだろう。本稿では、フェミニズムを描く永井の淵源の一つとなった戯曲「見よ、飛行機の高く飛べるを」を、作中の重要なモチーフである『青鞜』と自然主義文学を視野に入れて検討してみたい。

1　女性同士の絆

「見よ、飛行機の高く飛べるを」（以下、「見よ、」とする）は、一九九七（平成九）年一〇月に劇団青年座によって初演された（於・本多劇場）。その後も、青年座のほか多数の劇団やプロデュースによって再演がなされている。(3)

一九一一（明治四四）年一〇月、愛知にある女子師範学校の寄宿舎。士族でスポーツも勉強も一番の光島延ぶ（四年生）は教師からも生徒からも人気を集めていた。延ぶと同年齢ながら貧農出身で代用教員を経て入学した杉坂初江（二年生）と知り合い、延ぶや仲間たちは社会的な視野が拓けていく。飛行機に憧れる初江は、女子にも無限の可能性があると語る。保守的な学校にあって、英語教師・安達貞子から『青鞜』を借り、国語教師・新庄洋一郎から田山花袋「蒲団」を借りて読んだ彼女らは、回覧雑誌発刊の企画をたてる。賄い婦・板谷わとの息子・順吉との接触により退学処分となった仲間（木暮婦美）の救済と、「質実剛健」から「温順貞淑」へと変更された校訓の撤回を求めて、ストライキを企てる。多くの賛同者を集めたが、最大の理解者だった安達先生が中止の説得に現れて仲間たちは次々と離脱し、延ぶと初江の二人だけに。運動会の日、初江のわずかな不在の間に新庄先生が現れて、延ぶにプロポーズ。翌日、離脱を告げる延ぶ。初江の目にだけ飛行機が見える。

山口宏子は、本作を、「同性としての熱い共感を抑えがたい」「女性の作品」だと述べる。[4]「少年に比べ、幾重にも制限された世界で闊達に生きる少女たちを見つめる眼差しの温かさと、彼女たちが現実とぶつかり、それぞれに「何か」を失ってゆくことへの哀惜の深さは、同性の大人ならではのものだ。一方で、作者自身が彼女たちに続く者であることを誇らしく感じていることも、強く伝わってくる」と高評する。

このように時代や世代を超えて女性観客に熱い共感を喚起させる要因の一つに、各人物の巧みなキャラクター設定による自然な劇的展開があるだろう。主軸となる延ぶと初江の他、個々の女生徒の価値観（行動原理）が明確で、回覧雑誌への賛同や、ストライキからの離脱などに際しての一人一人の動きに説得力があるのだ。

例えば、延ぶの取り巻きの一人・木暮婦美は、性への強い関心をもって登場し、級友たちにも潜在する異性への性的欲望や関心を引き出す。延ぶの新庄先生への感情をいち早く察知して観客に示すのも婦美であった。婦美の男性関係は延ぶと新庄先生との関係の先駆となり、女子学生は男性と関係することで女同士の絆から離脱していく。同様に、校長や舎監、若手の教師たちも個々の行動原理が明瞭で、劇世界に有機的に存在している。

加えて、セリフによる時間の経過の提示も極めて自然である。当初、学年やグループによる隔てがあった女学生たちの言葉遣いが、関係の進展に従って次第に親しさを増していく。ト書きに「手をつないだ延ぶと初江」〔3〕の姿が何度か書かれ、回覧雑誌編集とストライキのための夜中の秘密の会合において、好意見を出した者に向かって皆で「音をたてない拍手」〔7〕を繰り返すなど、女学生たちのシスターフッドな関係が形成されていく。

女学生たちの友愛の主軸を担うのは、もちろん延ぶと初江の二人である。延ぶと親しくなれた初江は、「……信じられません。光島さんと、こうしとるなんて」と急に顔を伏せて、親しくなりたかったが気後れしていたと告げる〔3〕。延ぶも、「これからはずっとあなたと一緒よ。ずうっと仲良くしましょうね。私が先に卒業してもずうっと……」と、「一生仲良くしましょう！」と約束するのだ。初江にとって延ぶは太陽のような憧憬の存在であり、延ぶにとって初江は自身が未知だった社会の現実を知らせてくれる貴重な存在だった。急速に信頼が高まる二人だが、一方で延ぶと新庄先生の思慕も観客には観測しうる。

二人きりでストライキを続けてきた運動会の日、二人の岐路を分かつ直前に、初江は、「うちが怖いのは、ただ一つのことだけ」、「うちねえ、あんたさえおってくれたら、何にも怖かないんだわ」と、延ぶへのこれ以上ない親愛の言葉を残し、お茶を入れるために部屋を立ち去る〔8〕。初江の不在の間に、新庄先生が延ぶのもとを訪ねて、事態は急転するのだ。

2　延ぶと初江——祖母・奈津と市川房枝

その光島延ぶと杉坂初江にはモデルがいる。延ぶは永井愛の祖母・奈津（一八九二〜一九九八）で、初江のモデルは女性の地位向上をめざして戦った運動家・政治家の市川房枝（一八九三〜一九八一）である。本作の発表時に祖母は一〇五歳。夜中に永井が仕事を始めると、祖母が階下から明治時代の唱歌を歌い始め、師範学校時代の思い出を語り始める。(5)

それは愛知県立第二師範女子部時代のこと。優等生で先生に可愛がられ、「国宝」というニックネームをちょうだいしたという話を私はさんざん聞かされて育ちました。

一級下に市川房枝さんがおられ、親しくしていただいたことも祖母の自慢です。〔…〕

肝心の教員生活は、卒業後わずか一年で終わってしまいました。第二師範の教師だった祖父との縁談がまとまり、祖父の新しい赴任先へついて行くことになったのです。

そのまま祖母は教職に戻れませんでした。二十年も寝込んだ祖父の看病、息子の離婚で孫の育児まで任され、八十代半ばまで家事労働に明け暮れたのです。

その後も続いた市川さんとの交流は祖母の生涯の誇りですが、反骨の国会議員として活躍する旧友の存在は、時に祖母の心を乱していたかもしれません。

夜毎の花火のように、祖母は闇に向かって青春の記憶を打ち上げます。忠君愛国の、良妻賢母主義の学園生活であっても、教職を目指す少女として自分自身を生きた最後の日々を繰り返し味わっているのでしょう。

ついに孫は降参し、作品化してみたいと思うに至りました。


劇作に転じて以降、永井は日常的な言葉を用いつつ社会的な問題を追求してきたが、当初は例えば新聞記事から触発された事象を素材にしていた。ところが日清戦争の時代から第二次世界大戦後まで生き抜いてきていた祖母の存在を再認識することにより、身近な生活を通じて同時代の社会や思想を描いていく新たなテーマを発見したのである。

こうして書かれたのが、いわゆる「戦後生活史劇三部作」であり、その第一作が一九六〇年代を扱った「時の物置」（初演・一九九四・一二、戯曲・而立書房、一九九六・一二）であった。「時の物置」に、祖母・奈津は七〇歳を迎える「新庄延ぶ」として登場する。女子師範時代の恩師である夫は二階で長く寝たきりになり、延ぶはその世話に悪態をつき、離婚した息子や孫の世話にあけくれ、教師から「国宝」とあだ名されていた若き師範学校時代を孫たちに自慢して煙たがれる。孫娘の日美には、「ねえ、日美はうんと勉強して働く婦人になるんだ。これからは女だって勉強次第でどうにでもなるんだからね。一生を貫く仕事をお持ち。結婚なんてすることはない？」「ああ、日美と代わりたい。今から何でもできる」と一方的に鼓舞し、「……おじいちゃんから縁談がなかったら、あのまま続けてたろうね。むろん校長にぐらいなったわ。日本で初めての女の……」と繰り言を言う。優秀だったにもかかわらず結婚により仕事を辞めて、家事・育児のシャドー・ワークにあけくれた、そうした自身を惜しみ、やり直したいと願い、新時代を生きる孫に過大な期待をかけるのだ。

永井自身、祖母について、「彼女は一度も私に結婚しろと言わなかった。ちゃんとしたところに就職しろとも言わなかった」、「これはどうも、生きたいように生きられなかった祖母の痛切な思いと関係がありそうだ」と解析し、「こういう祖母の姿は、私をフェミニズムに近づけた」と語る。(6) 演劇評論家の村井健も、「戦後生活史劇三部作」と「見よ、」における「記憶の探求」を通じて、永井が以後の創作活動の基本モチーフを獲得したと言い、「そのモチーフとは、フェミニズムと、自分自身の生活感覚からこの社会と世界を見直すという視点。いってみれば「歴史」と「女性である自分の現在」（時系と場）とがクロスするところに作・演出の基軸を据えたということである」と論じている。(7) 身近でありながらそれまで見逃していた祖母の存在を可視化することによって、永井は時代の制約のなかで模索する女性たちの生を現代に生きる自らと重ねながら描くことを選択した。

こうして、まずは「時の物置」の新庄延ぶの、結婚によって職業人としての進路が絶たれてしまったとの悔恨が描かれるが、それは明治末にさかのぼって創作された「見よ、」の光島延ぶのその後の姿と重なり合う。「見よ、」は、初江とのストライキから離脱して新庄先生との結婚に踏み出していこうとする延ぶの、必ずしも自足できなかったその後の人生を射程に入れながら描かれたのである。

3　文学――『青鞜』と自然主義

戦前の女子師範学校は学費が免除され、経済的に恵まれない学生でも進学できたため、全国から優秀な学生が集った。そこで一番を通して日本初の女性校長まで期待されていた延ぶが、作品の末尾で自ら「結婚」へと踏み出して、早々と教師の職から離脱するのはなぜか。それは教師を目指す女子学生たちも同時代のジェンダー規範を内面化しているからだ。

作中の女子師範の校訓が「質実剛健」から「温順貞淑」へと変更される際に、校長に阿諛する体育教師の青田は、「女子教育の本分は何と言っても、良妻賢母育成」だと言う〔5〕。「教員になるったって、いずれまぁ女は嫁に行くんだで、一等国の男子を支えるべく」「理想のホームを整えにゃならん。その心構えを第一《でゃぁいち》とすべきでしょう。それを嫁にも行けん女教員のごときが、飯も炊けん青鞜の女なんぞをほめそやしたり、〔…〕これじゃ、はねっかえりが増えるばっかりでにゃぁですか」と、『青鞜』を英作文の教材に用いた女性教師・安達貞子をあてこする。青田の発言には、教員という職業人養成の女子師範学校にあってさえ、いずれは「嫁に行く」ものとして女性に結婚以外の選択肢を与えない同時代のジェンダー規範が示されている。加えて、良妻賢母に相反する例として「飯も炊けん青鞜の女」を持ち出すことにも留意したい。保守的な学校の抑圧に抵抗する若者たちが憧憬する自由を象徴するのが、『青鞜』や自然主義といった新しい文学の潮流なのだ。

寄宿舎におかれた新聞は決められた場所（湯呑み所）以外への持ち出しが禁止され、小説は読めないように切り抜かれる。「見よ、」で設定された規則は、現実の女子師範学校のものでもあった[8]。小説や新聞雑誌への教育界の過剰反応について、高橋一郎は、明治中期以降、学生風紀問題の社会問題化によって、小説が「青少年を堕落させ、性風俗の乱れをもたらす」と見なされたためだと述べている[9]。永井はこうした同時代の教育界の状況を周到に劇中に導入した。文学は女子学生たちにとって、学校の抑圧に抵抗するよすがであり、自由の象徴でもあった。とはいえ、『青鞜』と自然主義とでは作中における機能が異なる。

『青鞜』及び平塚らいてうの存在は、明確に〈新しい女〉の覚醒や女性同士の絆を象徴しているだろう。延ぶがらいてうの「元始、女性は太陽であつた」の一節を音読するたびに、初江は「ああ……」「おおおう……！」と声をあげながら全身を震わせ、皆にからかわれると、「すんません。どうにも力が漲って……」と言う〔4〕。初江にとって、らいてうの文章はストレートに身体に染み込み、熱くエンパワメントされる。「らいてう女史は、どんなに嘲り、罵られても、女性の中に潜める天才の出現を待つそうです。青鞜が文芸、芸術方面でそれをするならば、私たちは天才教員の出現を目的とする、そういう素地を養う雑誌にしてゃぁのです」〔4〕との初江の発言からは、『青鞜』=らいてうの存在が、女子学生たちに高く理想的な目標を提示してくれる女性の先達だということが窺える。

一方、田山花袋「蒲団」に対する女子学生たちの反応は、『青鞜』とは全く異なっている。初江は「自然主義とは、人間の大《でゃぁ》なる真実を研究せんとする、志の高ゃぁ文学なのであります」などと語るが〔4〕、解説口調に如実に現れているように知識の披瀝にすぎず、『青鞜』への熱のこもった称賛とは大きな差がある。また、朗読を聞いていた女子学生たちは、「うちはそれより、田山って人の奥様がお気の毒だがね。」「そうだよねぇ。他の女にうつつぬかされて……」「難産で死ねばええとまで書かれとるんだわ。いっくら観察のためとはいえ……」「冷酷よねぇ。」といった会話をかわす。中島京子が「蒲団」の主人公の妻の視点を取り込んだ小説「FUTON」を発表したのは二〇〇三年だったが、「見よ、」ではそれよりも早く、妻の視点を内在した女子学生によって男性主人公が批判されるのだ。

さらに「見よ、」においては、「蒲団」は専ら竹中時雄の「性欲」暴露による人間の真実性の追求が話題にされて、女子学生・横山芳子については言及がない。芳子をありがちな「堕落女学生」と見なさないのは、永井愛の見識だろう[10]。異性関係の露顕によって学校から退学処分を受ける婦美の姿は、師によって帰郷させられた「蒲団」の芳子と重なり合う。放校される際に仲間にエールを送る「見よ、」の婦美の姿は、「蒲団」には明瞭に描かれることのない芳子から後続の女学生へのシスターフッドなつながりの可能性をも想起させるのだ。

人の異性愛的欲望を人間の真実だとして肯定する自然主義は、婦美や延ぶには一定の効果を及ぼしている。新庄先生にプロポーズされた延ぶは初江にストライキからの離脱を告げる。「理屈じゃないのよ。理性じゃどうにもならない」〔9〕と、理屈や理性ではおしとどめようのない欲望の肯定は、まさに自然主義から学んだものだと言えよう。

ぶが新庄先生に「……もう少し……いてください」と伝える場面で、「運動場から、全員の斉唱する「君が代」が響いてくる」〔8〕。『青鞜』によって鼓舞され育まれた女性たちの友愛は、自然主義による異性愛の欲望肯定によって崩壊する。女性同士の紐帯に男性が闖入することによって、関係は変化していく。恋愛・結婚・性愛とが三位一体となった恋愛結婚イデオロギーによって家族が形成され、国家に帰属する。「君が代」は、自由を希求していた延ぶが家族国家に取り込まれていった徴なのだ。

4　飛行機――「女子もまた飛ばなくっちゃならんのです」

さて、本作のタイトル「見よ、飛行機の高く飛べるを」は、作中時間と同年・一九一一年に制作された石川啄木の生前最後の詩「飛行機」（詩集『呼子と口笛』所収）に由来する。

ライト兄弟による世界初の動力飛行の成功は、一九〇三（明治三六）年のこと。以降、日本でも動力飛行機の研究が行われ、一九一〇～一一年にかけて軍や民間による飛行が成功した。加えて来日した外国人飛行士による航空ショーも開催されて人々を魅了し、明治末は飛行機熱が盛んになった時期だった。[11]文学者の飛行機への憧憬を詳細に検討した村岡正明は、啄木の「飛行機」について、「啄木にとって飛行機は、手の届くべくもない「あこがれ」の象徴であったが、また同時に晴れやかな未来への励ましのイメージでもあった」と指摘している。[12]この、手の届きそうもないほど高い憧れであり、かつ未来への明るい励ましという啄木の「飛行機」の二面性は、そのまま「見よ、」の初江の抱く飛行機のイメージと重なり合う。

目の前で飛行機が飛ぶのを見た初江は、女子学生たちに、声もなく大空を見上げる観衆を前に飛行機が信じがたい速度で小さくなっていった様を語る〔2〕。そして、「飛行機が飛ぶ世の中になったのに」学生たちの現状に自足する姿が情けないと言う。

初江　女子にも無限の可能性があると言いてゃぁのです。飛ぶなんて、飛ぶなんてことが実現するんですもん。女子もまた飛ばなくちゃならんのです。〔…〕こんな山中の学校で、こんな閉ざされた世界に充足して、誰がどうしたこうしたなどと、そんな場合ではにゃぁのです。見聞を広め、知識を深め……〔2〕

「女子にも無限の可能性がある」、「女子もまた飛ばなくちゃならん」と熱心に説く初江にとって、飛行機は、『青鞜』の平塚らいてうとも重なりあう。「平塚さんは女性の飛行機ですもん」と語るのだ〔4〕。回覧雑誌の『バード・ウィメン』という名前も、飛行機のように飛ぶものとしての鳥、「らいてう」（雷鳥）に由来する鳥のイメージの二重性による。

結末部で、延ぶがストライキからの離脱を告げると、初江は窓辺に走り寄って、「飛行機よ！　飛行機が飛んでる！」と叫ぶ。しかし、新庄先生との結婚＝現実に踏みだしていく延ぶには、もはや飛行機は見えない。初江は、延ぶの原稿を持っておきたいと告げる。「バード・ウィメンから、あれは抜く。見つかったら、あんたが困るもん。でも、あれを……あれを書《き》ゃぁたあんたを、持っとってもええ？」と伝えて、また見えなくなった飛行機を見つづける〔9〕。初江は、延ぶとのシスターフッドな関係の日々を胸に収めて、一人で新たな道へ進んでいくのである(13)。

モデルはむろん永井の祖母・奈津と市川房枝である。だが永井自身も共に二兎社を発足させた大石静がテレビドラマに転身して、一人取り残された経験を持つ。深い絆で結ばれていた女性たちが岐路にたつこと、一人一人の道に対してエールをこめて永井は描いている。

おわりに

女性同士の深い友愛に満ちた絆の形成と、男性が入ることによって関係が変化し、それぞれの岐路にたつ展開と、そこに「文学」がどのように関与したかについて検討してきた。しかし、「見よ、」に描かれているのはそればかりではない。

永井愛は、論者も参加した講座の質疑の場で、大略次のようなことを語った[14]。永井は、劇作家の斎藤憐に「あんたは転向を描いている作家だ」と言われたことがあったという。そう言われてみれば、良心に従って行動するとまずいことになるので、意志を曲げた方が無難に生きられる、だがそうすると自分が辛いのでどうしたらよいか、という葛藤を形を変えて描き続けているように思う。自分が傍観者であるということに対する自己嫌悪や、日本人の多くが傍観者であるということに対する辛さを書いていると思う、というのである。

「見よ、」にも、そうした良心と行動の関係が描かれている。理想的な教師として女子学生の憧れの的であり、当初は回覧雑誌『バード・ウィメン』やストライキを支持していた安達先生の豹変である。進歩的な教育を施す安達先生が、保守的で良妻賢母思想に固まった学内で相当に立場を悪くしていることは冒頭から示されてきていた。また、母親の病気や妹の養育義務などの教員を辞することのできない事情があることも暗示されていた〔2〕。

青年座演出では、夜の秘密の会合において女生徒たちは『青鞜』のらいてうの評論を交代に語りつつ、輪になって互いに手をつないで一体化する。その幸福感に満ちた光景の直後に、安達先生が窓をたたき裸足で闖入してストライキの中止を強要するのだ〔7〕。この豹変はまさに劇的で、観客に大きな衝撃を与える。安達は、自分が校長に言われた脅迫を女子学生に言い放ち、「良妻賢母教育は文部省の、いえ、わが国の絶対的な方針なんです。ここでストライキをしたって、国を動かすことはできんのよ」と、学校側の代弁者となる[15]。最終的には、「先生に命令は許しません！　優等生を自惚れて、改革者を気取って、狭い世界しか知らんくせに、あんたなど、何にもわかっとらんのです！」と、教師の権威をたてにする。作品では伏線として早い時期に賄い婦のわとが、「わからんらぁ。人というもんは、土壇場になると、己だけは助かろうと……」と語っていたが〔3〕、あまりにも無惨な展開であった。

女子の飛翔を阻害するのは、異性愛／結婚／国家による社会的な陥穽だけではない。リベラルだったはずの女教師の保身による転向、あるいは自身を超えんとする存在への抑えがたい嫉妬もまた、若い女性の芽を摘んでしまう。運動会の日、二人だけでストライキを続ける延ぶと初江の前に、憔悴した安達が現れて謝罪する〔8〕。それぞれの岐路に立つのは延ぶと初江だけではない。安達もこののち悔恨と自身の良心とをどのように折り合いをつけながら生きていくのか。良心を殺して体制側に立つ、あるいは傍観者でいることの問題もまた、永井の今日の作品に継続していく。(16)

注

（1）永井愛の経歴については、二兎社ホームページや「永井愛略年譜（主要作品リスト）」（『悲劇喜劇』二〇一五・五）などをもとにまとめた。
（2）扇田明彦「世代を超えて交錯する劇作家　秋元松代と永井愛」（『学鐙』二〇〇二・五）
（3）引用は、『見よ、飛行機の高く飛べるを』（而立書房、一九九八・一〇）による。執筆に際して、青年座の一九九九年公演映像（ＪＤＴＡ資料）を早稲田大学演劇博物館にて視聴させていただいた。
（4）山口宏子「「見よ、飛行機の高く飛べるを」考」（『悲劇喜劇』二〇〇六・五）
（5）永井愛「横綱は夜歌う」（劇団青年座『見よ、飛行機の高く飛べるを』パンフレット、一九九七・一〇）
（6）永井愛『中年まっさかり』「老いの姿」（光文社、二〇〇二・三）
（7）村井健「永井愛論――記憶からの飛翔」（『悲劇喜劇』二〇〇一・五）
（8）高橋一郎『女子師範学校師範学校女子部高等女学校寄宿舎管理注意要項』（一九〇〇（明三三）・六）「十　雑件」「二十二　新聞雑誌等ニ関スルコト」には、「（イ）新聞雑誌及小説ヲ講読セントスルトキハ予メ其新聞雑誌及小説ニ就キ校長ノ許可ヲ受ケシムヘキコト但舎監ハ許可シタル新聞雑誌及小説中教養上害アリト認ムル部分ハ之ヲ切抜クヘキコト（ロ）総テ新聞雑誌及小説ハ閲覧室ニ於テ閲覧セシムヘキコト」と規定されている。

（9）「明治期における「小説」イメージの転換――俗悪メディアから教育メディアへ――」（『思想』一九九二・二）

（10）稲垣恭子「文学少女」（『女学校と女学生　教養・たしなみ・モダン文化』中公新書、二〇〇七・二）は、『蒲団』は、「「文学少女」＝「堕落女学生」のイメージを増幅させる小説であった」と指摘している。

（11）飛行機については、和田博文『飛行の夢1783-1945』（藤原書店、二〇〇五・五）、松村由利子『お嬢さん、空を飛ぶ』（NTT出版、二〇一三・一二）、国立国会図書館web「本の万華鏡第五回　ようこそ、空へ――日本人の初飛行から世界一周まで」等を参照した。なお、花袋「蒲団」の女学生・横山芳子のモデルである岡田（永代）美知代も、大正期に飛行機をモチーフにした少女小説「冒険奇譚　少女島」（『少女世界』一九一七・一一～一八・三）を書いている。ロンドンと洋上の孤島を舞台に、日本の少女が名探偵や日本海軍の援助を受けながら、単身飛行機を操縦して誘拐された数十人の少女を救う物語である。

（12）村岡正明「飛行機の文学――鷗外・漱石・啄木・芥川・志賀」（『文星紀要』七、一九九五）

（13）初江のモデルとなった市川房枝は、後年、作中の「飛行機女史」こと平塚らいてうと活動を共にし、一九二〇年に「新婦人協会」を結成して、婦人参政権獲得運動へと踏みだしていく。こうした協力の一方で、市川とらいてうの間には確執も生じた。武田清子「解説　市川房枝の人と思想」（『市川房枝集　別巻』日本図書センター、一九九四・一一）には、市川の渡米中に、らいてうが市川批判のエッセイを書いたことを紹介している。「未婚の母」の先駆者で法律外の結婚を断行していた平塚や奥村博史の生活態度に市川は批判的であり、恋愛も結婚も知らない市川は「新しい女」への理解がないとした。

（14）日本劇作家協会「戯曲セミナー2021」の永井講師回（二〇二二・三・二三）での発言。

（15）作中のストライキは、市川房枝の女子師範時代の思い出をモデルにしているが、市川のストライキは成功している（『市川房枝自伝　戦前編』新宿書房、一九七四・九）。校長の「女子は良妻賢母となるべきだから、船底の木枕を持参せよ」という訓話に失望した二八名が「愚劣な良妻賢母主義に対する不満二十八カ条」をきめてストライキに入った。

要求のいくつかは承認されたため、ストライキは三、四日で終り、新聞にも出なかったという。
（16）「歌わせたい男たち」や「ザ・空気」シリーズなどの近年の永井作品に接続する。永井愛「「人権」の問題と気づいて」（『朝日新聞』二〇二三・一〇・一一）参照。

研究ノート

今村夏子『こちらあみ子』——応答の記憶から生成する「あたらしい娘」

但馬　みほ

君の過去は、暴君のように君の現在や未来を決めてしまうものではなく、むしろ君が〈生の弾み〉を実現したいと思うときの後ろ盾のようなものになってくれるはずだ。

金森修『ベルクソン　人は過去の奴隷なのだろうか』

今村夏子のデビュー作『あたらしい娘』（二〇一〇）は、二〇一〇年に太宰治賞を受賞し、その後『こちらあみ子』と改題され、他二編を収録した単行本が二〇一一年に三島由紀夫賞を受賞した。二〇二二年には映画化され、二〇二三年一〇月には英訳本がイギリスの Pushkin Press から刊行された[1]。簡単にあらすじを述べておこう。父の再婚を機に、自宅で書道教室を開くあたらしい母の住まいに、父、兄とともに引っ越してきた主人公の田中あみ子は、多動の傾向があるものの、自由ではつらつとしたこどもである。規律に厳しい母から教室に入ることを禁じられているので、いつも襖の陰から稽古の様子をのぞき見している。書道教室の生徒で小学校の同級生のり君が掲げた半紙の字から墨汁が滴り落ち、動き出した様子を目撃した瞬間、あみ子は熱烈な恋心を抱くようになる。あみ子の一方的で過剰な熱情は、のり君の暴力による返答を誘発する。同様に、相手の思いを汲み取れないあみ子の行動が、母の精神を破壊し、田中家の崩壊を招いてしまう。その結果、あみ子は田中家から放擲され、父方の祖母とあたらしい生活をはじめることになる。

ここでは本作の鍵となる「応答せよ」というあみ子の呼びかけに注目し、あみ子が関わるこどもたちからの応答の記憶を基にして、あみ子が「あたらしい娘」として不断に生成していく様を見ていきたい。こどもたちとは、先述ののり君、あみ子の兄・幸太、おなじく同級生である坊主頭の少年である。あみ子からの呼びかけに対する三人の応答が、現在そして未来のあみ子を創出する要素となっていることを、作品の詳細な分析を通して以下に考えてみたい。

記憶の誘い

物語は、成長した現在のあみ子が、近所に住む年下の友達さきちゃんのために、すみれの花を取りに坂道を上っていくところから始まる。あみ子の歩行は、あるときはべったりと重く、あるときは元気よく弾む。地団駄を踏むような不格好なスキップで進むこともあれば、ときには完全に静止するなどして、あみ子の運動は緩急をつけたリズムで物語を動かしていく。小野光絵は、あみ子が同化できない共同体の価値観を「水平方向の価値」（六七頁）と名付け、それを突き抜ける「垂直方向の価値」（六八頁）をあみ子が体現していると論じている。小野が指摘する価値観としての垂直性に加えて、ここでは具体的な身体の垂直運動が物語展開の推進力となっていることを指摘したい。

異界に通じる黄泉比良坂よろしく、あみ子が上る坂の先にあるのは柿の木だ。その葉陰に大ぶりのすみれが濃い紫の花を咲かせている。日陰に生息しながらも大地から養分をしっかりと吸いあげた力強いすみれの株を難儀しながら掘り上げたあみ子は、竹馬に乗ってこちらに向かってくるさきちゃんとおぼしき影を認める。坂を下り、祖母の家の庭、つまり内でも外でもある閾で、あみ子は小さな友達の到着を待っている。さきちゃんは、あみ子の口の中の空洞を見るのが好きなので、あみ子は請われるままに口を開いて見せてあげる。のり君に殴られて前歯三本を折り、それによってできた空洞の由縁をさきちゃんは知りたがるが、記憶をうまく言語化できないあみ子は、友達の要望に応えてあげることができない。話してあげたいもどかしさが募ることと、影の上下運動が刻むリズムがプロローグの役割を果たし、あみ子の記憶が召喚される。過去はあみ子の思いに応答するかのようにあみ子を記憶の世界に誘う。開かれた空洞に吸い込まれ、あたかもふしぎの国のアリスがうさぎ穴に落ちて不思議な体験をするように、あみ子は記憶の世界に下りていく。

以上はあみ子がどのようにして忘れていた過去を想起しはじめるのかという物語構造の私なりの仮説だ。梶祥子は、本作が従来の三人称小説とは異なり、語り手が「あみ子以外の作中人物についてはほとんど知らない」（八七頁）特殊性について論じているが、上述したようにあみ子自身の過去が、映画のようにあみ子の記憶を上映していると考えることも可能ではないか。ならば本作の語りに空白が生じてもおかしくはない。過去の想起からあみ子が現在に戻る物語構造の検証に進む前に、本作に顕著な語りの環状構造にならって、次節ではまず内容のレベルであみ子の過去が披露する応答の記憶を見ていきたい。

応答の記憶——のり君と幸太の場合

現在のあみ子が生成するのに関与した応答のうち、まずはのり君の場合から考えてみよう。気分が悪くて中学校の保健室で休んでいるのり君を心配して、あみ子はチョコレートでコーティングされたクッキーを食べるようのり君に執拗に勧める。それは数年前、あみ子が一〇歳の誕生日に親からもらったのと同じものだった。当時あみ子は外側のチョコレートだけ舐めとり、残ったクッキーの部分を何も知らないのり君に親切心から与えたのだった。いま、同じクッキーをあみ子から勧められたのり君は、そのことに気づき、心の底からの嫌悪と怒りを露わにする。同時にあみ子の内部からあふれ出したのり君への感情の発露が、のり君の暴力による応答を誘発する。のり君が「目玉を真っ赤に煮えたぎらせながら、こぶしで顔面を殴ってくれたとき、あみ子はようやく一息つく思いだった」（一〇二－一〇三頁）とあるように、あみ子は前歯を三本も失う目に遭いながらも、「殴ってくれた」と感謝の意を表している。受け取り手のないあみ子の一方的な感情は、「好きじゃ」という言葉の枠に収まりきらずに爆発して、のり君とあみ子の双方に跳ね返る。暴力的な手段ではあるが、のり君の真剣な応答のおかげで、あみ子はようやく衝動をおさめることができたのである。

兄の幸太も、暴力的に見える手段をもちいながらも、あみ子を窮地から救い、家族の束縛からあみ子を解放する。幸太は「霊の音」からの襲撃を受けてパニックを起こし、動けなくなったあみ子の前に、バイクの爆音を響かせて現れる。

> 遠くの方からすごい勢いでやってきて、わめいて、暴れて、殴りとばして、あみ子を襲うすべての雑音を踏んづけて潰す。踏んづけて潰す。（一一〇頁）

死の恐怖に襲われたあみ子が、機能していないはずのトランシーバーに向かって「こわいんじゃこわいんじゃ助けてにいちゃん」（一一二頁）と叫ぶと、アニメのヒーロー然とした幸太が、荒々しい足音を響かせて登場する。(2) 幸太はあみ子を脅かす音の出所、すなわちベランダに作られた鳥の巣を空に放り投げ、中にあった三つの卵もろとも破壊する。上空で分解した巣は、田中家の崩壊を予兆している。暴走族に加わり家に帰り着かない幸太も、父方の祖母と田舎で暮らすことになるあみ子も、親に見放されたこどもたちである。だが見方を変えれば、親の不在はこどもたちの自由な冒険と成長を可能にする。幸太の行為は、田中家のこどもたちに親からの解放をもたらすのである。

のり君、幸太に続いて、次はあみ子にとって最も重要な坊主頭の少年からの応答について考えてみよう。

坊主頭の少年による応答

坊主頭の少年は、「通りすがりの男の子」や「隣の席の男の子」とも呼ばれ、名前すら与えられない存在であるが、物語のはじめからおわりまで登場しつづけ、幾度もあみ子に呼びかけ、あみ子の挙動を注視している。

坊主頭は、風呂に入って身体を清潔に保ち、十分な食事を取り、守り役の幸太が中学校を卒業した後は、しっかりするように促すなど、あみ子にこまごまとした助言を与える。坊主頭とのやりとりはいつもおかしみをもって語られ、あみ子が心安く話ができる相手であることが示されている。教室で上履きを履かずに裸足でいるあみ子を、実はいじめに遭って上履きを隠された事実を知りながらも「自由の象徴」（七四頁）と評価し、あみ子の問いかけに言葉を使って真摯に応答した相手がこの少年である。自分のどこが気持ち悪いのかを真剣に尋ねるあみ子に対して、目を泳がせ一瞬ひるみながらも「そりゃ、おれだけのひみつじゃ」（一二〇頁）とこたえる。坊主頭の配慮と思いやりがこもった応答をうけとることで、あみ子はやさしさと悲しみの感情を理解できるようになる。それまでのあみ子にやさしさが欠けていたわけではない。死産で赤ん坊を失った直後のさゆりが、あみ子の気遣いに感謝していることを思い起こしたい（四五頁）。しかし「あみ子さんはやさしいね」と感謝する母に、当時のあみ子は「そうかねえ」「やさしいかねえ」（同右）としかこたえられず、相手への思いやりがこもったやさしさの本質を理解してはいない。そのことがわかるようになるには、数々の経験を必要とする。実際あみ子がさゆりに対して示そうとした自分本位の「やさしさ」が、このあと一家の悲劇をひき起こす。さゆりを喜ばせようとしてあみ子が作った赤ん坊の墓が、家族崩壊の端となってしまうのである。

坊主頭に関してもうひとつ特記したいことは、彼との語らいの後であみ子の頭の中に自然に流れだした歌（「おばけなんてないさ」）が、霊の恐怖に抗する助けとなることである（七八－七九頁）。ここで再び幸太に登場を願うと、坊主頭と幸太は、音の作用であみ子を救うことにおいて共通する。「おばけなんてないさ」を大声で歌うと霊の音が聞こえてこないことに気づいたあみ子は、夜間にバイクで暴走する幸太の爆音にも励まされ、大声で歌を歌って爆音に共鳴する（七八頁）。あみ子はプリントに書いた漢字の間違いを坊主頭に指摘されるが（七五頁）、「朝」の偏が「車」になっているのは、あみ子が無意識のうちに月夜に車（バイク）で爆走する幸太を想起しているとはいえないだろうか。また「私し」と余計な送り仮名を振ってしまうのは、あみ子という存在が「私」という漢字一字には到底収まりきらないことを示している。あみ子は発話においても自分を名前呼びし、「私」と言うことは一度もない。あみ子はあみ子以外のなにものでもない独自の存在だ。

あみ子が有するエネルギーと自由な発想は、ひとに畏れを抱かせ、ときにあみ子自身をも破壊するほどの爆発力を発揮する。あみ子のみならず、幸太も爆発的な破壊力を有した存在だ。あみ子と幸太は身体レベルで物事を把握する点で類似した性質をもっている。さらに言えば、坊主頭も運動部に所属し、動く人であることに注目したい。彼は中学校卒業後に野球推薦で他県の高校に進学することが決まっている。あみ子、幸太と同様に、坊主頭も動的で、小野の言葉を借りて言えば「水平的な」共同体の外に出て行く人である。

幸太と坊主頭に由来する音に守られて、あみ子は健康を取り戻す。「おばけなんてないさ」の歌は、あみ子だけでなく坊主頭も自然に口ずさんでいることに注意したい（一一七頁）。あみ子と親和性の高い坊主頭は、「こっちがわ」に出入りできる貴重な存在であり、あみ子に対して友情を示した初めての存在だったといえるだろう。彼はあみ子を苦しめる霊の存在も、教室で裸足でいることも、ありえたかもしれない高校進学の可能性も、のり君への一途な思いも、あみ子の天然なありかたを肯定してくれた希有な存在だ。

ここまであみ子の呼びかけに対する坊主頭の応答を見てきたが、以下は物語の構造レベルで坊主頭がはたす役割について言及したい。

応答の記憶と語りの構造

過去に誘われて記憶の世界に没入していたあみ子は、突然祖母に名前を呼ばれ、手にしていたすみれの株を落としてしまう。そこまで驚いたのは、このときあみ子の過去（坊主頭との語らいの記憶）と現在（祖母の呼び声）、そして未来（こちらに向かいつつある小さな影）が同時に出現したからであろう。指摘したいのは、あみ子を特定して名指したのは、物語初頭の坊主頭（一九頁）と、最終盤の祖母（一二一頁）の二人だということだ。書道教室で坊主頭に名指されたあと、記憶の語りは、小学校からの帰り道にあみ子がひとりぼっちにされて身動きが取れなくなる場面に移る。その後あみ子は様々な苦難にみまわれることになるのだが、記憶の世界から戻ったあみ子は、環状をなす物語構造に則って、またもや以前と同じような息苦しい体験を繰り返すことになるのだろうか。記憶想起後のあみ子は、しかし、どうやら物語の最初と同じあみ子ではなさそうだ。説明しよう。

物語劈頭の短い数行、すなわちあみ子が記憶の世界に下りていく前に、あみ子の記憶の一部がちゃっかりと物語に介入していることに気づかれただろうか。記憶が物質としてあみ子の周りに現前していることを、記憶自体があみ子に向けてアピールしているようだ。近所の坊さんが草を刈ってくれたことと、金鳳花とおぼしき毒花のエピソードは、それぞれ坊主頭とのり君との記憶の具現化と考えられる。金鳳花は田んぼのあぜ道でまばゆい光線を放って咲き、あみ子にとってまたもや面倒な出来事をもたらす。他方、あみ子の素足をちくちくと刺す野草は、坊さんによってきれいに刈り取られ、あみ子が歩きやすい環境に整えられる。あみ子が忘れていようがいまいが、過去はあみ子の現在を構成する要素となっていることを物語が示している。先立つ記憶が知覚の成立に関与するというベルクソンの考えを想起させる面白い仕掛けだ。記憶があるからこそ、物事に注意が向くのである。

友達に応答したいという強い思いは、あみ子が記憶の世界に誘われるとき（対さきちゃん）と、記憶の世界から戻る直前（対坊主頭）で同じように語られている。応答したい気持ちが募ることと、あみ子の名前が呼ばれることの両方に、坊主頭が関係しているのは偶然ではない。たとえその事実を忘れていたとしても、友達との交流の体験はあみ子の力となり、あたらしいあみ子の生成を可能にする。さらに言えば、突発的な出来事に遭遇するたびあたらしい関係がつくられ、一瞬一瞬あらたなあみ子が創造されるのである。記憶の世界から戻ったあみ子は、あたらしい地平に立つ「あたらしい娘」なのである。

あみ子の応答

あたらしいあみ子は、さきちゃんの問いかけにどのように応答するのだろうか。そもそもさきちゃんとは誰なのだろうか。

祖母の家に引き取られたとき、あみ子は一五歳で、妹は育っていれば五歳になっていたはずだった。語りの現在はそれから数年経っていると仮定して、田中家の次女が生きていれば、ちょうどさきちゃんくらいの年齢になっていただろう。あみ子を慕い、あみ子とよく似た性質をもつさきちゃんは、妹の生まれ変わりでもあり、あみ子の更新体ともいえるだろう(3)。

さきちゃんは、金鳳花とおぼしき毒花に執着し、あみ子に駄々をこねて家に持ち帰る。ところが、さきちゃんは母親から「汚い花、捨てなさい」(一一二頁)と怒られてしまう。さきちゃんの母が嫌がったのは、毒があるからではなく、汚いからという理由で、この感性は、さゆりがかつてあみ子自作の金魚やカブトムシの墓を「汚らしい」(五二頁)と言い捨てたことと一致する。ここでも語りが循環している。しかし、成長したあみ子はいまや友達にやさしい配慮ができるようになっている。次はさきちゃんの母親に喜んでもらえるようにと、すみれの株を持たせるのだ。根のついたすみれと、切り花にされた金鳳花は、やさしいひらがなと固い漢字、正反対の補色、日陰と日向の陰陽関係にある場所に自生していることも見逃せない。

友達を大切にしたいという気持ちは、友達から大切にされた記憶によって育まれた。あみ子に向かう小さな影が刻むリズムは、記憶の語りのコーダだ。胎動のようでもあり、鼓動のようでもあり、おぼろな上下の律動は、影がさきちゃんであろうとなかろうと、なにかが出来しつつあることを予感させる。あみ子が最後につぶやく「だいじょうぶ」という言葉は、過去への応答、あるいは生成しつづけるあたらしい娘への呼びかけと受け取ることができるだろう。不可知な領域の存在をあえて露呈する本作の記憶の語りは、絶対的な視点をもたないがゆえに、物語を支配せず、過去から未来に開かれている。それがどのようなものであろうとも、予見不可能な未来を引き受けるあたらしいあみ子のしなやかさと強さを、「だいじょうぶ」という言葉が示している。

以上のようにここでは、記憶によって紐解かれるあみ子の〈生の弾み〉のありかたをベルクソンの思想を参考にして見てきた。トラウマを誘発しかねないほど苛烈なあみ子の体験であるにもかかわらず、あたたかい物語世界が創出されているのは、過去の総体があみ子の滋養となり、人生をのびやかに力強く生きてゆく土台となるように描かれているからではないだろうか。

注

（1）翻訳者を悩ませる問題ではあるが、いくつか気づいた点を指摘しておきたい。独特な彩りと深みをもたらす方言が、仕方ないことではあるが反映されていない。さゆりがあみ子を呼ぶときの「さん」付けが表現されていないので、二人の距離とよそよそしさが伝わらない。「坊主頭の少年」の訳出があいまいで、はっきり彼と特定されるのは終盤の二カ所のみ。そのため本作における彼の重要性が伝わりにくい。「脳味噌」を擬人化したり、金鳳花を「きんぽんげん」と言ってみたり、あみ子らしい幼さとおかしみのある表現が訳出されていない等々。なお以下は訳文に関してではないが、本作のアメリカでの販売元ペンギンランダムハウス社の紹介文中で、一四五語という短い英文の中に三度も neurodivergence（神経多様性）という語が使われている。あみ子に対する先入観を抱かせ、読みの可能性を狭める危険性がありはしないか。（https://www.penguinrandomhouse.com/books/734640/this-is-amiko-do-you-copy-by-natsuko-imamura/）。なお本作をディスコミュニケーションと障がい者の視点から読むことの是非を問う論文としては、イドジーエヴァ・ジアーナの論考が詳しい。イドジーエヴァは、都合の悪いものに直面すると見て見ぬ振りをし、理解できない異質な存在を排除しようとする現代社会のありようが本作に色濃く投影されていることを指摘する。

（2）幸太は以前にも、あみ子が小学校からの帰り道にひとり取り残されて身体が固まってしまったときに、地響きをならし塀を突き破るように登場して、あみ子を救ったことがあった（二五頁）。

（3）　さきちゃんは映画版には登場しないが、代わりにあみ子の亡くなった妹が舟に乗って彼岸からあみ子を誘いに来る場面が描かれている。

〈参考・引用文献〉

ジアーナ・イドジーエヴァ「今村夏子『こちらあみ子』における現代性――主人公像と排除の構造をめぐって――」（『東京外国語大学大学院　言語・地域文化研究　第二九号』二〇二三）一〇一－一一四頁
小野光絵「今村夏子「こちらあみ子」論――〈垂直〉に向かう身構えと世界把握――」（『日本文學』二〇二〇・三）六三－八〇頁
梶祥子「今村夏子「こちらあみ子」論――〈語り〉から見た〈わたし〉のあり方――」（『日本文學』二〇二〇・三）八一－九四頁
金森修『ベルクソン　人は過去の奴隷なのだろうか』（日本放送出版協会、二〇〇三・九）
平井靖史『世界は時間でできている――ベルクソン時間哲学入門』（青土社、二〇二二・七）
檜垣立哉『ベルクソンの哲学　生成する実在の肯定』（講談社、二〇二二・五）
アンリ・ベルクソン（合田正人・平井靖史訳）『意識に直接与えられたものについての試論』（ちくま学芸文庫、二〇〇二・六）
アンリ・ベルクソン（合田正人・松井久訳）『創造的進化』（ちくま学芸文庫、二〇一〇・九）
森井勇佑監督『こちらあみ子』（映画、二〇二二公開、ＤＶＤ）
Imamura, N. (2023). *This is Amiko, Do You Copy?* (H. Yoshio, Trans.) Pushkin Press.
底本　今村夏子『こちらあみ子』（ちくま文庫、二〇一四・六）

研究ノート

森崎和江『買春王国の女たち　娼婦と産婦による近代史』――国家による性の管理

中村　純

浅草のひさご通りから

「姐さん」は、浅草六区のストリップのロック座の前か、ひさご通りのすき焼き屋の米久の向かい、新仲見世のプロマイドのマルベル堂の近くに座っている。手荷物いっぱい放り込んだ一〇〇均の大きなナイロンの袋の上に腰かけている。浅黒く灼けた皮膚をしているのは、日射しを受けてきたからだろう。くるんと曲がった背中には、不自然な姿勢で座り続けた時の重さが軋んでいた。

私が、ひさご通りで地べたに座るこうした姐さんを初めて見たのは一九七七年のことだ。私の祖母は浅草のマンションに暮らしていた。祖母と小学生の私は、遊園地の花やしきの帰り道、ひさご通りの初音茶屋であんみつを食べた。初音茶屋の近くでは、時々、ひらひらの金魚のようなスカートを着た姐さんが地べたに座っていた。ひさご通りには浅草警察署の看板があった。

「暴力、たかり、スリ、娼婦が多くなっています。発見したらすぐ一一〇番をしてください」

初音茶屋の向かい、すき焼き屋の米久の脇は、関東大震災で焼失してしまった十二階建ての凌雲閣があった場所である。震災の前は十二階下と呼ばれた娼街があった。その歴史を知らないはずなのに、随分と老いた娼婦たちが今もここに戻ってくる。女たちの魂が土地に刻まれている。浅草の人たちはそのことを知っているから、看板横の地べたに座っている姐さんがいても一一〇番をしたりはしない。

二〇二四年現在、この看板はまだひさご通りにある。浅草にはこうした姐さんが地霊のように座っていることがある。


二〇二一年〜二〇二三年、私は自分のなかにある浅草の記憶を辿るように浅草を歩き、資料を調査し、地べたに座っていた女たちの歴史をさかのぼるように小説を書いた。

浅草の旧遊郭、赤線地帯や私娼街に生きた女たちはすでに鬼籍に入っている。資料をたどりながら、浅草の地霊を探すように歩いたフィールド調査の過程で、「姐さん」に出会った。私は、ノンフィクションからフィクションの坂を上るようにして真実を求めた。事実の資料には、女たちの息遣い、肉体は残っていない。史実とわずかばかりの言葉がある。フィクションを書くことで描き出される真実は、女たちがどのように生きたのか、ということである。私はそれが知りたかった。

真実を求めるフィクションへの旅の過程で、私は森崎和江の『買春王国の女たち　娼婦と産婦による近代史』（宝島社、一九九三年）にたどり着いた。


森崎和江と『買春王国の女たち――娼婦と産婦による近代史』

森崎和江（一九二七‐二〇二二年）は、流浪や離散、被抑圧を余儀なくされた人々の体内に内在した声に耳を傾けることを表現の核とした詩人、作家である。フェミニズム、サバルタン（社会的弱者、被抑圧者）、当事者性という言葉もないころに、森崎は被抑圧者の「語れない」声を聴き、書き続けた。

『買春王国の女たち――娼婦と産婦による近代史』は、明治初年から売春防止法の施行一九五七年のおよそ九〇年、国家が家制度と公娼制度により女の性を管理してきた歴史を明らかにした歴史書である。本書で森崎は、産むことを許されない女＝娼婦と、家父長制のなかで産むことを要請された女＝産婦という構造を明らかにした。女の性を男が買う自由を国家が法的に許可した歴史は、国家が女の性を管理した歴史である。森崎は、海を越えて売られた少女たち＝「からゆきさん」だった女性との出会いから、この歴史に深く踏み入った。森崎が明らかにした歴史を追うために、本書の内容を引用しながら娼婦と産婦の構造について考察する。

森崎は、一八八二（明治一五）年の刑法施行で、結婚した女が配偶者以外の男に通じた罪として姦通罪が妻に適用され、夫の姦通に対しては、相手の女の本夫が告訴した場合のみ、姦通罪として刑に問われたことに言及する。(1)森崎は、刑法のなかに「女は嫁となって夫と性生活を行い、男は結婚に拘束されることなく女一般を性の対象とする」(2)という、近代の日本人の性観念を読み取っている。

この観念をもとに、男が性の対象とする「女一般」の効率的な供給地として、芸娼妓が必要とされた。娼楼で働く女の多くは少女の折に前借金で売られ一切の自由を持たず、人身売買を禁ずる法はなかった。「娘の身売り奉公による年貢の完納は貧困層の常態、親孝行とされてきた」と、森崎は言及する。さらに、本書の要約を述べる。

国内にも廃娼運動はあったが、日本の性観念は男性社会の「文化」として維持されてきた。一八七二年、ペルー船マリア・ルーズ号事件(3)を端緒として、芸娼妓の年季奉公が人身売買であるとペルー船の弁護人に指摘された日本政府は、先進諸国の人権擁護論と国内的な存娼論とを整える方法を模索し、芸娼妓解放令（一八七二年）を発令する。芸娼妓は警察の出頭により自由廃業ができるようになった。しかし、国内は依然として存娼論が根強かった。女性を買うことが、男性社会の「文化」だった。

政府は、娼妓解放令の実施後に売春を業とする場合は、地方長官の権限に一任した。娼妓の自営業と娼妓に座敷を貸す貸座敷業（遊郭）を認可し、出願者に免許鑑札を与え、税金を納めさせる仕組みを作った。国家が女に管理売春をさせるための公娼制度である。公娼として管理された女は、産むことを禁じられる。

森崎は以下のように指摘する。

「公娼制度が必要視される最大の理由は、この制度がないと巷の売春婦によって梅毒が拡散するので、特定地に女を集めて常に検梅を行ってその蔓延を防止する、というものである[4]」

「芸娼妓は受胎しない女体として商品化された。堕胎や子殺しは公娼制度を存続させるための、不可欠の処置である[5]」。

筆者である私は、性病の検査は女性自身のために実施されたのではないこと、商品として検査済みの「安全な」女体を提供するためであったことに、身震いをおぼえた。性行為の帰結としての受胎は、性欲処理の商品の女体には許可されない。寒気のするような女性への管理は、家畜か奴隷の扱いに似ている。人身売買できる時代の女性観である。

一方、無能力と明治民法の家制度で定められた妻は、家制度の存続のために産むことを要請された女である。公娼制度の娼婦、家制度の産婦、いずれの女たちも子宮に国家の手を入れられ、介入され管理されていたことになる。

公娼制度により許可された、特異な性売買の場としての「貸座敷免許地（遊郭）」と、それに準ずる無免許の娼楼地の料理屋は各地で定着し、海外へ拡大されていく。

「県の内外ばかりでなく、海外へ売り出される娘が日毎に新聞記事となった。大陸浪人を自称する男たちと娘子軍（じょうしぐん）と呼ばれる娼妓たちが門司港を往来する[6]」。

森崎の記述のなかで、男たちに同行する娼妓は「娘子軍」と軍隊の呼称で呼ばれている。軍隊と慰安婦がセットであったことを、筆者はここから読み取る。日清戦争のあと、台湾領有で「台湾娘子軍」「醜業婦」の渡航が許可され、「娼楼は男たちの群れるところに欠かせぬ制度として、こののち、領土拡張の前後をとおして海外へ拡大されていく[7]」ことを、森崎は調査している。

こうして日清戦争直前より門司港から海外へ売り出されるからゆきさんが激増する。

「門司港から引きつづき娼妓や酌婦が業者に連れられて海を渡った。韓国の各地や清国の大連、奉天などで軍を相手に営業し、病を得て転売され、戦後そのまま現地に残された女の姿は痛切を極めた[8]」。

森崎の記述からは、人身を自由にすることのできる国家的観念の延長に公娼制度があり、からゆきさんがあり、日本軍慰安婦の存在があったということが読み取れる。

人身売買され、帰る家を失い、「病を得て転売され、戦後そのまま現地に残された女」たちは、どのような生を生きたのだろう。森崎は、そうした女たちの声を聞き、記録に残す貴重な仕事をした。森崎は「アジア民族女性の従軍慰安婦への強制連行」について、「近代日本が公娼制度を社会の必要悪として、家制度維持に利用してきた結果である[9]」と述べている。戦時下では、家制度下の女には人的資源として産むことを強要し、「産まぬ女」は慰安に挺身させる。女の性が利用されてきた歴史を森崎は明らかにしたのである。

森崎が射程にした歴史は、以降売春防止法の施行（一九五七年）までである。

戦後、一九四六年一月二一日、占領軍の民主化政策により、占領軍は日本政府に対する覚書「日本における公娼の廃止」で公娼制度の廃止を命じた。一方で、進駐軍向けの特殊慰安施設が設立された。軍隊があれば「慰安」が必要であるという発想により、日本政府自らが設置準備をしたのである。敗戦国の女が軍隊にどのような扱いを受けるか、日本の軍隊のしてきたことを省察すれば想像に難くない。日本政府は占領軍慰安所を、「一般婦女子の性の防波堤」として意図した。ここでも女は二分されている。日本政府は、日本人向けには赤線地帯の特殊飲食店として管理売春エリアを確保し、法律が適用されない特区、例外をつくることで買春制度を存続した。以降、一九五七年に売春防止法が施行されるまで国家が性売買を管理してきた歴史がある。私たちはここからまだ六七年という歳月しか経ていない。

「サバルタンは語ることができるか[10]」

ここで私は、G・C・スピヴァクの「サバルタン（社会的弱者）は語ることができるか」という問いを思慮する。性搾取にあった女性たちは語ることができるのか。日本軍慰安婦にされた韓国の女性たちが長いこと沈黙を強いられてきたこと、手記『マリヤの賛歌[11]』城田すず子さん（仮名）以外、ほぼ記録にない日本人慰安婦のことを思えば、「語ることができない」ことは想像に難くない。

精神科医の宮地尚子の『環状島＝トラウマの地政学』（みすず書房、二〇一八年）は、トラウマについて語ることの可能性と語る者のポジショナリティを扱っている。本書には、「環状島モデル」という概念が示されている。「トラウマが語られる、もしくは表象される空間は中空構造である」「トラウマのまっただ中にいる者は声を出せないし、生き延びることのできなかった死者が証言することはできない。トラウマの核はブラックホールのようなものであり、誰もその中心にまで迫ることはできない[12]」。

環状島とは、「中央に穴の開いた環状の島、その中心地がトラウマの爆心地」であると、宮地は述べる。聞こうとする者は、トラウマの爆心地の内海をのぞき込み、声の聞こえるところまで行かねばならない。森崎は、天草、島原地方から海外に売られた「からゆきさん」と呼ばれた少女たちを知るために内海をのぞき込み、トラウマの爆心地の内海に潜り、その底にある資料を求め、記録された生前の「からゆきさん」の姿を歴史の発見と想像力と詩の力により作品化したといえるだろう。これが一九七六年に刊行された森崎和江のノンフィクション文芸『からゆきさん』（朝日新聞社）である。

森崎は、女たちの性に国家が介入する問題に当事者性をもって挑んだ。代弁したのではなく、自分事として自身の表現として作品化し、歴史として記述したのである。その果敢な取り組みと問いは、森崎亡き後の二〇二四年の現在性において継承すべきものである。

森崎の問いを現在に引き継ぐ

前出の『マリヤの賛歌』の著者、城田すず子さんは、実家の家業が傾いたことで子ども時代に人身を売られたことを皮切りに転売を重ねられ、日本軍慰安婦を経験した女性である。城田さんは晩年千葉県の「かにた婦人の村」という施設にいた。ここにはかつて芸娼妓、慰安婦をさせられて社会生活に復帰できず、保護を必要とする女性たちが生活していた。こうした女性たちの歴史を踏まえると、近代の性意識から女性をひきはがし、女性自身が自分の身体を取り戻し、自己決定権を確立することが、いかに切実で時間のかかることだったかということが思慮される。

日本人慰安婦をしていた女性の記録は、ほとんど残されていない。記録にない声のことを思うとき、私たちの社会が、何を聞こうとしなかったのか、何を記録する価値のないものだと判断してきたのかがわかる。八〇年代に従軍慰安婦問題で活動された方の言葉を私は、鮮明に記憶する。「韓国の少女の慰安婦問題にはセンシティブに反応したが、日本人慰安婦のことは視野に入っていなかった。日本人慰安婦のなかには公娼だった方も多かったため、身を売る女性に対しての蔑視や偏見を根強く持っていた。自己責任だと思っていた」と、その方は述懐された。

日本の公娼制度下に管理された女性、からゆきさんの多くが昭和恐慌や凶作で家族のために売られた少女だったことを知っていれば、朝鮮半島から連れてこられた少女たちと何ら変わりはないことは、八〇年代にも承知されたのではないか。どのような背景があったとしても、性売買による痛みや孤立、差別が「自己責任」とはいったいどのようなことなのだろう。

売春防止法から六七年経った二〇二四年、売春防止法は現在も有効だが、現在は風俗法（風俗営業等の規制及び業務の適正化等に関する法律）のもとで、性風俗特殊営業の業態が届出と認可のもと営業されている。組織ぐるみのホスト業界の売り掛け問題で多額の借金を背負わされた女性たちが、体を売るシステムに紹介され「自由意思において」性売買をするとき、これは女性の自己決定だと言えるのだろうか。また「自己責任」であると、女性たちの声は切り捨てられ、沈黙を強いられるのだろうか。仮に性売買における女性たちの「安全」の担保のために管理者が必要となれば、貸座敷の管理者が娼妓の「自由意思において」性売買をさせた仕組みと、どのように異なるのだろう。国家や自治体が性売買を管理すれば、それは「公娼制度」の復活である。人格や人間存在とわかち、性を労働として売買できるのだろうか。性売買は傷つきやすい人間存在の人格権や安全権を侵害することはないのか。ないと主張するのなら、からゆきさんや慰安婦だったことを語れなかった死者の沈黙、生前の苦しみや悲しみをどう受け止めるのか。

森崎が、本書でたどりついた答えは原理原則である。

「女の身体を拘束して商品とする業種を、国が公許して保護する社会は、人間としてまことに苦しい。まず、そのような社会はまともではない、と、相互に決め合うことが大事だと思う[13]」。

本書の刊行から三〇年の時を経て、私たちは森崎が結実させた原理原則を引き継いでいるだろうか。女の労働は「女性活躍」と名付けられ、「異次元の少子化対策」で、産むことへの国の介入すら始まっている。出産と引き換えに奨学金返済を減免するという自民党議員の発言には、借金を減額する代わりに子宮、生殖機能を使って子どもを産め、少子化問題に寄与して国力の低下を防げ、という国家の意図が透けて見える。

一方で、二〇一九年から三年以上継続した感染症の流行とそれに対する政策で、非正規雇用や低賃金の不安定雇用の女性たちの多くが失業した。以前から存在していた女性の貧困問題が悪化した。この問題に関する報道は、新規に性売買に流れた女性たちの報道とセットだった。貧困で性を売らざるを得ない女たち。働いても生存権を守れない女たちが性産業で働く。

この既視感のなかで、私たちはどうあるべきか。

注

(1) 森崎和江『買春王国の女たち――娼婦と産婦による近代史』(宝島社、一九九三年　二〇頁)。本書は、二〇二四年二月に、論創社より復刊されている。

(2) 同右書　二一頁

(3) 同右書　二四頁「ペルー船マリア・ルーズ号が横浜に入港したさいに発覚した船内の清国人奴隷を、日本政府が裁判にかけて、人身売買は違法と断じた。ところがペルー船の弁護人が、日本にも人身売買があるとして芸娼妓を中心にした年季奉公を指摘した」。

(4) 同右書　三八頁

(5) 同右書　四五頁

(6) 同右書　四六頁

(7) 同右書　六二頁

(8) 同右書　八九頁

（9）同右書　一七七頁

（10）G・C・スピヴァク『サバルタンは語ることができるか』（みすず書房、一九九八年）。サバルタン（従属的地位、社会的弱者、被抑圧者）について、知識人は語ることができるのかというポストコロニアル批評の問題提起の書。

（11）城田すず子『マリヤの賛歌』（かにた出版部、一九七一年初版、二〇〇八年改訂二刷）。筆者の城田すず子さん（仮名）は、社会福祉法人ベテスダ奉仕女母の家（婦人保護長期入所施設）かにた婦人の村に暮らしていた、もと日本軍慰安婦の女性である。かにた婦人の村は、一九六五年に開設された全国唯一の長期婦人保護施設。

（12）宮地尚子『環状島＝トラウマの地政学』（みすず書房、二〇一八年　九頁）

（13）森崎和江『買春王国の女たち――娼婦と産婦による近代史』（宝島社、一九九三年　二五二頁）

コラム

一九九〇年代以降の女性短歌の動向
――フェミニズムの視点から

阿木津　英

一九九七年、敗戦直後の女性解放の気運のなかに創刊された『女人短歌』が終刊した。その記念企画として、一九四五（昭和二〇）年以降の女性による評論・歌集・行事等を上段に、女性に関わる評論その他歌壇的な事項を下段に記した「女流年表」が作成された。

この一九九〇年の項をまず見てみよう。「全人的フェミニズムに向けて（栗木京子）短歌12」「フェミニズム（沖ななも）短歌現代12」など、「女流歌人」の語にまじって他の年にはない「フェミニズム」の語がいくつも目につく。前年の項を見ると、行事に「女人短歌40周年記念行事（フェミニズムについて）」がある。

「女流年表」には掲載されていないが、前年六月には、「トークNOW'89 書く女たちのために――女性と短歌、今日の問題点とその未来」（歌誌「未来」主催）が、フェミニスト江原由美子と織田元子とを招き、女性歌人らとディスカッションしている。

八〇年代前半の短歌界は、全歌壇をまきこんで女歌論議が沸騰した。後半には俵万智旋風が起って消費社会のかろやかさにすべてが吸収された感があるが、一九九〇年前後、ようやく「フェミニズム」の語が散見されるようになった。それもまもなく、一九九〇年代半ばからジェンダーバックラッシュがはじまる。歌壇におけるはしりの現象としては、シンポジウム「戦後の五十年の短歌を検討する会」（昭和19年生まれの会主催、一九九五）がある。そこでは、戦後五〇年間の短歌を検討するのに八〇年代の精力的な女性歌人たちの活動はいっさい無視され、歴史に無いものとされた。世紀末を迎えて歌壇回顧の企画がいくつか組まれたが、いずれも同様だった。ただ一つ、一九九八年、座談会「80年代女歌の検証」が『歌壇』によって八月号から十二月号まで組まれた。議論としては噛み合わないままに終わったが、企画そのものが稀有なことであった。

こうして一九八〇年代の歌壇を席巻した女性歌人たちの活動も記憶の底に沈められていった感があるが、フェミニズムという意識の有る無しにかかわらず、力をつけた女性たちは仕事を着実に積み重ねた。

数例をあげれば、阿木津英・内野光子・小林とし子『扉をひらく女たち　ジェンダーからみた短歌史1945～1953』（砂子屋書房、二〇〇一）、これは初めてジェンダーの視点から新憲法下の女性たちの短歌を検証した。作家論としては、秋山佐和子『歌ひつくさばゆるされむかも　歌人三ヶ島葭子の生涯』（TBSブリタニカ、二〇〇二）、これはほとんど忘れさられていた大正期の不遇な歌人を再評価させた。川野里子『幻想の重量　葛原妙子の戦後短歌』（本阿弥書店、二〇〇九）は、前衛短歌興隆期に活躍した歌人の本格的な作家論である。また、森岡貞香監修『女性短歌評論年表』（砂子屋書房、二〇〇八）は、前掲「女流年表」を増補改訂、出版したもので、唯一の女性歌人年表である。阿木津英『二十世紀短歌と女の歌』（學藝書林、二〇一一）は、与謝野晶子から俵万智まで二十世紀短歌をフェミニズムの視点から通観、研究したものである。その他、女性執筆者の作家論については枚挙にいとまがない。

その間、歌壇的には短歌文体の現代詩化ともいうべき文体変革がすすみ、口語短歌が歌壇の主流と化して、年長世代にも影響を与え、その是非が問題となった。

フェミニズムの視点からすれば長い沈滞の時代だったが、二〇一七年二月、『短歌』歌壇時評に突然と言っていいように瀬戸夏子「死ね、オフィーリア、死ね」が現われた。冒頭に阿木津英『イシュタルの林檎　歌から突き動かすフェミニズム』（五柳書院、一九九二）の一文を引用、歌壇の状況は何ら変わっていない、「つまり一九八〇年代前半の女歌論議のなかで阿木津英が展開したフェミニズム批評意識を歌壇は結局受け入れなかったということだ」と、満腔の憤りをもって同世代男性歌人の歌評に異議を呈した。

二〇一七年六月、シンポジウム「ニューウェーブ30年」の席上、「ニューウェーブに女性歌人はいないのか」という質問に対し、主催側荻原裕幸・加藤治郎・穂村弘があっさりと「いない」と切って捨て、「女性はこういう時代の括りにとらわれない、自由に天翔ける存在だから」（加藤）と答えたという。もはや若い女性歌人たちは黙っていなかった。睦月都は評論「歌壇と数字とジェンダー――または、「ニューウェーブに女性歌人はいない」のか?」（『短歌往来』二〇一七・一二）を書いて抗議した。翌年、川野芽生「Lilith」三十首が歌壇賞を受賞する。

摘まるるものと花はもとよりあきらめて中空にたましひを置きしか

のちに歌集『Lilith』（書肆侃々房、二〇二〇）として刊行されたが、前衛短歌の嗣子ともいうべき隠喩に満ちたその文体のなかに、生身の痛みの痕跡を刻印する。二〇二一年には、平岡直子歌集『短い髪も長い髪も炎』（本阿弥書店）が刊行された。

そりゃ男はえらいよ三〇〇メートルも高さがあるし赤くひかって

平岡自身は「わたしは方法による抵抗の方に興味があるんです」（『文學界』二〇二二・五）というが、その歌集をフェミニズム批評の文脈で書評した乾遙香「日本の虫／女の日本」は第三回BR賞を受賞、その受賞のことばに「六年前に短歌を始めて、気づいたら、私は女で、私はフェミニストだった」と書いた。

大学の講義で女性学を学びジェンダー理論やフェミニズム批評を学んだ世代が、歌壇の現実にもの申す時代がやってきたのである。その行方に目が離せない。

コラム

現代女性詩の動向
――多様化と抑圧の二面性の中で

佐川亜紀

現代詩のはじまりは、敗戦後からだが、当初、女性詩人は数えるほどだった。けれども、女性の課題を歴史・社会的テーマとともに担った先駆者たちの業績は男性に引けをとらない豊かなものである。高良留美子は二〇二一年に逝去したが、資本主義文明と対峙した詩と評論は未来に向かう輝きを放っている。『高良留美子全詩　上下』（土曜美術社出版販売、二〇二二・一二）は、女性の解放を願い、アジア・アフリカの文化と共鳴しながら、新しい詩を創造した貴重な軌跡だ。石川逸子もアジア侵略戦争の実態を追及し、通信誌『ヒロシマ、ナガサキを考える』を百号まで発行し、『ゆれる木槿花《ムグンファ》』（花神社、一九九一・七）など詩集を多数刊行した。堀場清子は、ジャーナリストの経歴から広島と沖縄の本質を粘り強く解明し、詩集『じじい百態』（国文社、一九七四・九）の男性詩人に対する風刺は痛快だ。茨木のり子は、『倚りかからず』（筑摩書房、一九九九・一〇）など爽快な言挙げが人気を誇る。韓国詩の紹介にも格別の働きを果たした。麻生直子は、北海道奥尻島に生まれ、島の女たちやアイヌの歴史を通して、迫害された人々を復権しようとした。生まれ育った朝鮮への加害の苦しみや炭鉱の女性たちを書いた森崎和江の詩も特筆される。

七〇年安保闘争が敗北した後の八〇年に、『伊藤比呂美詩集』（思潮社、一九八〇・九）で注目を浴びた伊藤比呂美は、「あたしは便器か／いつから／知りたくは、なかったんだが」と性を大胆に表し、過激な語りを自由に繰り広げた。『とげ抜き　新巣鴨地蔵縁起』（講談社、二〇〇七・六）などお経とも融合し強烈な個性だ。

一方、一九八三年七月に新川和江・吉原幸子編集によって華々しく創刊された女性詩誌『現代詩ラ・メール』は、女性詩の普及と発展に大きく貢献した。鈴木ユリイカ、小池昌代、中本道代、宮尾節子など多くの優れた才能を輩出した。小池昌代や井坂洋子は性を描いても柔らかく、作品として結晶させる。女性の性が、海なのか、商品なのか、欲望なのか、傷なのか、複雑な問題だ。

柴田千晶は、東電ＯＬ殺人事件を描いた詩集『空室1991－2000』（ミッドナイトプレス）など、女性たちの深部に潜む性と欲望を鮮やかに表した。川口晴美詩集『やがて魔女の森になる』（思潮社）は、都会の女性の日常を軽やかに描写しながら、新鮮な抵抗を書く。新井高子詩集『ベッドと織機』（未知谷）は、織物工場の女性労働者を独特の生活語のリズムでいきいきと表現した。

中村純は、『女たちへ Dear Women』（土曜美術社出版販売）で「名もなき草のような女や子どもたち」の過酷な現実をみつめながら、鮮烈な応援歌を送り、反戦を志す。

在日朝鮮女性詩人では、『宗秋月全集』（二〇一六・九）が出版された。『在日女性文学誌　地に舟をこげ』は、高英梨らの尽力により二〇〇六年一一月に創刊し、二〇一二年一一月七号の終刊まで多くの書き手を生み出した。ハンセン病詩人・香山末子も特記される。李美子、丁海玉の詩集は印象深い。韓国生まれの根本紫苑、姜湖宙も登場した。

在日台湾女性詩人・龍秀美は『TAIWAN』（詩学社）で、日本に支配された歴史を書き、H氏賞を受賞した。

沖縄では、芝憲子『沖縄という源で』（あすら舎）、佐々木薫、市原千佳子、うえじょう晶、佐藤モニカらが生命と被支配への優れた洞察に富んだ詩集を生み出している。

女性詩という枠にとどまらない詩人はふえ続けている。河津聖恵は、時空を超えた芸術家を追った『綵歌』（ふらんす堂）などを書く一方で、朝鮮学校の無償化除外や安保法制に異議を唱えた。佐川亜紀は、韓国詩人らと交流し、『日韓環境詩選集　地球は美しい』（共訳・土曜美術社出版販売）等を刊行しつつ、詩集『押し花』などで社会批評と詩を結合した。草野信子は、福島の人々やハンセン病詩人に寄り添う静かな言葉を紡ぐ。清岳こうは東日本大震災を『マグニチュード9・0』（思潮社）で記し、被災者や子どもたちの表現活動も支える。徳弘康代は、日本で死を強いられた難民女性について作品化した。杉本真維子は、『皆神山』（思潮社）で人間の裸形の姿を優れた詩で表した。青木由弥子は『星を産んだ日』（土曜美術社出版販売）など瑞々しい知性を示し、詩人論にも力を注ぐ。

水田宗子は評論集『白石かずこの世界――性・旅・いのち』（書肆山田、二〇二一・二）など評論活動が旺盛だ。渡辺みえこも鋭いフェミニズム批評を詩や小説をめぐって幅広く展開し、詩集でも個性を印象付けた。

しかし、多様化したとはいえ、日本で権力を握るのは相も変わらず男性詩人だ。世界的に女性への抑圧は厳しい。女性の権利が奪われたアフガニスタンから亡命したソマイア・ラミシュが呼びかけ、柴田望が編集した詩選集『詩の檻はない』には日本から男女三六人が参加した。

アメリカでの州による妊娠中絶の規制などは、欧米が進歩的との説は幻想かもしれないと明かす。他方、LGBTQのように性の多様さも主張され、女性の既成概念も問われている。

たかとう匡子は、『私の女性詩人ノート』（思潮社）を第三巻まで出し、最後の章で、「女性詩」とか「女性詩人」という言葉を死語にしたいと述べた。だが、「女性詩」「女性詩人」は世界的に見て、複合的な要素が集まる新たなテーマとなっているとも言えよう。

執筆者紹介（あいうえお順）

秋池陽子（あきいけ・ようこ）日本近現代文学研究者。コラム「敗戦と占領」（『昭和後期女性文学論』翰林書房）

阿木津英（あきつ・えい）歌人。著書『二十世紀短歌と女の歌』（學藝書林）、『アララギの釋迢空』（砂子屋書房）、『女のかたち・歌のかたち』（短歌研究社）

有元伸子（ありもと・のぶこ）広島大学教授。著書『三島由紀夫　物語る力とジェンダー『豊饒の海』の世界』（翰林書房）、共編著『岡田（永代）美知代著作集』（溪水社）、『文学をひらく鍵　ジェンダーから読む日本近現代文学』（鼎書房）

石田まり子（いしだ・まりこ）インターナショナルブリュッセル校日本語・日本文学教師。共著『「探究」と「概念」で学びが変わる！中学校国語科　国際バカロレアの授業づくり』（明治図書）、『国際バカロレアにおける「言語と文学」「文学」の授業から国語科のあり方を考え直す―公開講座ブックレット（12）』（全国大学国語教育学会）、論文「ベルギー日系製造業経営システムの事例研究」（『労働社会学研究』4）

岩淵宏子（いわぶち・ひろこ）日本女子大学名誉教授。著書『宮本百合子――家族、政治、そしてフェミニズム』（翰林書房）、『女性表象とフェミニズム――日本近現代女性文学を読む』（同）、共監修『［新編］日本女性文学全集　全12巻』（六花出版）

上戸理恵（うえと・りえ）札幌大谷大学社会学部地域社会学科専任講師。共著『〈パンデミック〉とフェミニズム――新・フェミニズム批評の会創立30周年記念論集』（翰林書房）、『現代女性作家読本21　村田沙耶香』（鼎書房）、論文「佐多稲子「お目見得」論――労働とジェンダーの主題に着目して」（『札幌大谷大学社会学部論集』第12号）

内野光子（うちの・みつこ）歌人、『ポトナム』同人。著書『天皇の短歌は何を語るのか――現代短歌と天皇制』（御茶の水書房）、『斎藤史『朱天』から『うたのゆくへ』の時代――「歌集」未収録作品から何を読みとるのか』（一葉社）、論文「貞明皇后の短歌の国家的役割――ハンセン病者への〈御歌碑〉を手がかりに」（『〈パンデミック〉とフェミニズム――新・フェミニズム批評の会創立30周年記念論集』翰林書房）

遠藤郁子（えんどう・いくこ）石巻専修大学教授。著書『佐藤春夫文学研究――大正期を中心として』（専修大学出版局）、論文「芥川龍之介『たね子の憂鬱』――新〈中流〉階級と専業主婦の病理」（『芸術至上主義文芸』39号）、「佐藤春夫『更生記』――新聞ジャーナリズムの暴力性と女性」（『同』40号）

菊原昌子（きくはら・まさこ）日本近現代文学研究者。共著『昭和前期女性文学論』（翰林書房）、『昭和後期女性文学論』（同）、解説「幸田文」（『［新編］日本女性文学全集　第8巻』六花出版）

北田幸恵（きただ・さちえ）近代日本文学・ジェンダー研究者。著書『書く女たち　江戸から明治のメディア・文学・ジェンダーを読む』（學藝書林）、共著『「はぐれもの」の思想と語り　富岡多恵子論集』（めるくまーる）、『現代女性文学を読む　山姥たちの語り』（アーツアンドクラフツ）

小林富久子（こばやし・ふくこ）早稲田大学名誉教授。著書『クァーキーな女たちの伝統――米文学者による日本女性作家論』（彩流社）、『円地文子――ジェンダーで読む作家の生と作品』（新典社）、『ジェンダーとエスニシティで読むアメリカ女性作家――周縁から境界へ』（学藝書林）

小林美恵子（こばやし・みえこ）国立高等専門学校機構本部教授。著書『昭和十年代の佐多稲子』（双文社出版）、共著『昭和後期女性文学論』（翰林書房）、論文「林真理子『小説８０５０』―生き直す父子の物語」（『沼津工業高等専門学校研究報告』第57号）

近藤華子（こんどう・はなこ）フェリス女学院中学校・高等学校教諭。著書『岡本かの子――描かれた女たちの実相』（翰林書房）、共著『昭和後期女性文学論』（同）、論文「岡本かの子と「巴里」――憧憬のイメージ」（『国文目白』第54号）

佐川亜紀（さがわ・あき）詩人・韓国文学研究者。詩集『押し花』（土曜美術社出版販売）、詩集『その言葉はゴーヤのように』（同）、評論集『韓国現代詩小論集』（同）

但馬みほ（たじま・みほ）文学・比較文化研究者、翻訳者。著書『アメリカをまなざす娘たち――水村美苗、石内都、山田詠美における越境と言葉の獲得』（小鳥遊書房）、共訳『21世紀の結婚ビジネス――アメリカメディア文化と「妻業」』（三一書房）、論文「「信仰」の言葉による「リベンジ」は可能か」（『村田沙耶香　現代女性作家読本21』鼎書房）

永井里佳（ながい・りか）大東文化大学他非常勤講師。論文「『誓言』とその周辺」（『国文学解釈と鑑賞別冊　今という時代の田村俊子――俊子新論』）、「本谷有希子『異類婚姻譚』試論」（『近代文学研究』第三〇号）、「小林美代子『蝕まれた虹』――〈語り合い〉への意志と挫折」（『昭和後期女性文学論』翰林書房）

中村　純（なかむら・じゅん）詩人、編集者、京都芸術大学芸術学部文芸表現学科准教授、佛教大学文学部非常勤講師。著書『詩集　草の家』（土曜美術社出版販売）、『詩集女たちへ』（同）、エッセイ集『いのちの源流――愛し続ける者たちへ』（コールサック社）

西　荘保（にし・そほ）九州産業大学非常勤講師。共著『『婦女新聞』と女性の近代』（不二出版）、共監著『西日本女性文学案内』（花書院）、論文「谷崎潤一郎『痴人の愛』と新しい女」（『近代文学論集』35号）

藤木直実（ふじき・なおみ）日本女子大学他非常勤講師。共編著『〈妊婦〉アート論　孕む身体を奪取する』（青弓社）、共著『東アジアの都市とジェンダー　過去から問い直す』（文学通信）、『女学生とジェンダー　女性教養誌『むらさき』を鏡として』（笠間書院）

松田秀子（まつだ・ひでこ）元都立高校教員。共著『『青鞜』を読む』（學藝書林）、『明治女性文学論』（同）、『〈パンデミック〉とフェミニズム――新・フェミニズム批評の会創立30周年記念論集』（同）

真野孝子（まの・たかこ）近現代文学研究者。論文「日本とアメリカにおける現代女性詩人――アドリエンヌ・リッチを座標軸として」（『Rim』第10巻4号）、「茨木のり子の詩にみる独立精神性――天皇制への異議とハングルへの共感」（『ジェンダー研究』第14号）、「現代詩にみる山姥の表象―吉原幸子とその他の女性詩人」（『Proceedings of the AJLS2012Summer』第13巻）

溝部優実子（みぞべ・ゆみこ）日本女子大学他非常勤講師。共著『『青鞜』と世界の「新しい女たち」』（翰林書房）、『昭和前期女性文学論』（同）、『昭和後期女性文学論』（同）

矢澤美佐紀（やざわ・みさき）法政大学他非常勤講師。著書『女性文学の現在――貧困・労働・格差』（菁柿堂）、共著『昭和後期女性文学論』（翰林書房）、責任編集『〔新編〕日本女性文学全集　第12巻』（六花出版）

山﨑眞紀子（やまさき・まきこ）日本大学大学院総合社会情報研究科教授・日本大学スポーツ科学部教授。著書『村上春樹と女性、北海道…。』（彩流社）、共著『日中戦時下の中国語雑誌『女声』フェミニスト田村俊子を中心に』（春風社）、論文「青島――翻訳都市、須賀敦子の青島」（和田博文ほか編『中国の都市の歴史』勉誠出版）

山田昭子（やまだ・あきこ）専修大学他非常勤講師。著書『吉屋信子――小説の枠を超えて』（春風社）、論文「『新女苑』における中里恒子の仕事」（『芸術至上主義文芸』49号）、「文字の美しさと少女の美――少女雑誌広告に見る文字指導の変遷――」（『ことばと文字』12号）

羅　麗傑（ら・れいけつ）天津外国語大学准教授。著書『戦後日本第一世代女性詩人――茨木のり子と石垣りんの表現空間』（天津人民出版社）、共著『昭和後期女性文学論』（翰林書房）、論文「女として個人として――石垣りん詩作品に現れる女性性について」（『比較メディア・女性文化研究』創刊号）

渡辺みえこ（わたなべ・みえこ）詩人。著書『女のいない死の楽園　供犠の身体・三島由紀夫』（パンドラカンパニー刊、現代書館発売）、『語り得ぬもの：村上春樹の女性（レズビアン）表象』（御茶の水書房）、論文「いのちと希望の詩人・高良留美子」（『〈パンデミック〉とフェミニズム――新・フェミニズム批評の会創立30周年記念論集』（翰林書房）

現代女性文学論

発行日	2024年12月10日　初版第一刷
編　者	新・フェミニズム批評の会Ⓒ
発行所	翰林書房
	〒151-0066 渋谷区笹塚1-56-10
	電 話　(03)6276-0633
	FAX　(03)6276-0634
	http://www.kanrin.co.jp/
	Eメール●Kanrin@nifty.com
装　釘	須藤康子＋島津デザイン事務所
印刷・製本	メデューム

落丁・乱丁本はお取替えいたします
Printed in Japan. 2024.
ISBN978-4-87737-486-0